Siabwcho

Marged Lloyd Jones

Argraffiad cyntaf—2002

ISBN 1 84323 058 5

ⓗ Marged Lloyd Jones

Dymuna'r cyhoeddwyr gydnabod cymorth
Adrannau Cyngor Llyfrau Cymru.

Argraffwyd gan
Wasg Gomer, Llandysul, Ceredigion SA44 4QL

I
Myfanwy
ac er cof am
Mair

Pam? (Heddiw)

Erbyn hyn rwyf mewn gwth o oedran, a fy mhrif ddiddordebau yw gwylio'r teledu, darllen, a chadw cewc ar y gweision. Weithiau byddaf yn synfyfyrio, ac edrych 'nôl ar fy mywyd yn wrthrychol a cheisio dyfalu pam fy mod i mor amheus o bawb. Nage, nid o bawb, ond o bob gwryw. Fedra i ddim hyd y dydd heddiw ddioddef agosatrwydd unrhyw ddyn. Pam?

Cefais blentyndod digon anodd, er nad o'n i'n ymwybodol o hynny ar y pryd. Dysgais fodloni ar ychydig – ychydig o foethau, llai fyth o gariad, a chario mwy o ofid nag y dylai unrhyw blentyn ei ddioddef. Mae cofio fy mhlentyndod yn fy hala'n benwan.

Ond pan o'n i'n ddeuddeg oed, newidiodd fy mywyd yn llwyr; cefais fy mabwysiadu gan fy nhad-cu, a symud i fyw i dŷ hyfryd gyda morynion i weini arnaf. Mynychu'r Ysgol Ramadeg, wedyn y Brifysgol, a derbyn gradd anrhydedd.

Ar ôl gorffen f'addysg, arhosais gartre i helpu fy nhad-cu i redeg ei stad – stad fechan o ryw dair mil o aceri. Yna priodi â hen ffrind coleg, ysgolfeistr wrth ei alwedigaeth, ond yn ddigon balch i ymddiswyddo i weithio ar y ffarm. Roedd Gwilym Williams yn plesio Dad-cu, a phan anwyd mab i ni, fe gafodd ei blesio'n fwy fyth. Roedd ganddo 'nawr etifedd i'w olynu, i gario traddodiad y teulu ymlaen, a hwnnw'n cario 'run enw ag ef ei hun, sef Dafydd Lloyd-Williams; roedd yr heiffen yn holl bwysig.

Ond bu'r enedigaeth yn ormod i mi – yn emosiynol a chorfforol. Bûm bron â marw, a bûm yn afiach am fisoedd. Freuddwydiais i erioed fod geni plentyn yn gallu bod yn brofiad mor arswydus o frawychus, a phenderfynais nad awn i byth eto trwy'r fath brofiad erchyll. Yr unig ffordd i osgoi hynny oedd alltudio Gwilym o'r gwely dwbwl i stafell arall. Felly y bu. Roeddwn i'n hollol fodlon ar y sefyllfa. I mi, rhywbeth i'w ddioddef oedd rhyw ac nid ei fwynhau. Fel y Frenhines Fictoria, caewn fy llygaid a meddwl – nid am Loegr fel honno, ond am lesni'r awyr, y peunod ar y lawnt, a'r lili wen fach.

Buom byw felly am flynyddoedd, yn hollol gysurus yn ôl a dybiwn i. Ond holwn fy hunan weithiau, pam na fedrwn i garu fy ngŵr, gorff ac enaid, fel pob gwraig normal. Ie, pam?

Pan oedd Dafydd tua deg oed, roedd llythyr yn fy nisgwyl ar y bwrdd brecwast un bore. Llythyr oddi wrth Gwilym – ac yntau'n byw yn yr un tŷ â mi! Llythyr yn datgan ei fod wedi cael hen ddigon ar fyw fel eunuch a'i fod 'ar ôl dwys ystyriaeth yn mynd i ailddechrau byw gyda menyw arall'.

Na, ches i ddim llawer o sioc na syndod, ergyd i'm hunanfalchder, efallai, ond yn diolch fod fy nhad-cu wedi marw erbyn hyn. Roedd priodas yn gysegredig iddo fe, a byddai hyn yn ergyd i barchusrwydd y teulu.

Tyfodd Dafydd i fod yn fachgen dymunol, a chadwodd gysylltiad â'i dad dros y blynyddoedd – fel y gwnes innau. Doedd 'da fi ddim dichell tuag at Gwilym – gwyddwn mai arna i oedd y bai.

Ar ôl cwblhau ei addysg gyda gradd Prifysgol daeth Dafydd yn ôl adre i weithio ar y ffarm. Priododd â Saesnes, a rhoddais iddynt y ffarm orau ar y stad fel anrheg priodas. Cedwais fy ngafael ar Nant-y-wern – dyma fy nghartref, ac yma rydw i'n byw yng nghwmni Magi, un o'r morynion bach oedd yn gweithio i fy nhad-cu pan ddeuthum yma gyntaf. Rydym yn cyd-heneiddio ein dwy.

Ydw i'n hapus? Wn i ddim. Beth yw hapusrwydd, wedi'r cyfan? Ond rydw i'n eitha bodlon ar fy myd, er bod y cyfrifoldeb o redeg y ffarm a'r stad yn ormod i mi erbyn hyn. Ond fedra i ddim gollwng gafael, a pheth arall fyddai o ddim lles i Dafydd gael y cyfan heb ymdrech.

Yn ddiweddar darllenais lyfr gan athronydd o'r Almaen. Tystiai fod holl batrwm eich bywyd yn cael ei sefydlu yn ystod y dengmlwydd cyntaf o'ch oes. A'r ffordd i ddeall cymhleth-dodau eich bywyd, meddai, oedd ceisio cofio digwyddiadau bore oes, a'u hail-fyw drwy sgrifennu'r cyfan i lawr. Gwelech ystyr a rheswm wedyn i'ch ymddygiad wedi cyrraedd oedran llawn dwf. A dyma fi'n gwneud.

1

Jini! Hen enw twp – enw iawn ar oen swci, neu ast fach; a dyna f'enw inne. Ac i goroni'r twpdra – Jini John. Roeddwn yn casáu'r enw.

> Jini John, hardd yw hon;
> Jini John, hardd yw hon;
> O! ni welais yn fy mywyd
> Y fath swancen ag yw hon.

Ac fe ddilynodd y rhigwm gwirion 'na fi drwy fy holl ddyddiau ysgol. Ond f'enw llawn, f'enw iawn, yw Mary Anne Jane, gyda John yn dilyn wrth reswm. Sipris o enw. Mary ar ôl ffrind gore fy mam, Anne ar ôl mam-gu Sir Benfro, a Jane ar ôl y fam-gu arall, na weles i 'rioed mohoni.

Ond ro'dd gan fy mam enw pert, enw pert iawn. Myfanwy.

Ffan fyddai Dyta'n ei galw, yr un enw â gast ddefaid, ac ro'dd e'n disgwyl yr un ufudd-dod oddi wrthi ag o'dd y bugail yn ei ddisgwyl oddi wrth ei gi. Pan fyddai mewn hwyliau drwg byddai'n ei galw yn *Miss* Myfanwy, a rhyw sbeng atgas yn ei lais. Dyn oriog oedd Dyta. Weithiau byddai'n fy nghofleidio'n gynhyrfus, a thro arall byddai'n fy ngwthio o'r neilltu, ac yn gweiddi a bytheirio. Ond Mamo fyddai'n ei chael hi waethaf. Y cof cyntaf sy gen i, a hynny cyn fy mod i'n dair oed, yw cof am Dyta'n sgyrnigo a rhegi, a Mamo'n llefen yn dawel, gan guddio'i hwyneb yn ei brat.

Roedd Dyta'n benderfynol 'mod i'n galw mam yn Mamo – 'enw'r werin ac nid rhyw enw crachaidd fel Ma-ma'. Mamo fyddai ef yn galw'i fam. 'Ac os yw hynny'n ddigon da i fi, mae'n ddigon da i tithe hefyd. I ddiawl â Ma-ma.'

Roedden ni'n byw mewn bwthyn bach gwyngalchog reit ar lan yr afon, ac roedd sŵn y dŵr yn gefndir cerddorol i'n byw a'n bod, nos a dydd. Sŵn tangnefeddus, oni bai ei bod yn storom a llifogydd yn yr afon, a Mamo a Dyta'n cario sachau'n llawn swnd i rwystro'r dŵr rhag llifo i'r tŷ. Ar adeg fel'ny byddwn i'n swatio yn y gwely yn y dowlad, ac yn gofyn i Iesu Grist dawelu'r storm a'r dyfroedd. A byddai'n gwneud hefyd y rhan amlaf, chwarae teg iddo.

Llety'r Wennol oedd enw ein tŷ ni, a phob gwanwyn byddai'r gwenoliaid yn nythu o dan y bondo, ac yn twitian eu corws yn ddi-stop. Ond pan fyddai Dyta yn ei hwyliau drwg byddai'n cymryd brws llawr ac yn dryllio'r nythod yn rhacs jibidêrs. 'Hen uffernols brwnt yn cachu dros y wal i gyd' – dyna fyddai'r esgus. Byddai Mamo'n edrych yn ddiflas ar y stremp, ac mi fyddwn inne'n sgrechen-gweiddi, ac yn rhedeg i gwato. Ond fe ddysgodd y gwenoliaid eu gwers: y flwyddyn ganlynol fe adeiladon nhw eu nythod yng nghefn y tŷ, ac erbyn i Dyta ddod o hyd iddyn nhw, roedden nhw'n barod i hedfan.

Dim ond un tŷ oedd yn agos, a Glan-dŵr oedd hwnnw. Dwy hen wraig garedig – Sara a Mari – oedd yn byw yno, ac mi fydden yn rhoi bara menyn a siwgr coch arno i mi i'w fwyta, a hynny pan oedd siwgr yn brin iawn, achos rhyfel y Kaiser. Roedd gyda nhw dair iâr hefyd, a cheiliog coch anferth yn torsythu ac yn feistr ar ei stad. Codai'r ceiliog coch ofn arna i, ro'n yn ei weld yn debyg iawn i Dyta – gwallt coch oedd gan hwnnw hefyd.

Mi faswn i wedi bod yn unig iawn oni bai am Sara a Mari – nhw ddysgodd i mi sut i ddal silcots yn yr afon, ac i ddal brithyll trwy oglais ei fola. Doedd Mamo ddim yn fodlon i mi fracso yn yr afon, 'rhag ofon iti ddal annwyd, neu falle rywbeth gwaeth'. Ddes i erioed i ddeall beth oedd y 'rhywbeth gwaeth'. Ond ar dywydd teg, geiriau cynta Sara fyddai, 'Tyn dy sgidie a'th sane inni gael bigitian yn y dŵr'. Y 'bigitian' fyddai raso cychod papur, ac fe fyddai Mari'n gofalu bod digon o biprod yn nrâr y seld fel gwobrau i'r pencampwyr.

Doedd Sara a Mari byth yn cwmpo mas, byth yn cnulan, na byth yn dyheu am well byd. Roedd eu tŷ yn wacach ac yn dlotach na hyd yn oed ein tŷ ni, ond byddai'r ddwy bob amser yn chwerthin neu'n hymian canu, a'r ceiliog coch a'r tair iâr – Annie, Ffani a Siani – yn rheoli eu bywydau. Anaml iawn y byddai'r ieir yn dodwy. 'Maen nhw'n rhy hen i ddodwy,' oedd esgus Sara dros eu hanffrwythlondeb, ond doedd hynny ddim yn esgus digonol i wneud bant â nhw chwaith.

Tŷ bach oedd Llety'r Wennol – cegin fyw, pen-ucha, towlad dros y pen-ucha, a chwtsh sinc yn y cefn – y gegin fach. Fan'ny byddai Mamo yn golchi dillad, golchi llestri, a phob gwaith brwnt, a fan'ny y byddwn innau'n cael bàth bob nos Sadwrn, haf a gaeaf. Ar dân agored yn y gegin y byddai Mamo'n treio cwcan – tegell a boiler ar dribe uwchben y tân yn cynhesu'r dŵr, neu ferwi cawl, a ffreipan fawr ddu i rostio a gwneud bara planc.

Cwc sâl oedd Mamo, 'nôl Dyta. 'Rwyt ti'n blydi anobeithiol,' oedd ei ddedfryd y rhan amla, ond weithiau, dim ond weithiau, byddai'n rhoi cusan ysgafn ar ei boch, a dweud, 'Blydi grêt Ffan,' a Mamo'n cochi dan y ganmoliaeth, a byddai pawb yn hapus – am ychydig funudau.

Dyn anfodlon ar ei fyd oedd Dyta, wastad yn cwyno, wastad yn dadlau a hynny ar dop ei lais, a wastad yn gweiddi, rhegi a rhwygo. A Mamo druan a gâi'r bai am bob dim. Dyna pryd y byddwn yn rhedeg lawr i Lan-dŵr, i gael maldod 'da Sara a Mari. Byddwn yn cael cwtsh 'da Sara; byddwn yn eistedd ar ei chôl, a'r gadair siglo'n ochneidio i rythm mwmian canu Sara:

> Dere di, dere di, dere di,
> Ti yw 'nghariad gore i,
> Rwyt yn werth y byd i gyd i mi –
> Dere di, dere di.

Doedden nhw byth yn holi hanes, na gofyn pam y byddwn yn rhedeg lawr atyn nhw; weithiau yn fy ngŵn nos, dim ond rhoi cwtsh gwresog i fi. Ches i 'rioed gwtsh cynnes gan Mamo, dim ond sws bach sych wrth fynd i'r gwely, ond byddai Dyta'n fy ngwasgu'n dynn ato, llawer yn rhy dynn, a rhoi'i law fawr galed o dan fy nillad, a goglais fy mhen-ôl a'm cwcw nes 'mod i'n gweiddi 'da'r boen. Byddai wedyn yn fy ngollwng yn ddiseremoni a dweud, 'cer o 'ngolwg i, y diawl bach'. Mi faswn i'n rhoi'r byd am gael byw 'da Sara a Mari.

Fe ges i fy ngeni ychydig fisoedd cyn i'r rhyfel dorri mas, a'r cof cyntaf sy gen i am y rhyfel oedd gweld sowldiwr yn galw acw. Dyn tal, gyda mwstás, ac yn marchogaeth ceffyl du. Mamo'n rhedeg yn wyllt ato, ac i'w freichiau. Cusanu ei gilydd yn wyllt, cwtsh, cwtsh di-ddiwedd; dim un ohonyn nhw'n dweud gair, a finne'n syllu'n dwp arnyn nhw.

'Beth am y plentyn?' medde'r dyn.

'Mae'n rhy ifanc i ddeall,' medde Mamo, a dal ymlaen i gusanu.

Fe aeth y dyn o'r diwedd, a'i eiriau olaf oedd, 'Ar ôl y rhyfel bydd rhaid i ni wynebu'r gwir, Myfanwy, ac ailddechrau byw.'

'Rhy hwyr, John, rhy hwyr,' medde Mamo a llefen ar dorri ei chalon.

Pan ddaeth ati'i hun, cydiodd yn dynn ynof a dweud,

'Jini, dwyt ti ddim i ddweud wrth neb, neb am y dyn dieithr, wyt ti'n clywed? Gofala ar dy fywyd na ddwedi di 'run gair wrth Dyta. Wyt ti'n addo?'

'Ydw Mamo, addo.'

Ond er mor ifanc oeddwn i, roedd rhyw deimlad bach annifyr yn fy nghalon y dylai Dyta gael gwybod.

2

Dal i lefen oedd Mamo, a hynny 'mhell ar ôl i'r dyn dieithr fynd, ac roedd gweld Mamo'n llefen yn gwneud i minne lefen hefyd. Hen beth diflas yw llefen, a hynny heb wybod pam. Felly bant â fi i Lan-dŵr i gael bara menyn a siwgr coch. Doedd dim siâp ar Mamo i wneud tamed o fwyd i neb.

Doedd Sara a Mari byth yn holi ynglŷn â neb a fyddai'n pasio heibio i'n tŷ ni, ond heddi dyma nhw'n gofyn yn blwmp ac yn blaen, 'Fuodd 'na ddyn dieithr yn eich tŷ chi heddi?'

Wyddwn i ddim beth i'w ddweud, onid oeddwn i wedi addo peidio â sôn gair? Cefais syniad.

'Fuodd 'na geffyl 'co, ac mae Mamo wedi llefen ar ei ôl e drwy'r bore.' Ofynnodd Mamo ddim i fi beidio â sôn am y ceffyl.

'Dy fam, druan fach, mae hi'n talu'n ddrud am ei phechod,' ochneidiodd Mari.

'Cau dy ben,' medde Sara wrthi'n siarp.

Mae 'siarad pobol fawr' yn ddirgelwch i fi.

Pan es i 'nôl adre, roedd Mamo wedi gwella ac yn crafu tato at swper, ond roedd ei llygaid yn dal yn goch a chwyddedig, a dim gair o'i phen. Roedd hi'n dala'n ddistaw pan ddaeth Dyta adre.

'Beth yffach sy'n bod arnat ti? Pwy sy wedi damsgen ar dy gorn di heddi?'

Atebodd hi ddim; fe aeth Dyta bant ar gefn ei feic, a gwyddwn na ddeuai'n ôl tan ymhell ar ôl i fi fynd i'r gwely. Ar ôl iddo fynd, cafodd Mamo bwl arall o snwffian.

'Mamo, beth yw pechod?'

'Pwy sy wedi bod yn siarad â ti?'

'Clywed Sara a Mari'n siarad â'i gilydd.'

'Beth ddwedon nhw?' meddai'n reit siarp.

Cofiais 'mod i wedi sôn wrthyn nhw am y ceffyl. Rhaid oedd meddwl am gelwydd, a hynny'n reit handi.

'Siarad am y ceiliog coch oedden nhw,' medde fi ac edrych tua'r llawr.

Ond roedd yn i mi gael gwybod – treio eto. 'Mamo, beth yw pechod?'

'Pechod, Jini, yw gwneud rhywbeth drwg iawn, gwneud rhywbeth y byddi di'n edifar amdano am byth.'

Doeddwn i damed callach, a fedrwn i ddim gofyn i Dyta, rhag ofn y soniwn i wrtho am y dyn dieithr a'r ceffyl.

Fe wnaeth y dyn a'r ceffyl ypseto Mamo'n sobor – roedd hi'n ddwedwst, yn llefen lot, yn mynd i'r gwely bob prynhawn, a dim siâp ar ei bywyd. Arhosai Dyta yn y gwaith, neu yn rhywle tan hwyr y nos. Cafodd ddigon ar Mamo a'i chymadwye. Mi ges inne ddigon hefyd, ac oni bai am Sara a Mari mi fyddwn i wedi starfo.

I Lan-dŵr y rhedwn bob bore i frecwast, i gael bara-llaeth, ac aros i ginio i gael cawl llysiau. Byddwn yn casglu blodau gwylltion ar y ffordd, ac mi fyddai Mari'n adnabod pob blodyn wrth ei enw, ac yn gwybod hefyd beth oedd ei bwrpas – roedd pob blodyn bach o les at rywbeth.

Byddai Mari'n defnyddio'r blodau gwylltion i wneud eli a moddion at wella pob math o glefydau ac afiechydon, a byddai pobl o bell ac agos yn dod ati i geisio gwellhad. Ac mi fyddwn i'n rhoi help llaw iddi i chwilota am y llysiau ac i gymysgu'r trwyth. Ond chawn i ddim gwybod beth oedd yr hylif a arllwysai i deneuo'r cymysgwch. Dysgais fod persli'n dda at biso'n rhwydd, berw'r dŵr at buro'r gwaed, a the o'r bengaled at gur pen. Bob rhyw fis byddem yn mynd mas i grwydro'r caeau, a chwilio'r perthi am lysiau i wneud moddion i wella'r clefyd melyn; câi arian da amdano – swllt am boteled fach a deunaw am un fawr. Cynghorai Doctor Powel, Castellnewydd, bawb a ddioddefai o'r clefyd melyn i fynd at Mari Rees i mofyn moddion. Dyna hwyl oedd cerdded am filltiroedd i chwilio am y llysiau hyn, a Mari'n gwybod yn gwmws ble i gael gafael ymhob llysieuyn bach – tansi gwyllt, berw'r graig, cribau Sant Ffraid, ffa'r gors, comffri a llawer, llawer mwy.

Câi Mari hawl i grwydro lle y mynnai i

chwilio a chwilota; roedd pawb yn ei hadnabod, a phawb yn cyfarch gwell iddi. Mynd â thocyn o fara a chaws yn ein pocedi, a photelaid o laeth i'w yfed, a chrwydro am ddiwrnod cyfan drwy berci, tros gloddiau a thrwy gorsydd. I ddod o hyd i ffa'r gors, rhaid oedd bracso drwy'r afon, dringo'r rhipin, ac i lawr i'r cwm yr ochr arall.

Un tro daeth dyn ar gefn ceffyl gwyn ar ein traws. Dyn yn gwisgo hat silc, a chanddo farf wen. Dyn gwahanol, gyda wyneb caredig, gŵr bonheddig. 'Wel, Mari, rwyt yn dal i gasglu, a dal i wella'r cleifion. A phwy yw'r roces fach bert 'na sy 'da ti?'

Atebodd Mari ddim ar unwaith – roedd fel pe bai'n cysidro beth i'w ddweud – ond dyma fi, yn fenyw i gyd, yn siarad drosti.

'Jini ydw i, ac rwy'n byw yn Llety'r Wennol.'

A dyma'r dyn yn rhoi slap sydyn i'w geffyl, a bant ag e ar garlam heb edrych nôl.

'Pwy oedd y dyn 'na, Mari?'

'Y gŵr bonheddig sy'n byw yn y tŷ mawr 'co yn y coed yr ochr draw i'r afon.'

'Dyw e ddim yn leico plant, Mari.'

'Paid â phoeni, Jini fach, mae'r dyn yna wedi cael gofid a siom, ac ma' fe'n methu anghofio hynny.'

A finne wedi credu ei fod yn ddyn caredig. Ond hen ddyn ffroenuchel oedd e, hen ddyn stansh, a doeddwn i ddim eisie ei weld e byth eto.

3

Doedd Mamo a fi yn fawr o ffrindie – doedd hi byth yn fy nghanmol, byth yn rhoi cwtsh i fi, ac roedd hi'n gwneud i mi deimlo 'mod i dan draed.

'Cer, Jini.' 'Paid, Jini.' 'Eiste'n llonydd, 'da ti.' 'Paid â chlebran yn ddi-baid.' 'Mas â ti o 'ngolwg i.'

A mas fyddwn i'n mynd – i Lan-dŵr at Sara a Mari i gael moethe, a rhywbeth bach i'w fwyta. Doedd ganddyn nhw ddim teganau na llyfrau – heblaw'r Beibl Mawr, y Llyfr Emynau, a Llyfr Coch, a elwid yn Lyfr Doctor, ac yn ôl Mari dyna'r unig lyfr o'i fath yn yr holl fyd. Weithiau byddwn yn cael cip arno, ond roedd yn codi ofn arna i – lluniau esgyrn a sgerbydau a dynion a merched heb gerpyn amdanyn nhw. Roedd ynddo luniau blodau a llysiau hefyd, ac mi fyddai Mari'n dysgu enwau'r blodau i mi, a hefyd dysgu at beth oedden nhw'n dda.

Treuliwn oriau yn edrych ar y lluniau yn y Beibl Mawr – lluniau lliw – a Sara'n adrodd y storïau mor fyw, un ar ôl y llall, gan ddechrau yn y dechrau gyda Gardd Eden. Byddwn yn llefen o glywed stori Cain yn lladd ei frawd, gan ddefnyddio morthwyl anferthol. Roeddwn yn dotio at stori Esther, y ferch oedd mor ddewr, yn barod i farw dros ei gwlad. A phenderfynais y byddwn innau hefyd, rhyw ddydd, yn ymuno â'r armi i ymladd dros fy ngwlad.

'Ydy merched yn cael mynd i'r armi, Sara?'

'Ydyn, gwaetha'r modd, ond nid wmladd dros Gymru maen nhw, ymladd dros y brenin a Phrydain Fawr.'

Doeddwn i ddim yn gwybod y gwahaniaeth rhwng Cymru a Phrydain Fawr; ro'n i'n credu mai ymladd dros Lloyd George oedden nhw'n 'i wneud, ac nid dros y brenin. Doedd Sara ddim yn barod i egluro chwaith – 'rwyt ti'n holi gormod, Jini fach'. Gwyddwn pryd i dewi.

Sara ddysgodd fi i ddarllen, a hynny ymhell cyn dyddie ysgol, a dysgu sgrifennu hefyd. Sgrifennu ar lechen, gan ddefnyddio pensel garreg – JINI, SARA, MARI, MAMO, DYTA, ac yn y blaen, ac yn y blaen. Ches i ddim trafferth o gwbwl, ac fe ddysges i ddarllen y Beibl Mawr, â'i glaspiau pres, yn ddigon rhwydd. Heblaw am y llunie, rhyw lyfr diflas iawn oedd y Beibl, a doeddwn i'n deall fawr ddim ohono. Un peth yw darllen, peth arall yw deall. Ond roedd hi'n werth gwrando ar Sara yn adrodd ac ailadrodd y storïau, ac yn esbonio'r llunie. Doedd hi ddim yn fodlon i gael ei holi, 'achos rwyt ti'n rhy ifanc i ddeall eto'. Roedd 'na lun o Iesu Grist yn esgyn i'r nefoedd yng nghanol y cymylau, mewn dillad gwynion a choron o ddrain ar ei ben. Roedd golwg ddiflas iawn arno, ac ystyried ei fod ar ei ffordd i'r nefoedd. Yn ôl Sara, mi fyddwn i gyd – pawb – yn mynd ato rhyw ddiwrnod.

'Hedfan drwy'r cwmwle, 'run fath â Iesu Grist, ac yn gwisgo coron?'

'Na, nid fel'na'n gwmws.'

'Shwt 'te?'

'Wel,' ac mi fyddai Sara wastad yn aros am sbel cyn ateb, yn enwedig os na fyddai'n siŵr beth i'w ddweud.

'Na, nid fel'na'n gwmws,' medde hi wedyn.

'Shwt 'te?'

Ro'n i'n gweld wrth ei hwyneb ei bod yn chwilio am ateb. 'Wel, mi fydd yn rhaid i ni farw gynta.'

'Ie, a beth wedyn?'

'Ac mi fydd yn rhaid i ni gael ein claddu.'

'Claddu yn yr ardd, yr un peth â Ffani, yr iâr wen?'

'Nage, nage, nid yn yr ardd, ond mewn mynwent, mewn arch.'

'Beth yw arch?'

'Bocs mawr pren, a chlawr arno.'

'A shwt allwn ni hedfan drwy'r cwmwle i'r nefoedd os fyddwn ni wedi cael ein cau mewn bocs, a'n claddu yn y ddaear?'

'Jini, wyt ti'n holi gormod, wyt ti'n rhy ifanc i ddeall – rhaid iti aros hyd nes byddi di'n roces fowr.'

'A phryd bydd hynny?'

'Ar ôl i ti ddechrau'r ysgol.'

A ches i ddim gwybod rhagor. Doeddwn i ddim eisiau mynd i'r ysgol, fodd bynnag. Roedd yn well 'da fi aros gartre, a gwrando ar storis Sara am Adda ac Efa, am Cain yn lladd Abel, ac am Moses bach yn cael ei achub gan y dywysoges bert â'r gwallt du, a'r ffrog las.

Ond roeddwn yn bump oed erbyn hyn, a mynd i'r ysgol fyddai raid, a cherdded dwy filltir, fore a phnawn. Doeddwn i ddim yn nabod unrhyw blentyn arall; doeddwn i erioed wedi siarad na chwarae 'da neb erioed. Fues i 'rioed yn y Capel na'r Ysgol Sul, er bod Sara'n dal i bwyso arna i i fynd. Lawer gwaith y gofynnodd hi i Mamo i adael i mi fynd gyda hi, ond na, roedd Mamo'n bendant.

'Eglwyswraig ydw i, ac mae Jini wedi cael bedydd eglwys – a phe bai'r eglwys yn nes, i fan'ny byddai'n mynd.'

A doedd neb yn dadlau 'da Mamo. Roedd ganddi rhyw ffordd fi-sy'n-gwybod-orau, oedd yn gallu rhoi taw ar bob dadl. Dim ond Dyta oedd yn mentro'i hateb yn ôl – byddai hwnnw'n rhegi a bytheirio, ond i ddim pwrpas. Troai Mamo ei chefn arno, gan ddal ei gwefusau'n dynn. Fwy nag unwaith, cododd ei fraich i'w tharo, ond safai Mamo ei thir, gan edrych i fyw ei lygaid, ac roedd yr edrychiad hwnnw yn ddigon iddo. Âi allan, ar ei feic, ac ni ddeuai'n ôl am oriau; weithiau arhosai mas drwy'r nos.

Ychydig iawn fyddai'n galw heibio gyda ni – weithiau deuai Sara, ond byth os na fyddai ganddi neges pendant. Byddai rhywun yn galw byth a beunydd yng Nglan-dŵr – y tegell wastad ar y berw, dished o de ar y ford ymhen chwincad, a hynny ar waethaf prinder o achos rhyfel. Byddent yn cwyno beunydd am eu dogn pitw o siwgr – Sara yn beio Mari am ddefnyddio cymaint yn y moddion y byddai'n eu cymysgu. Yn ôl Mari, roedd siwgr yn rheidrwydd i leddfu chwerwder y wermod, ac wrth gwrs byddwn innau'n cael trwch o siwgr ar fy mara menyn. Doedd Mamo byth yn rhoi siwgr yn ei the; llaeth fyddwn i'n ei yfed, ond byddai Dyta'n rhoi tair llwyed yn ei de, a fe fyddai'n cael y dogn siwgr i gyd, oni bai am yr ychydig fyddai'n cael ei roi yn y pwdin ar dro.

Un diwrnod gwelais fy nghyfle i helpu Sara a Mari – roedd y tun siwgr yn llawn hyd y fyl; arllwysais y rhan fwya i gwdyn papur ac i ffwrdd â fi nerth fy magle i Lan-dŵr.

'Mae Mamo yn rhoi'r siwgr 'ma i chi.'

'Wyt ti'n siŵr, Jini, mai dy fam sy'n ei roi?'

Rhaid oedd dweud celwydd.

'Ie wir, Sara, dim ond Dyta sy'n cymryd siwgr yn ei de yn ein tŷ ni.'

'Wir, mae'n garedig iawn, rho ddiolch yn fowr iawn iddi, Jini.'

Mor hawdd oedd dweud celwydd, ac roeddwn mor falch o fedru helpu Sara a Mari.

Ond pharhaodd y teimlad da ddim yn hir. Pan es i adre roedd Mamo'n hwylio swper, wedi stiwo plwms i bwdin, ac wedi arllwys y tamaid siwgr oedd yn weddill ar eu penne i'w melysu. A thun gwag oedd yn wynebu Dyta.

'Ble mae'r blydi siwgr wedi diflannu? Roedd y tun yn llawn neithiwr.'

A dyma Mamo'n esbonio'n dawel am y plwms sur.

'Dim ond dwy lwyed oedd ar ôl yn y tun.'

'Uffern dân,' medde Dyta'n wyllt, 'be sy'n mynd 'mlân yn y tŷ 'ma?' Unwaith eto, 'pwy sy wedi dwgyd y ffycin siwgr?'

'Wnes i ddim dwgyd y ffycin siwgr,' mynte fi, gan deimlo ei bod yn anos dweud celwydd y tro 'ma.

'Jini,' medde Mamo mewn llais crac, 'beth yw'r iaith ofnadw 'na wyt ti'n iwso?' ac edrych yn gas at Dyta. Ond doedd hwnnw ddim yn gwrando.

'Jini,' medde fe, fel dyn gwyllt, 'wyt ti'n rhaffo celwydde. Be wnest ti â'r blydi siwgr? Y gwir, y diawl bach.'

Roedd y trap yn cau amdana i.

'Ei roi i Sara Rees.'

'Pam yffach wnest ti roi'n siwgr i i'r hen bitsh 'na? Rhaid dy gosbi di, meiledi. Mas â ti i'r ardd.'

A dyma fe'n fy llusgo mas o'r tŷ.

'Tyn dy flwmers, Jini – wy'n mynd i dorri gwialen.'

Gwyddwn beth oedd i ddilyn – ches i erioed glatsien ar fy mhen-ôl noeth o'r blaen, a dyma fi'n wban a bloeddio sgrechen. Roeddwn yn crynu fel cwningen fach mewn trap. Daeth Dyta 'nôl whap â'r wialen; pwten o wialen fach yn llawn dail. Ac yn sydyn fe newidiodd yn hollol; roedd e'n ddyn tawel, caredig. 'Gorwedd dros y bocs na,' medde fe.

A dyma fe'n tynnu 'mlwmers i lawr, a dinoethi fy mhen-ôl bach i i'r gwynt. Roeddwn yn dal i lefen, udo llefen, yn disgwyl am y grasfa ac yn crynu'n ddi-stop. A dyma Dyta yn cusanu fy mhen-ôl, fel dyn o'i go, nid cusanu bach ysgafn – roedd fel petai'n fy mwyta'n fyw, ac roeddwn yn cael dolur ofnadwy, dolur dychrynllyd.

'Dyta, peidiwch, peidiwch, peidiwch â bod yn gas.'

Daeth Mamo mas o'r tŷ, a gwaeddodd yn eitha siarp, 'Ifan dyna ddigon.' Ac fe stopiodd yn sydyn, 'Gwisga dy flwmers, a rhoi'r gore i'r boechan a'r nadu.' Ond fedrwn i ddim stopo, roedd y llefen yn dod o'r tu mewn. Fedrwn i ddim mynd i'r tŷ chwaith. Cododd Dyta ofn arna i, mi fase'n well gyda fi fod wedi cael clatsien 'da gwialen fedw. Rhedais i Lan-dŵr. Ond er holi a holi, allwn i byth â dweud wrth neb beth ddigwyddodd i fi, ac roedd y llefen a'r igian yn codi o'r gwaelodion o rywle. Roedd 'dere-di' Sara'n help. Roedd cywilydd arna i dros fy hunan, a thros Dyta hefyd – roeddwn yn dost y tu mewn i fi, a 'mhen-ôl i'n dal i losgi. Penderfynais na ddwedwn i ddim celwydd eto – dim byth bythoedd.

4

Nawr ac lŵeth byddai Marged yn galw – dod â
basgedaid o fwyd gyda hi, a wastad rhywbeth
sbeshal i fi – swîts neu frat newydd. Byddai'n
cyrraedd yn weddol fore ar ben cart gyda John
yr Ieir. Byddai John yn crwydro'r wlad yn
prynu ffowls a ieir, ac wedyn eu gwerthu yn y
farced yng Nghastellnewydd. Byddai Marged
yn aros gyda ni trwy'r dydd, a mynd 'nôl
wedyn yn hwyr y prynhawn ar yr un cart.

Hen wraig fach oedd Marged, yn gwisgo
mewn du o'i phen i'w sawdl. Bonet bach yn
clymu â dolen ar ei phen, a edrychai rywbeth
yn debyg i gorcyn, siôl ddu dros ei hysgwyddau,
a sgert ddu yn llusgo'r llawr. Byddai Marged
wastad â gwên fawr ar ei hwyneb, a'i llygaid
glas yn pefrio, ond yn bwysicach na dim, roedd
yn llwyddo i wneud i Mamo wenu hefyd.
Byddai'n fy ngalw yn Jane, byth Jini, a galw
Mamo yn Miss Myfanwy. Ond doedd Mamo
ddim yn fodlon.

'Marged, mae'n hen bryd i chi anghofio'r
Miss erbyn hyn; mae'r amser yna wedi
diflannu am byth.'

'Fe ddaw tro ar fyd eto, fe gei di weld.'

'Marged, plis, anghofiwch y gorffennol –
ddaw e byth 'nôl. A sut ma Fe? Odi fe'n gwbod
eich bod chi'n dod yma heddi?'

'Sna i'n gwbod, a sna i'n gweud dim, ond mae'n rhaid ei fod yn sbecto. Fe welodd fi'n torri'r ham, a wnaeth e ddim holi. Taw pia hi.'

'Sdim rashons 'co?'

'Na, digon o bopeth heblaw siwgr. Ac mi fydd hwnnw'n brin o hyn ymlaen, achos mae dau weithiwr, Sam a Dan, wedi eu galw i'r armi. Mi fydd rhaid i ni i gyd, y bòs a'r ddwy forwyn, droi ati i weithio tu fas. Does dim argoel fod yr hen ryfel 'ma yn dod i ben.'

'Fydd hi ddim yn hir eto, Marged, a Lloyd George wrth y llyw. Mae Ifan yn sôn am fynd.'

'Da iawn wir, fe wnaiff y dril a'r ddisgyblaeth les mawr iddo. Pharith y rhyfel ddim yn hir wedyn.'

Gwenodd Mamo am y tro cynta ers dyddiau. Diwrnod da oedd diwrnod Marged.

'A shwt mae'r holl-wybodol yn dy drin di nawr? Dal i lymeitan a bytheirio?'

A dyna Mamo'n distewi, a chau 'i gwefusau'n dynn. A finne wrth fy modd yn gwrando a cheisio deall. Pwy oedd y 'Fe' o'n nhw'n sôn amdano? Ofer oedd holi.

Wedyn mynd ati i baratoi cinio – cinio sbeshal – ffreio ham a wye, berwi tato a ffa, a chael tarten fale, a hufen tew i bwdin – y cwbwl wedi dod o fasged Marged. Am dri o'r gloch byddem ein dwy yn ei hebrwng i ben y lôn i gwrdd â John yr Ieir – Marged yn baglu dros ei sgert hir wrth ddringo i'r cart, a phawb yn chwerthin.

Ond cyn i Dyta ddod adre, byddai'r wên wedi diflannu oddi ar wyneb Mamo, y llygaid yn bŵl, a'r gwefusau'n dynn fel cragen cocs.

Byddai Dyta bob amser yn synhwyro ymweliad Marged; gwynto'r ham a'r wyau, mae'n debyg.

'Fuodd yr hen wrach 'ma heddi?'

'Fe fuodd Marged 'ma.'

A beth oedd ganddi yn ei basged i Miss Myfanwy heddi?'

'Mwy nag wyt ti'n ei haeddu.'

'Mas â'r ffreipan 'na, Ffan. Rwy'n barod am sleisen drwchus o ham.'

'Chest ti ddim swper heno?'

'Do, os wyt ti'n galw blydi wy wedi'i ferwi yn swper.'

A dyna lle byddai'n conio ei ail swper.

Gwas ffarm oedd Dyta – mynd ar gefen ei feic yn gynnar bob bore i weithio yn Rhyd-lwyd, dod adre ar ôl swper, potelaid o laeth yn ei boced, a'i ddillad yn drewi o chwys a dom ceffyle. Byddai'n newid ei ddillad yn y cwts, molchi yn y badell namel – golchi ei wallt, tu ôl i'w glustie a than ei geseile. Roedd hynny'n bwysig, mae'n debyg, achos dyna lle roedd y jyrms a'r drewdod yn llechu. Bant ag e wedyn, ar gefen ei feic i rywle.

'Ble mae Dyta'n mynd bob nos, Mamo?'

'Duw yn unig a ŵyr, Jini fach.'

Ambell waith, byddwn ar ddihun pan deuai adre; roedd pob smic i'w glywed o'r dowlad. Byddai Mamo hefyd yn y gwely ran amla, ac mi fyddwn yn clywed y ddau'n cega – o leia mi fyddwn yn clywed Dyta'n bloeddio yn ei lais crac:

'Paid esgus dy fod yn cysgu – dihuna, wyt ti'n clywed, ac agor dy blydi coese!'

Byddai'r gwely'n ysgwyd wedyn; mynd clats, clats, clats. Yna distawrwydd am sbel fach, a Mamo'n snwffian crio'n dawel am amser maith. Wn i ddim pam, ond rhaid ei bod hi mewn poen, neu fyddai hi byth yn llefen mor druenus. Doedd hi byth yn llefen heb achos. Ac yna llais pifus Dyta:

'Stopa dy blydi snwffian, a cher i gysgu, i ti cael codi i gwcan brecwast i fi yn y bore.'

Fyddwn i byth yn gallu cysgu nes bod Mamo'n stopo llefen, a finne byth yn gwybod beth oedd achos ei gofid. Ond roeddwn i'n amau mai Dyta oedd yr achos.

Byddwn yn gofyn iddi drannoeth, 'Ydych chi'n teimlo'n well heddi, Mamo?'

'Be wyt ti'n feddwl? Wy ddim yn dost.'

'Ond mi glywes i chi'n llefen yn y nos.'

Dim ateb, dim ond cnoi ei gwefusau, nes eu bod nhw'n gwaedu.

'Odi Dyta'n gas i chi, Mamo?'

Dim ateb eto, a'r gwefusau'n dal yn dynn, dynn.

'Cer mas i whare, Jini, a gofala na ddwedi di yr un gair wrth Sara a Mari. Gofala di!'

Fyddwn i byth yn sôn wrth neb am beth oedd yn digwydd gartre; ein busnes ni, a neb arall, oedd hynny. A chware teg i Sara a Mari, fydden nhw ddim yn holi chwaith. Ond roeddwn i'n becso drwy'r amser, becso fod Mamo'n dost, ac yn llefen o hyd ac o hyd, becso fod Dyta'n gweiddi a rhegi arnon ni'n dwy, a becso y bydde'n rhaid i mi fynd i'r ysgol a hynny cyn yr haf.

Felly bant â fi i Lan-dŵr – dyna lle roeddwn i hapusa.

'Be sy'n bod, Jini fach? Rwyt ti'n edrych yn eitha fflat.' Fedrech chi gwato dim oddi wrth Mari, odd hi'n gweld trwy bopeth. 'Wyt ti wedi bod yn roces ddrwg?'

'Na, becso ydw i, Mari.'

'Jini fach, wyt ti'n rhy ifanc i fecso. Becso am beth, er mwyn y mowredd?'

'Becso obiti mynd i'r ysgol, ofon yr hen fechgyn mowr, ma'n nhw'n whamps o fechgyn. Mi weles rai ohonyn nhw yn wmladd â'i gilydd ar bont y Graig pan o'n i'n mynd i'r siop 'da Marged.'

'Paid â phoeni, whare o'n nhw, fyddan nhw byth yn gneud sylw o ferched bach fel ti.'

'Rwy'n becso, Mari.' A dyma fi'n dechre llefen a llefen – hen lefen cas o'dd yn dod lan o'r bola, a Mari'n fy nghysuro â chusane a phibrod.

Ond roedd mwy na'r bechgyn mowr yn fy mecso. Dyta a'i gymadwye o'dd yn fy mecso i fwya, ond fedrwn i byth â chario claps – roeddwn i wedi addo wrth Mamo. Ond o'n i'n teimlo'n well ar ôl cael llefad a mynd mas 'da Mari i gasglu llysiau at wneud moddion.

A phan es i adre, pwy o'dd yno ond Anti Mary. A dyna lle'r oedd y ddwy yn eistedd un bob ochor y tân yn yfed te o'r llestri tseina, a Mamo'n amlwg wedi bod yn llefen lŵeth. Ro'dd Anti Mary yn werth y byd, bob amser yn rhoi cwtsh i fi, a llond cwdyn o gisis bob lliw. Ro'dd gan Mamo a hithe gymaint i ddweud wrth ei gilydd, siarad a chwerthin, llefen a chwerthin yn ddi-stop, ond fyddwn i byth yn cael clywed eu clonc – roedden nhw'n stopo'n stond pan fyddwn i'n dod i'r golwg. Roeddwn i wedi dysgu mynd at y tŷ yn ddistaw bach, ond roedden nhw'n siarad am bobol hollol ddieithr i mi. Do'dd dim syniad 'da fi pwy oedd John, na phwy o'dd y dyn a alwent yn 'Fe'. Ro'dd Marged hefyd yn sôn am y 'Fe' hwnnw byth a hefyd. Fe ddes i ddeall yn glou iawn nad oedd 'da'r un ohonyn nhw fowr o olwg ar Dyta. 'Llymeitiwr a merchetwr' oedd Dyta, 'nôl Anti Mary. Doedd 'da fi ddim syniad beth oedd ystyr y geirie mowr, bydde'n rhaid i mi ofyn i Sara a Mari am esboniad. Roeddwn wedi sbecto nad oedd 'da Anti Mary fowr o olwg ar Dyta. Doedd 'da finne ddim chwaith.

5

Ro'dd Lloyd George, medden nhw yn mynd i roi pen ar y rhyfel cyn Nadolig, ond wnath e ddim, ac ro'dd y siwgr yn dal yn brin, a Dai Tanyfron wedi cael ei ladd yn Ffrainc. Daliwyd Jac Llainwen gan y Germans; ro'dd e'n prisn-o-war, neb yn gwbod lle, a'i fam druan fach yn llefen ei hunan yn swps, ac yn bwrw bai ar Lloyd George.

Byddai Dyta'n sôn byth a beunydd am fynd i'r armi, a Mami'n gweud dim; ond rwy'n siŵr y byddai'n ddigon balch o weld 'i gwt e, achos byddai'n cael pwle o lefen torcalonnus, a hynny ganol nos. Yn ystod y dydd, ni fyddai'n siarad â fi, dim ond i ddweud, 'Paid Jini, bydd ddistaw Jini, cer o dan drâd Jini'. Dyna 'i gyd a gawn i ganddi drwy'r dydd, bob dydd.

'Dych chi ddim yn ffrind i fi, Mamo?'

'Paid â siarad dwli, wrth gwrs 'mod i'n ffrind i ti.'

'Pam na siaradwch chi â fi, te?'

'Wyt ti'n rhy ifanc i ddeall eto, Jini fach.'

Na, doeddwn i ddim yn deall, ond mi faswn i'n leico cael 'dere di' ac ambell i gwtsh bach ganddi ambell waith.

A phawb yn siarad am y Germans, a phawb eu hofn nhw. Ac oni bai fod ein bechgyn ni yn

Ffrainc, yn eu hymladd ac yn eu lladd fel gelets, mi fydden nhw yma ac yn ein saethu ni bob un, pob wan jac. Fydde neb na dim byd ar ôl ond ambell i gi strae. A German oedd pob dyn dieithr a welid obiti'r lle.

'Jini, gofala nad ei di lan i Goed yr Allt, ma' 'na Germans fan'ny tu ôl i bob clawdd.'

'Jini, hwtha dy drwyn – mae e'n llawn Germans.'

Ac roedd sôn fod y Germans wedi lladd ein bois ni i gyd mewn rhyw le o'r enw Somme.

Un diwrnod, glaniodd Anti Mary 'co. Clymodd Flower y poni wrth y iet, a cherddodd i'r tŷ yn gwmws fel petai hi eisie troi'n ôl, ac yn edrych mor ddiflas â iâr ar y glaw.

'Odi dy fam mewn?'

Dilynais hi'n ara bach, gan synhwyro fod rhywbeth mawr wedi digwydd. Safodd yn stond wrth ddrws y gegin – edrychodd Mamo'n hurt arni, a'i gwefusau'n crynu.

'Mary,' meddai, 'mae rhywbeth mowr wedi digwydd! Y gwir, Mary, y gwir.'

'Mae John ar goll.'

A dyma Mamo'n newid ei lliw o fod yn llwyd, i rhyw liw llwydlas annaturiol.

'Ond gwranda Myfanwy, ar *goll* mae e, does neb yn siŵr o ddim byd eto.'

'Y gwir, Mary; roedd e yn y Somme, a ma' pawb o'dd fan'ny wedi'u lladd.'

A dyma hi'n pwyso ar y ford – nid pwyso'i

phen yn unig, ond gorwedd ar ei thraws, a rhyw sŵn oerllyd yn dod o'i genau – nid sŵn llefen, ond sŵn fel ci'n udo yn y nos. Mi ges i ofn; a chofiais mai John o'dd enw'r dyn a ddaeth ar gefn ceffyl i weld Mamo – y dyn doeddwn i ddim i sôn amdano wrth undyn byw.

'Jini, cer mas i whare.'

Mas i chware – chware â phwy, chware â beth? Diolch fod Glan-dŵr yn ymyl, ac fel arfer dyma fi'n mynd yno'n bensych i gael maldod.

'Wyt ti'n gynnar heddi, Jini. Os rhwbeth yn bod?'

'Mae Anti Mary 'co, ac ma' John ar goll. Odych chi'n nabod John?'

A dyma'r ddwy yn edrych ar ei gilydd, a rhyw olwg wyllt syfrdan arnyn nhw.

'Ma' mwy nag un John i'w gael, Jini fach.'

'Ma' Mamo'n llefen ar ôl y John hwn.'

'P'un sy'n well 'da ti? Bara menyn mêl, neu fara menyn siwgr?'

A dyna ben ar yr holi. Gwyddwn nad o'dd yr un ohonyn nhw eisie sôn rhagor am John, ta pwy o'dd hwnnw. Ac yng Nglan-dŵr y bues i drwy'r dydd, yn helpu Mari i wneud diod fain.

'Mae'n saith o'r gloch, Jini fach, well iti 'i throi sha thre – mi fydd dy fam yn becso amdanat ti.'

'Wy ddim eisie mynd adre, Mari – does neb i siarad â fi gartre.'

Ond adre es i, yn anfoddog ac yn swrth –

27

gartre lle nad o'dd neb i siarad â fi, nac i roi sws i fi.

Anghofia i byth yr olwg oedd ar Mamo – ei gwallt yn gudynne dros ei hwyneb a'i gwddwg, ei hwyneb mor llwyd â'r lludw, y dagre'n dal i redeg, ac yn edrych mor hen â Mari.

Mamo druan! O'dd yn rhaid i fi ddweud rhywbeth.

'Pwy yw John, Mamo?'

'Paid â holi, Jini fach, fyddi di naws gwell o ga'l gwbod.'

'Odi John wedi marw, Mamo?'

'Sa i'n gwbod, Jini, a bydd ddistaw 'da ti – rho lonydd i fi.'

Ond dyma Dyta'n cyrraedd. Fe gymrodd un gip ar Mamo.

'Be ddiawl sy'n dy gorddi di? Wyt ti'n edrych fel taset ti wedi dy lusgo drwy'r drain.'

Dim gair o ben Mamo.

'Pwy fuodd 'ma heddi?'

'Roedd Anti Mary 'ma yn y bore bach,' meddwn i, yn falch o gael dweud rhywbeth.

'O, wy'n gweld, wyt ti wedi clywed 'te?'

Mamo'n dal yn bendrist a dwedwst.

'Do, mi glywes inne hefyd – John, gŵr bach bonheddig Coedperthi, wedi mynd i'w aped. Un cythrel yn llai i ddamsgen y tlawd.'

A dyma Mamo'n unioni, ac yn dweud – nage, yn sgrechian – mewn llais cras, caled:

'Paid ti o bawb â siarad am John fel'na, *ti* sy

ddim yn ffit i ddatod careie 'i sgidie fe. Bachgen dewr o'dd John, nid rhyw gachgi dan-din fel ti sy'n ffeindo pob esgus rhag mynd i'r armi. Mae dy glywed yn siarad fel'na yn codi cyfog arna i. Roedd John yn werth dwsin o dy siort ti, y llipryn.'

'Ond fi briodest ti.'

'Ie, er mowr gywilydd i mi. Byddai carchar am oes yn llai o gosb na'r hyn rwy'n gorfod ei ddiodde, a hynny ddydd ar ôl dydd. Cer o 'ngolwg i.'

Chlywes i 'rioed mo Mamo mor grac, a chlywes i 'rioed mo Dyta heb air i ateb 'nôl – yn edrych yn dwp a'i geg ar agor, a dim un sŵn yn dod mas o'r geg honno. Mamo a'i llygaid yn melltennu, a'i gwallt llaes yn hofran yn anniben rownd ei phen a'i hysgwyddau, ddim mor annhebyg i'r sipsi a ddeuai o ddrws i ddrws i werthu pegiau.

Aeth Dyta mas heb ddweud gair, cau'r drws yn glep, nes bod jygiau'r seld yn crynu – mas i chwilio am gysur. Doedd dim cysur i neb yn Llety'r Wennol y noson honno. Aeth Mamo i'r gwely heb ddweud 'run gair, yn dal i edrych mor llwyd â'r wal, ei gwallt yn anniben, a'i llygaid yn bŵl. Nid Mamo oedd hi; fe newidiodd mewn diwrnod i fod yn hen wraig, a doeddwn i ddim yn ei nabod hi o gwbwl. Es inne fel arfer i yfed cwpaned o laeth cyn mynd i'r cae nos yn y dowlad.

Ond fedrwn i ddim cysgu, roedd clywed Mamo'n snwffian a chwyno yn fy nghadw ar ddi-hun. Pwy oedd John? A pham fod Mamo â chymaint o hiraeth ar ei ôl? Troi a throsi, codi'n fore, mynd â dished o de i Mamo – roedd y dagrau wedi sychu a'r cwyno wedi peidio, ond roedd hi'n pallu siarad â fi, a ches i ddim thenciw am y te chwaith. Es i ddim i Lan-dŵr y diwrnod hwnnw; doeddwn i ddim yn teimlo y gallwn i adael Mamo ar ben 'i hunan bach.

Anaml y byddai'r postman yn galw yn ein tŷ ni, ond fe ddaeth y diwrnod hwnnw.

'Odi dy dad gartre?'

'Na'di.'

'Odi dy fam gartre?'

'Mae'n dost yn y gwely – yn dost iawn, a dyw hi ddim yn gallu siarad â neb.'

'Ma' llythyr pwysig 'da fi, ac mae'n rhaid i rywun seino amdano. Alli di sgrifennu?'

'Galla'n iawn.'

'Beth yw dy enw di?'

'Jini John.'

'Sgrifenna d'enw fan hyn ar y papur 'ma, pansa nawr.'

A dyma fi'n panso, a sgrifennu f'enw fel oedd Sara wedi 'nysgu i.

'Da lodes i, a chofia roi'r llythyr 'ma i dy dad, cyn gynted ag y daw e adre.'

Llythyr hir mewn amlen lwyd oedd e, ac

O.H.M.S. wedi'i sgrifennu arno uwchben enw Dyta.

'Mamo, mae llythyr wedi dod i Dyta.'

'Dere ag e 'ma.'

A dyma Mamo'n cymryd un gewc arno, a dweud, 'Diolch i'r nefoedd! Rho fe i fi. Fe roia i fe i dy dad.'

Fydde hi byth yn dweud Dyta wrth siarad amdano – 'dy dad' bob amser.

Ac yn wir, ar ôl cael y llythyr fe gododd, 'molchi, cribo'i gwallt, a gweithio cinio i fi. Ond roedd hi'n dawel iawn, yn dal i edrych yn llwyd ac yn hen, ond yn dweud ambell air.

Ro'n i mas yn chwarae pan ddaeth Dyta.

Rhedes i'r iet i gwrdd ag e.

'Dyta, mae'r postman wedi dod â llythyr i chi.'

Rhuthrodd i'r tŷ, a Mamo'n barod amdano.

'Llythyr pwysig i ti, Ifan.'

Edrychodd yn syn ar yr amlen. Gwawriodd y gwirionedd arno.

'Pwy seinodd am y blydi llythyr 'ma?'

'Fi nath, wy'n gallu sgrifennu'n iawn,' medde fi, gan deimlo'n fenyw a hanner. Roedd Mamo yn rhyw hanner gwenu, fel pe bai wedi anghofio'i gofid am funud. Ddwedodd Dyta 'run gair, dim ond rhwygo'r amlen, yn ddi-amynedd, wyllt. Edrychodd yn syn ar y cynnwys.

'Y diawled.'

'Pwy y'n nhw?' medde Mamo yn ddigon tawel.

'*Nhw* yw Jenkins a'i feibion. Maen nhw wedi dod i ben â chadw'r ddou bwrsyn crwt 'na mas o'r armi – fi sy'n gorfod mynd i wynebu'r blydi Germans.'

'Ond roeddwn i'n credu dy fod ti'n awchu am fynd i'r armi.'

'Wyt ti'n falch uffernol, on'd wyt ti? Mi fyddet ti'n gorfoleddu taswn i'n cael bwlet, bydde ti'r bitsh?'

Atebodd Mamo mo'no, ond wir er 'mod i ddim yn leico Dyta o gwbwl, doeddwn i ddim eisie iddo fe gael bwled chwaith. Mae bwlet yn gallu lladd.

A dyma fe'n mynd bant ar gefen ei feic, heb 'molchi na siafo yn ôl ei arfer, ac mi fues i'n ddigon ewn a gofyn iddo:

'Ble ry' chi'n mynd, Dyta?'

'Mynd i whilo am rwle i gladdu 'ngofidie – bant ddigon pell oddi wrth dy fam.'

Roedd golwg wyllt uffernol arno (gair Dyta yw uffernol, rwy'n hoffi'r gair, ond rhaid ei gadw oddi wrth Mamo).

Edrychodd Mamo arno yn diflannu rownd y cornel, ac roedd yr hanner gwên yn dal ar ei hwyneb.

6

'Mhen dau ddiwrnod fe aeth Dyta bant eto; sa i'n gwybod i ble. Ond pan ddaeth e'n ôl roedd 'na olwg digon diflas arno, er ei fod yn edrych yn lanach a theidiach.

'Wyt ti wedi paso?' mynte Mamo'n dawel.

'Pasio i ddiawl â fi. Blydi A1.'

'Pryd wyt ti'n mynd?'

'Mi fyddi'n falch o glywed y bydda i'n mynd dy' Gwener i ffito'r iwnifform. Wythnos wedyn o blydi dril, a bant i Ffrainc.'

'O.'

''Na gyd 'sda ti weud?'

'Beth arall sydd i'w weud?'

'Wyt ti'n falch uffernol, on'd wyt ti? Mi faset wrth dy fodd yn 'y ngweld i'n mynd i ebargofiant, yn baset?'

Gwefusau Mamo'n crychu a thynhau, ond yn gweud dim.

'Wi'n mynd mas o d'olwg di – mas o'r uffern 'ma; fydd yr armi ddim gwaeth lle na hwn.'

'Ond fedri di ddim diengid o'r uffern hwnnw,' mynte hi a hen wên fach slei ar ei hwyneb.

Doedd dim ateb 'da Dyta – roedd Mamo'n ei guro bob tro mewn dadl – a bant ag e ar gefen ei feic fel arfer, ond yn edrych yn ddigon penisel. A bant fuodd e nes iddo ddod 'nôl yn ei iwnifform.

Roedd e'n ddyn hollol wahanol yn ei iwnifform – ei fwtis yn dynn am ei goese, ei fotyme a'i sgidie yn sgleinio a gwichian, a'i wallt wedi'i dorri'n grop. Roedd e'n ddyn hollol wahanol, nid Dyta o'dd e. Roedd e'n sobor o smart, ac rwy'n credu fod Mamo wedi'i synnu hefyd. Y noson honno cafwyd consyrt yn yr ysgoldy – roedd pob milwr yn cael consyrt cyn mynd dros y môr, ac roedd Dyta'n gorfod mynd 'mhen wythnos. Fe es i 'da Dyta ar far ei feic – reid digon anghyfforddus, a Dyta'n chwythu lawr 'y nghlust i drwy'r amser. Fe ballodd Mamo ddod gyda ni – 'mae'n rhy bell i gerdded, ac alla i ddim diodde clywed lot o hen fynwod yn sgrechian canu, mas o diwn'.

Roedd y lle yn llawn dop pan gyrhaeddon ni, a phawb yn clapo'n wyllt a chanu:

Mae Ifan John yn mynd i'r gad
    Hwrê! hwrê!
I ymladd fory dros ei wlad
    Hwrê! hwrê!
Cyn hir daw Ifan 'nôl o'r gad
    Hwrê! hwrê!
'Rôl saethu'r Germans cas i gyd
I ni gael byw mewn tawel fyd.
Hwrê! hwrê! hwrê! hwrê! hwrê!

Ac ar ôl yr 'hwrê' olaf, cododd pawb ar eu traed a gweiddi 'hwrê' gyda'i gilydd nes bron â chodi'r to. Roedd 'na blant yn canu ac yn adrodd, rhai ohonyn nhw'n anghofio eu pisis, a dechre wedyn. Roedd 'na fynwod yn gweiddi canu, a dyn yn mynd rownd â'i hat galed i ddal y casgliad, ac yn rhoi'r cwbwl i Dyta. Fe ges i sbort, dyna'r tro cyntaf erioed i mi fod mewn consyrt. Wn i ddim pam oedd Mamo'n pallu dod.

Pan gyrhaeddon ni adre, roedd Mamo yn y gwely – dyma finne'n paratoi i fynd i'r dowlad. Fe gydiodd Dyta amdana i yn dynn, fy ngwasgu i ato, nes bod y botyme pres yn fy nolurio, a 'nghusanu fi'n wyllt drosof i gyd.

'Bydd yn roces dda, Jini, a phaid byth ag anghofio dy Ddyta. Wyt ti'n werth y byd.'

Roedd tipyn bach o hiraeth 'da fi ar 'i ôl e hefyd; piti ei fod yn fy ngwasgu mor dynn, a bod y botyme pres mor galed.

Es i'r gwely wedi blino'n lân, ond cyn mynd i gysgu cofiais weud fy mhader – y bader a ddysgodd Sara i mi:

Rhoi fy mhen bach lawr i gysgu,
Rhoi fy hun i ofal Iesu,
Os bydda i farw cyn y bore
Duw dderbyno f'enaid inne. Amen.

Ond heno mi ddwedes ragor:

35

Mae Ifan John yn mynd i'r gad
A plis Iesu Grist bydd yn neis wrtho. Amen.

Ffaelu'n lân â chysgu, ail-fyw'r consyrt, a chofio am Dyta'n mynd bant am bump o'r gloch y bore drannoeth – falle am byth. Dyw pob milwr ddim yn dod 'nôl o'r gad. Clywed y gwely'n clindarddach, Mamo'n snwffian, a finne ddim yn gwbod pam. Cysgu o'r diwedd.

Pan godais roedd yr haul yn sheino, Dyta wedi mynd ers oriau, a Mamo mewn gwell hwyl nag y gweles hi ers cetyn.

Daeth Anti Mary yn y prynhawn ar gefn Flower y gaseg wen, gyda llond basged o gacs a photed o jam rhiwbob. Mamo'n tynnu'r llestri gore mas, rhai pinc ac ymyl aur, te o'r tebot tsieni, nid o'r hen debot brown, a llien les gwyn ar y ford. Dyna beth o'dd joio. Mamo'n ddigon tawel ond yn gwenu, nid y wên slei gwefusau tyn, ond gwên gynnes oedd yn goleuo'i hwyneb, ac Anti Mary'n chwerthin dros bob man, a dweud storis amdani hi a Mamo yn blant.

Ond er 'mod i'n hapus, ro'n i'n ffaelu chwerthin; roedd hen Fwci Bo tu ôl i fi o hyd yn fy hala i fecso. Becso y byddai'n rhaid i mi fynd i'r ysgol ar ôl y Pasg.

'Paid â becso, Jini fach – mae plant yn joio yn yr ysgol,' medde Anti Mary.

'Fydda i ddim yn joio, ta p'un.'

'Na fyddi os wyt ti'n benderfynol o beidio.'

A dyma fi'n dechre llefen a snwffian – fe ges i waith i gael y dagre i ddod, ond fe ddaethon. Roeddwn yn gwybod yn iawn shwt i ennill cydymdeimlad Anti Mary.

Ond doedd cydymdeimlad ddim yn ddigon, a wnaeth e ddim gweithio. A'r wythnos wedyn rhaid oedd mynd, rhaid oedd wynebu'r byd mawr, a hynny ar ben fy hunan bach. Fel arfer, es i Lan-dŵr i arllwys fy nghwd.

'Fe ddo i gyda ti pentigily,' medde Sara, 'ac mi arhosa i gyda ti trwy'r dydd ar y diwrnod cynta.'

'Na, mi fydd y plant yn credu 'mod i'n hen fabi clwte. Gewch chi dod hyd at y iet.'

Ac felly bu.

Rhoddodd Marged fag newydd sbon i fi i gario fy nhocyn, a bant â ni'n dwy – Sara a finne – i'r ysgol ar y bore dydd Llun cynta ar ôl y Pasg, cerdded bron i ddwy filltir, a hithe'n arllwys y glaw.

'Wy wedi blino, no,' a hynny ar ddechrau'r daith.

'Aros funud, rwy'n clywed sŵn plant.'

A dyna lle roedd llond gwlad o blant yn sgrechian a chwerthin, a sŵn eu clocs yn taro'r ffordd o bell. Sgidie oedd am fy nhraed i, a'r rheini'n sheino – presant oddi wrth Anti Mary.

'Dyw plant bach bonheddig byth yn gwisgo clocs – paid byth â gwisgo clocs, Jini fach,' oedd cyngor Anti Mary.

Doeddwn i ddim yn nabod un o'r plant, ond dyma roces fawr yn cydio'n dynn yn fy llaw, ac yn dweud wrth Sara: 'Fe allwch chi fynd 'nôl nawr, Miss Rees, fe edrycha i ar ôl Jini.'

Sna i'n gwbod shwt oedd hi'n fy nabod, ond fe deimles i'n well ac yn llai ofnus o gwrdd â Hannah Tan-rhiw.

'Ddoi di i redeg "calico shi" 'da fi?'

'Beth yw calico shi?'

'Edrych arnyn nhw, mae pawb yn rhedeg "calico shi".'

A dyna lle'r oedd dau blentyn yn cydio yn nwylo'i gilydd o'r tu ôl, rhedeg ffwl pelt am sbel, yna gweiddi nerth eu pennau – 'tyrn arown ddy robin du' – gollwng dwylo, a throi'n gyflym a newid ochr, a bant â nhw wedyn fel o'r blaen. Fues i fowr o dro yn dod miwn iddi, ond roedd hi braidd yn anodd, achos bod Hannah gymaint talach na fi. Ond roedd hi'n ffordd iawn i fynd i'r ysgol mewn pryd, a pheidio whilibowan ar y ffordd.

Wedyn chware yn y iard am sbel, a Hannah yn fy ngwarchod fel y byddai ceiliog coch Glan-dŵr yn gwarchod ei ieir. Cloch yn canu a phawb yn rhedeg i 'leins'.

'Rhaid i ti fynd at y bebis nawr, fe ga i dy weld ti 'to amser "whare dy' bach".'

A bant â hi.

Mynd mewn yn ofnus gyda lot o blant eraill a sefyll ar ganol y llawr, heb wybod beth i'w ddweud, na ble i fynd. Y plant eraill i gyd yn rhedeg i'w llefydd. A dyma fenyw dal, denau yn edrych lawr 'i thrwyn arna i a dweud, 'A phwy ych chi, 'te?'

'Jini John.'

'Jini John Miss, a pheidiwch chi ag anghofio dweud Miss bob tro y byddwch chi'n siarad â fi,' meddai hi mewn llais main, crac. 'Nawr, rhaid cael lle i chi eistedd.'

'Plis Miss, plis Miss, plis Miss,' gwaeddodd merch â gwallt coch.

'And what do you want, Mary Ann?'

'Plis Miss, plis Miss, ma' lle ar 'y mhwys i – mae'n whâr i fi, Miss.'

'Don't be ridiculous, child.'

'Odi Miss, wir Miss – wedodd Mam wrtho i Miss.'

A mynte finne'n ofnus, 'sdim whâr 'da fi.' A dyma'r fenyw fain yn cydio'n fy mraich a rhoi siglad gas i fi. 'You must always call me Miss. Do you understand, Jini John? Always – Miss.'

'Yes, Miss,' medde finne a'r dagrau'n twmlo erbyn hyn. Yn y cornel yn y cefn roedd 'na fachgen yn eistedd ar ben ei hunan bach, ac yn edrych yn unig iawn.

'Ga i eiste ar bwys y bachgen bach sy'n y cefen, Miss?'

A dyma'r plant i gyd yn chwerthin fel taswn i wedi dweud jôc fawr.

'You're talking nonsense, child, you cannot sit next to him. He's a German.'

A minne wedi cael fy nysgu mai rhai cas, peryglus oedd pob German, ac y dylid lladd pob jac-wan ohonyn nhw. Ond roedd hwn yn edrych mor ddiniwed, mor debyg i bob plentyn arall.

Fodd bynnag, fe ges i fy rhoi i eistedd yn y ddesg ffrynt o dan drwyn Miss, neu Miss Jones-Parry i roi ei henw llawn iddi. A dyma hi'n galw'r 'register' – galw enw pawb yn ei dro a'r rheiny'n gweiddi ateb: 'Present, Miss Jones-Parry.'

Erbyn hyn rown i'n falch fod Mamo wedi bod yn siarad cymaint o Saesneg â fi, er bod Dyta wedi bod yn bytheirio a thasgu ynghylch hynny.

'Pam ddiawl wyt ti eisie dysgu iaith y blydi Saeson iddi?' Ac ateb Mamo bob tro oedd, 'Mi fydd yn falch o'i thipyn Saesneg rhyw ddydd.'

A Mamo oedd yn iawn wrth gwrs.

'What is your name, child?'

'Jini John, Miss.'

'What a ridiculous name. What is your name in full?'

'Mary Anne Jane John, Miss.'

'And your date of birth?'

'April, Miss.'

'Ask your mother to write the date in full, and bring it back to me tomorrow.'

Cymerais y papur a mynd 'nôl at y ddesg. A dyma hithau Miss yn mynd i eistedd ar ben stôl uchel ac yn gweiddi, 'Be quiet, and say your tables.'

A dyma pawb mewn un corws yn gweiddi, 'Twice one are two, Miss. Twice two are four, Miss,' ac ymlaen hyd nes dod at 'Twice twelve are twenty-four, Miss.'

Dechrau yn y diwedd wedyn a dweud y cyfan am 'nôl hyd nes dod at 'Twice one are two Miss.'

Dechrau wedyn yn y dechrau, ac wedyn ac wedyn yn ddiddiwedd nes fy mod yn eu gwybod, a phawb wedi hen laru. Hithau Miss yn eistedd ar y stôl uchel, ac yn glanhau ei hewinedd gyda ffeil hir. Aeth hynny 'mlân am hydoedd.

'Take out your slates, children.'

Ond doedd dim llechen 'da fi. Ddwedes i 'run gair, a sylwodd Miss ddim. Pawb wrthi'n brysur yn sgrifennu, y pensiliau'n gwichian fel torred o lygod bach. 'Finished Miss, finished Miss,' medde un ar ôl y llall.

'Rub out, and start again – be careful not to rub out the top line.'

A dyma Mary Ann – honno oedd yn dweud ei bod yn chwaer i fi – yn agor ei hen geg fawr. 'Miss, Miss, sdim slet 'da Jini.'

Edrychodd Miss arna i'n syn. 'Don't you have a tongue, child?'

41

'No, Miss,' heb wybod yn iawn beth ddylwn i ddweud.

'What a stupid child you are!'

Aeth i'r cwpwrdd i chwilio, a dyma fi'n cael llechen newydd sbon, a phwtyn o bensel carreg, a chyda sialc gwyn sgrifennodd hi lythrennau ar dop y llechen:

$$\mathscr{A} \quad \mathscr{B} \quad \mathscr{C} \quad \mathscr{D} \quad \mathscr{E} \quad \mathscr{F} \quad \mathscr{G} \quad \mathscr{H}$$

'Copy those down to the bottom, and don't blot out the top line.'

Roedd Sara wedi fy nysgu i sgrifennu'r lythrennau, ond nid fel'na yn hollol. Fe wnes fy ngorau, a chyn pen dim roeddwn wedi llenwi'r slet.

'Finish, Miss,' ac yn falch 'mod i'n gallu siarad Saesneg.

'Rub out and start again.'

A bues i wrthi am fore cyfan yn 'rub out and start again' – poeri ar y slet a'i sychu â'm llawes a Miss yn dal i eistedd ar ben y stôl yn glanhau ei hewinedd. Dyna'r bore mwya diflas a ges i 'rioed, a'm stumog i'n gweiddi am fwyd. Chwap daeth amser 'chwarae dy' bach', a finne'n meddwl mai amser cinio o'dd hi, a mynd ar fy mhen i fwyta'r tocyn. Ond daeth Hannah o rywle. 'Paid â byta dy docyn nawr, cadw hwnna tan amser cino.'

Siom, a'm stumog i'n troi fel pe bai'n fyw o

gynrhon, a bant â Hannah i chware 'da'r plant mowr. Roedd y German bach ar ben ei hunan yng nghornel yr iard, a dyma fagu plwc a mynd ato.

'Beth yw d'enw di?'

'Eitel – Jini wyt ti, ontefe?'

Roedd yn siarad Cymraeg yn gwmws fel fi, a finne'n credu nad oedd yr un German yn gallu Cymraeg.

Ond dyma Mary Anne, y gochen, yn dod o rywle.

'Dere, paid â siarad â hwnna, neu fe fydd Miss yn grac.'

'Pam? Mae e'n rocyn bach neis iawn.'

'German yw e, a do's dim un German yn neis. Dere i whare 'da fi, wyt ti'n whâr i fi.'

Hi fyddai'r diwethaf o blant y byd y dewiswn fod yn chwaer iddi. Mi fyddai'n well 'da fi fod yn chwaer i'r German, neu hyd yn oed i gwdi-hŵ. Y gloch yn canu, leins eto, a mynd mewn i'r ysgol fel gwydde, un yn dilyn y llall. Miss yn rhoi'r 'reading books' mas, a rheiny'n rhacs jibidêrs, a'r tudalennau'n isie. 'The cat is on the mat. The cat sits on the mat,' ac yn y blaen, ac yn y blaen. Darllen babis, a finne wedi arfer darllen y Beibl a'r *Tivy Side* gyda Sara. Miss yn dal i eistedd ar y stôl yn darllen papur y *Western Mail* – roedd hi wedi bennu glanhau ei hewinedd.

Tu ôl i fi roedd bachgen tew, gwallt golau, â

bochau coch pwfflyd yn eistedd. Doeddwn i ddim yn ei ffansïo o gwbwl. Tynnodd gyllell rwdlyd mas o'i boced. 'Wyt ti'n gweld hon? Mi fydda i'n dy sbaddu di fory.'

Roedd Miss yn dal i ddarllen y papur, wnaeth hi ddim sylw o gwbwl, a phenderfynais yn y fan a'r lle nad awn i'r ysgol drannoeth. 'Mhen hir a hwyr daeth amser cinio, cydiais yn fy mag, a rhedais adre nerth fy ngharne, gan addunedu nad awn i'r ysgol, nid yn unig drannoeth ond byth, byth wedyn. Roedd arnaf ofn cael fy sbaddu – a pheth arall, doedd gan Miss na'r ysgol ddim byd i'w ddysgu i mi.

7

Rhedeg a rhedeg nes colli 'ngwynt, mynd i rywle mor bell ag y gallwn oddi wrth Miss a Wili Weirglodd a'i gyllell sbaddu. Doedd dim llefeleth 'da fi beth oedd sbaddu, ond do'dd e ddim yn rhywbeth i joio, neu fydde dim eisie cyllell i'w wneud. Ach a fi!

Eisteddais ar fola'r clawdd i fwyta 'nhocyn – roeddwn bron â starfo. Cyn imi bennu, pwy ddaeth heibio ond hen dramp – ches i ddim ofn, roeddwn i'n gyfarwydd â gweld yr hen Dwm Drefaldwyn.

'Be wnei di fen ema, 'ngeneth i?' (Roedd Twm yn siarad yn wahanol i ni.)

'Dim byd.'

'Dyle geneth fach bropor fel ti fod yn yr ysgol.'

'Does dim ysgol heddi.'

Sylweddoli 'mod i wedi dweud celwydd eto, ond ar dro mae dweud celwydd yn llai o drafferth na dweud y gwir. A pha fusnes oedd e i Twm Drefaldwyn 'ta beth? Rhedeg eto, a chyrraedd Glan-dŵr yn chwys drabŵd, a chael Sara a Mari yn eistedd wrth y ford yn yfed cawl.

'Jini, beth yn y byd mowr wyt ti'n 'i wneud yma yr amser hyn o'r dydd?'

Rhwbio'n llyged i wasgu'r dagrau, ond doeddwn i ddim yn teimlo'n ddigon diflas i hynny ddigwydd, waeth o'n i mor falch 'mod i wedi bennu â Miss a'r hen ysgol am byth.

'Be sy'n bod, Jini fach?' medde Sara yn gydymdeimlad i gyd – gwyddwn yn iawn y byddai Sara yn fy ochri.

'Beth yw sbaddu, Sara?'

'Pam wyt ti'n gofyn, Jini?'

'Mae Wili Weirglodd yn mynd i'n sbaddu i fory.' Neb yn dweud bw na bo.

'Beth yw sbaddu, Sara?' meddwn, gan godi'n llais. Ro'n i'n teimlo erbyn hyn fod yr afael drechaf 'da fi.

'Paid â becso, Jini fach, all neb sbaddu roces fach.'

'Pam?'

Distawrwydd.

'Pam, Sara? Dwedwch pam!'

'Wel! Wyt ti'n gweld,' gan siarad yn boenus o ara, 'anifeiliaid ffarm sy'n cael eu sbaddu.'

'Sara,' mynte Mari yn ddigon eilsip, 'paid â throi'r gath yn y badell, dwed y gwir wrth y plentyn.'

'Os wyt ti Mari mor wybodus obiti sbaddu, mae'n well i ti esbonio wrthi,' atebodd Sara'n bifus.

Neb yn yngan gair, ond dyma Mari'n clirio'i gwddf, ac yn dod o hyd i'w llais, edrych lawr ar y basn cawl o'i blaen, ac yn dweud yn awdurdodol mewn ffordd gwybod-popeth:

'Ma' dynion yn wahanol i fynwod, ma' gyda dynion bisyn sy'n stico mas o'u blân nhw.'

'Mae pisyn 'da Dyta,' meddwn i gan ddangos fy ngwybodaeth. Ond doedd dim diddordeb 'da Mari ym mhisyn Dyta.

'Sbaddu,' medde Mari, 'yw torri'r pisyn bant, ac wedyn ma' nhw'n troi i fod yn debyg i fynwod, ac yn siarad â llais main. A 'sda ti, Jini fach, ddim byd i fecso amdano – ma'n rhaid cael pisyn cyn bo ti'n gallu cael dy sbaddu.'

Roedd hynny'n gysur, ond doedd yr holi ond wedi dechre.

'Achos hynny ddest ti adre'n gynnar?'

'Ie, a nage.'

'Be sy'n bod, Jini fach?'

'Sna i'n lico'r ysgol, a sna i'n mynd na 'to, dim fory, dim drenydd, dim wythnos nesa, dim byth.'

'N'enw pob rheswm, pam? O's rhywun wedi bod yn gas wrthot ti? Y gwir, Jini.'

'Na, ond ma' nhw'n gas i'r German. A ma' Miss yn galw "stupid child" arna i. Sno hi'n dysgu dim i ni.'

'Beth wyt ti'n feddwl, Jini?'

'Dweud y "twice one are two, Miss" gyda'n gilydd am orie. Darllen "cat is on the mat" o hen lyfr rhacs, sgrifennu rhyw lythrenne

47

rhyfedd ar y slet, drosodd a throsodd, a hithe Miss yn eiste ar ben stôl yn darllen papur. Sna i'n mynd i'r ysgol ragor. A 'na fe.'

Sara a Mari yn edrych ar ei gilydd yn syn, a mynte Mari'n bendant:

'Ma'n rhaid i ti fynd i'r ysgol neu fe fydd y "whipper-in" yn mynd â dy fam i'r jâl.'

'Beth yw hwnnw, Mari?'

'Dyn sy'n dod rownd i weld a o's plant gartre o'r ysgol. Dyn cas iawn, a chrac iawn, yw'r "whipper-in".'

Roedd hyn yn rhoi golwg wahanol ar bethe.

'Ond sna i'n mynd i'r ysgol fory 'no.'

'Rhyngot ti a dy fam am hynny, ond cofia di am y "whipper-in".'

Ar ôl yfed basned o gawl, rown i'n teimlo'n well, a dyna lle bues i drwy'r prynhawn yn darllen y *Tivy Side* gyda Sara, a honno'n fy nghanmol, ac yn dweud, 'Rwyt ti'n darllen fel ffeirad.'

Ond rhaid o'dd mynd adre i wynebu Mamo, gan obeithio na fyddai'n holi mwy a mwy arna i. Ond trwy lwc roedd Anti Mary yno, a'r ddwy'n joio'u hunain yn yfed te – y llestri gore ma's, llien les ar y ford, a siwgr cnape yn y basn siwgr. Roedd Mamo wrth ei bodd 'da tipyn o steil.

'Wel Jini fach, wyt ti adre'n gynnar. Shwt ddiwrnod gest ti?'

'Mi redes i adre pentigili.' Celwydd eto!

'Wyt ti'n lico yn yr ysgol, Jini?'

'Nadw.'

'Pam, Jini?'

Anti Mary o'dd yn gwneud yr holi i gyd.

'Sna i'n lico Miss, a 'ma Wili Weirglodd yn bygwth fy sbaddu i fory.'

Edrychodd Anti Mary ar Mamo, a dyma'r ddwy'n chwerthin dros bob man. Dyna beth neis o'dd clywed Mamo'n chwerthin.

Treio Anti Mary eto ynglŷn â'r sbaddu 'na. 'Anti Mary, beth yw sbaddu?'

Distawrwydd am funud, a dyma'r ddwy yn dechre chwerthin eto.

'Wel, beth yw sbaddu, Anti Mary?'

Distawrwydd, a dyma'r ddwy'n dechrau rolio chwerthin.

'Beth yw sbaddu, Anti Mary?' Ro'n i'n dechrau joio holi erbyn hyn.

'Wyt ti'n rhy ifanc i wbod am bethe fel sbaddu, ac ma' Wili Weirglodd yn siarad dwli. Mae ynte'n rhy ifanc i wbod beth yw sbaddu hefyd.'

'Ond ma' 'da fe gyllell fowr yn barod at y gwaith.'

'Rhaid i ti weud wrth Miss, fe roith hi stop arno fe.'

'Mae honno'n rhy fisi yn darllen papur, a glanhau ei hewinedd.'

A throdd y ddwy i siarad Saesneg â'i gilydd, gan feddwl nad oeddwn i yn eu deall, a 'ngadael i dan sylw. Diolch fod Mari wedi esbonio'n iawn i fi, ond roeddwn i'n dal i fod ag ofn Wili Weirglodd a'i gyllell sbaddu. Ond rhaid oedd paratoi at yfory. Rhaid oedd dechre mynd yn sâl heno, fel y byddwn i'n sâl *iawn* bore fory. Roedd swper ardderchog wedi ei baratoi gan Mamo – ffrei cig mochyn a thato, a phwdin reis wedyn. Penderfynais fynd yn sâl ar ôl swper.

'Jini, cer i 'molchi, i ti gael mynd i'r ca' nos.'

'Ma' poen ofnadw 'da fi, Mamo.'

'Fe ddoth yn sydyn iawn. Ble wyt ti'n dost?'

'Drosto i i gyd.'

'Reit, te gamil amdani.'

Ro'n i wedi profi hwnnw unwaith o'r bla'n; ro'dd e mor gas fel i mi fynd yn dost iawn ar ôl ei yfed.

'Na, mi a' i i'r gwely i gysgu.' A bant â fi.

'Wyt ti'n galed iawn Myf, falle bod y plentyn yn wirioneddol sâl.'

'Wyt ti ddim yn 'nabod Jini, mae'n gwmws fel 'i thad. Un gyfrwys yw hi – paratoi i aros gatre fory ma' hi, gei di weld.'

Ond cyfrwys neu beidio, rown i'n benderfynol o fod yn dost iawn drannoeth, ac wedi penderfynu hefyd taw pen tost a gwddwg tost fyddai fy salwch.

Daeth y bore heb yn wybod i mi, a'r peth cynta glywes i o'dd Mamo'n gweiddi, 'Jini, cwyd i ti gael mynd i'r ysgol.'

'Wy'n dost, Mamo.'

'Cwyd ar unwaith.'

'Wy'n dost, Mamo – wy'n ffaelu llyncu 'mhoeri, a ma' pen tost 'da fi hefyd.'

''Jini – am y tro ola – cwyd!'

Fe wyddwn pryd i ufuddhau – roedd ei llais yn dechrau crynu, a lwc owt wedyn.

Codi, a chael digon o benderfyniad o rywle i beidio â chwrdd â brecwast, er 'mod i bron â starfo. Fe dreies wasgu deigryn hefyd, ond roedd y ffynnon yn sych grimp. Ond dyma Mamo'n dechre meddalu – ro'dd 'y ngweld i'n gwrthod brecwast yn gwneud iddi ailfeddwl.

'Reit, fe gei di aros gatre heddi, ond dim mas i whare, na lawr i Lan-dŵr. Wyt ti'n clywed?'

'Ydw, Mamo,' ac roedd hynny bron cynddrwg cosb â mynd i'r ysgol.

Diwrnod diflas, dim byd i ddarllen, doedd dim hyd yn oed Beibl yn ein tŷ ni. Dim byd i chware – dim ond yr hen ddoli glwt a'r stwffin yn dod mas o'i bola. Mae plant eraill â brawd neu chwaer 'da nhw, ond dim ni; ac mae cath neu gi gan bawb, ond dim ni. A chofiais am Mary Ann.

'Mamo.'

'Ie.'

'O's whâr 'da fi?'

'Paid â siarad dwli. Be gest ti feddwl hynny?'

'Mary Ann wedodd – ro'dd hi'n eitha siŵr 'i bod hi'n whâr i fi.'

'Pwy yn y byd mowr yw Mary Ann?'

'Rhoces â gwallt coch sy'n byw ym Mhen-rhiw – mae hi obiti 'run oed â fi.'

Ddwedodd Mamo 'run gair, dim ond edrych yn ddiflas i'r pellter, a chnoi'i gwefuse.

'Mamo, peidiwch â becso, sa inne isie Mary Ann yn whâr i fi chwaith – hen roces salw, dwp yw hi.'

'Cer mas i whare, Jini.'

Roedd wedi anghofio nad o'n i i fynd mas o gwbwl achos 'mod i'n 'dost'. Felly bant â fi ar hast i Lan-dŵr cyn bod hi'n cofio. Cael amser wrth fy modd – chwarae snêcs an' laders a chael cawl i ginio, a dweud hanes y tostrwydd wrth y ddwy.

'Beth am dy fam? Odi ddi'n gwbod dy fod ti yma?'

'Ma' Mamo'n becso. W'inne'n becso hefyd.'

'Becso biti beth, neno'r tad?'

'Becso bod Mary Ann yn whâr i fi.'

'Pwy yw Mary Ann?'

'Mary Ann Pen-rhiw, croten â gwallt coch.'

A dyma'r dwy yn gwneud llygad eto ar ei gilydd, a gwyddwn fod yna ryw ddrwg yn y caws. Roedd Mamo ac Anti Mary yn gwneud yr un peth yn gwmws pan fyddwn yn eu holi am bethau nad oeddwn yn eu deall.

'Dere, paid â grondo ar y gochen benchwiban 'na – mae'n siarad dwli. Ble mae'r bocs snêcs an' laders? Os enilli di, fe gei di aros 'ma i gael cawl a phwdin reis.'

Anghofiais am Mary Ann.

Ond roedd mynd i'r ysgol drannoeth yn bwn ar fy stumog ac yn fwrn ar f'ysbryd. A dyma fi'n cael pregeth arall am y canlyniade o beidio â mynd i'r ysgol, a rhagor o fygythion am y 'whipper-in'.

Rhaid fyddai ufuddhau, a phenderfynais fod mor ddewr ag Esther y Beibl, a dweud wrth Wili Weirglodd, yn blwmp ac yn blaen, ei bod yn amhosibl sbaddu merched bach.

8

Fe ges i ofn y 'whipper-in'. Doedd Sara a Mari byth yn dweud celwydd – dim byth. Felly bant â fi yn ddigon anfoddog a phwdlyd i'r ysgol. Tocyn a photelaid fach o laeth yn y bag, a Mamo'n fy hebrwng i ben y lôn.

'Bydd yn roces dda, ac fe wna i bancws iti erbyn te.'

Roedd Mamo'n llawer hapusach wedi i Dyta fynd i'r armi – ro'n innau hefyd – dim rhegi a bytheirio, a Mamo'n chwerthin yng nghwmni Anti Mary a Marged.

Cerdded ling-di-long i'r ysgol ar fy mhen fy hun, dim sŵn neb yn mynd na dod, a finne'n camu herc, cam a naid am yn ail â cherdded. Fedrwn i ddim chware 'calico shi' ar fy mhen fy hun.

Ro'n i'n hwyr – pechod anfaddeuol – pawb yn eu llefydd yn gweiddi'r 'tables' ('four ones are four, Miss' heddi, am mai dydd Mercher o'dd hi).

'Jini John, you are late. Where were you yesterday?'

'Home with a bad head.'

'Say "Miss", Jini John, o'r I'll have to use the cane.'

'Miss.'

'Where is the paper I gave you?'

Roeddwn wedi anghofio'n llwyr am y papur, a gwaeth na'r cwbwl, ro'n i wedi anghofio ei roi i Mamo. A dyma ddechrau pregeth hirwyntog am blant drwg – fyddai neb yn fy hoffi wedyn, na neb yn fodlon chware 'da fi byth bythoedd. Ond pan ddaeth 'chware dy' bach', roedd digon yn fodlon chware 'da fi, ac fe wnaeth y plant mowr fy ngwahodd i chware 'rholyn tybaco' 'da nhw. Hen chware twp – rhes o blant yn cydio yn nwylo'i gilydd, y rhoces dala yn sefyll yn y canol a'r lleill i gyd yn cydio yn nwylo ei gilydd, a mynd rownd a rownd y roces fawr nes ein bod yn rholyn mawr. Wedyn neidio o gwmpas gan weiddi 'rholyn tybaco, paid â chwmpo', ond cwympo wnaethon ni'n garlibwns ar benne'n gilydd ar iard galed yr ysgol. Fe ges i dipyn bach o ddolur, ond wnes i ddim llefen – babis sy'n llefen.

Ro'n i'n casáu'r ysgol, ac oni bai am amser chware mi fyddai bywyd yn boen. Yr un hen drefen bob dydd, ddydd ar ôl dydd – gweiddi'r 'tables' ('table' gwahanol bob dydd hyd at 'table' chwech ar ddydd Gwener), copïo lein dop Miss, darllen mas o'r llyfrau rhacs, syms babis, a'r chware 'da clai llwyd, drewllyd yn y prynhawn.

Ond ar brynhawn dydd Mawrth a phrynhawn dydd Iau roedd y drefen yn wahanol, roedd

Miss Evans o'r 'rhwm fowr' yn dod atom i ddysgu 'drorin'.

Menyw bert oedd Miss Evans, a chanddi wallt du sglein wedi'i dynnu'n fwlyn ar dop ei phen; roedd hi'n siarad Cymraeg â ni, os na fydde Miss o gwmpas. Ac roedden ni'n cael tynnu lluniau bob math o bethe o'n dewis ni'n hunain, a doedd hi byth, byth, yn galw neb yn 'stupid child'. Ac ar ôl tynnu lluniau byddai'n dweud storis wrthon ni yn Gymraeg – pob math o storis – rhai gwirion iawn fel y tair arth a'r bwdram, ac am y dywysoges a aeth i gysgu am gan mlynedd. Ganddi hi hefyd y clywais i hanes Dewi Sant a John Penri, a Llywelyn ac Owain Glyndŵr, a chasineb y Saeson tuag atom. Byddai mynychu'r ysgol yn annioddefol oni bai am Miss Evans.

Un diwrnod, pan oedd hi'n dangos llun Dewi Sant i ni, fe ddarllenais i'n uchel y geiriau o dan y llun, 'Dewi Sant, Archesgob cyntaf Cymru, a nawddsant y Cymry'.

'Jini,' meddai mewn syndod, 'wyt ti'n gallu darllen hwnna? Fe ddylet ti fod yn Standard I. Fe siarada i â Mistir.'

Ond yn y bebis gorfod i mi aros, achos Miss Dal-denau oedd y bòs, ac nid Mistir.

O'r diwedd fe ddaeth gwyliau'r haf, ac amser i ddal brithyll a silcots gyda Sara, a chasglu llysiau gyda Mari. Fydde Mamo byth,

byth yn mynd oddi cartre – byddai'n prynu negesau wrth y drws gan siopwr o'r enw Wili Tom, a ddeuai mewn cart a phoni, ond wedi i Dyta fynd i'r armi, byddai Mamo a finne'n cerdded dros ddwy filltir draw i'r cwm nesa i weld Anti Mary a'i thad. Roedden nhw'n byw ym Mhengwern, tŷ mawr crand ar lan yr afon. Roedd yno weision a morynion a'r rheini'n gwisgo cape gwynion, a ffedogau les, a chŵn a chathe ar hyd y lle ymhobman. Dyna sbort! Pawb yn 'nabod Mamo, ac yn ei galw'n Miss Myfanwy. Pan fyddai Dyta'n grac, dyna beth fyddai yntau'n ei galw hefyd – a hynny mewn llais sbeitlyd, cas.

Byddai Mamo ac Anti Mary yn cymryd dau geffyl o'r stablau, a marchogaeth ar hyd y caeau. Weithiau, cawn innau hefyd fynd ar gefn 'Flower', yr hen boni wen. Roeddwn wrth fy modd – dyna beth oedd joio.

Un prynhawn, a finne wedi bod yn crwydro'r caeau gyda Mari, fe ddes 'nôl yn gynnar a chlywed llais rhyw ddyn yn gweiddi a fflamio'n gwmws fel Dyta.

Dyta oedd e – ei sgidiau'n frwnt, y botyme pres wedi colli'u sglein, ac yntau heb siafo ers dyddiau.

'Dyta!'

Naid i'w gôl, a'm gwasgu nes 'mod i'n swps.

'Diolch i Dduw fod rhywun yn falch o 'ngweld i. Mae dy fam fel blydi sffincs.'

57

O'dd, ro'dd hi'n edrych yn hurt, ei gwefusau wedi'u plethu'n dynn, a'r wên wedi diflannu.

Ac yna distawrwydd llethol, heblaw am sŵn cnoi Dyta yn claddu ei ham a wye.

'Odych chi'n mynd 'nôl 'to, Dyta?'

'Odw, 'nghariad i, mynd 'nôl fory i uffern, ac mi fyddwch yn blydi lwcus os gwelwch chi fi byth eto.'

Ar ôl swper aeth Dyta i 'molchi a siafo, ac roedd e'n edrych yn debycach iddo'i hunan wedyn. Roedd Mamo'n dal yn ddwedwst. Aeth pawb i'r gwely'n gynnar, ond mi fues i ar ddihun am oriau yn gwrando ar y gwely'n mynd di-bwmp, di-bwmp fel injan trên, a Mamo'n snwffian fel arfer ar ôl i'r trên stopo. Dyta'n chwyrnu fel mochyn.

9

Fe aeth Dyta bant drannoeth yn edrych dipyn glanach na phan ddaeth e. Gwasgodd fi ato, a 'nghusanu'n wyllt, nes 'mod i'n teimlo'n swp sâl. Fe aethon i'w hebrwng 'dat iet y clos, ond dim cam pellach – Mamo wedi blino, mynte hi, a doedd ryfedd yn y byd, ar ôl y roli-gamps yn y gwely y noson cynt.

'Pam o'dd Dyta mor ddiflas?'

'Ma' fe'n gorfod mynd 'nôl i Ffrainc 'to.'

Dim gair arall.

Bant â fi i Lan-dŵr i ddweud yr hanes.

'Druan â dy dad – mi fyddwn yn lwcus os gwelwn ni fe 'to.'

'Pam, Sara?'

Ac medde Mari, cyn i Sara gael cyfle i ateb, 'Ca' dy ben, Sara; pwy wyt ti i whare Duw – wrth gwrs y gwelwn ni fe 'to.'

Ond ro'n i'n becso'n sobor, achos o'n i'n gwybod fod bois yn cael eu lladd yn Ffrainc wrth y miloedd. Ac ar Lloyd George o'dd y bai. Dau o fechgyn Pantglas wedi'u lladd, a mab Mistir ar goll. Doeddwn i ddim yn leico Mistir, hen bwlffyn tew, boliog oedd e, a'i fwstás yn ddigon i godi ofn ar unrhyw un. Mi fydde'r bechgyn yn gweiddi nerth eu pennau wrth fynd adre o'r ysgol, hynny yw pan oedden nhw'n ddigon pell o'i glyw, y rhigwm bach hwn:

Dewlyn cas y Bryn,
A'i lyged du a gwyn,
Yn dweud fel hyn
Wrth blant y Bryn
O, jawl erio'd, fel hyn mae'n bod –
Twll dy din di.

Doeddwn i ddim yn awyddus i fynd 'nôl i'r ysgol ar ôl yr holides, i ddechre ar y 'tables' unwaith eto, a'r clai drewllyd oedd yn waeth hyd yn oed na'r llyfre rhacs babïedd, ond doedd dim ofn cyllell sbaddu Wili Weirglodd arna i ragor. Ro'n i'n deall Saesneg Miss yn iawn hefyd, ac yn gallu helpu'r plant eraill i'w ddeall.

Yn leins y bore cynta hwnnw ar ôl y gwyliau, roedd Miss wedi gwisgo mewn du o'r top i'r gwaelod – y mwrnin rhyfedda, yn snwffan mewn i facyn poced, ymyl ddu, ac yn siarad yn dawel bach. Y wich wedi diflannu.

'Children, you must not laugh or shout today, and you must speak very quietly, because the Master has received terrible news. His only son has been killed in France.'

A mewn â ni ar flaenau'n traed, nid i'r Bebis ond i'r 'Rhwm Fowr', a dweud y 'tables' yn dawel, dawel. Ac ar ddiwedd y 'tables' dyma ni a phlant Miss Evans yn saco ar ben ein gilydd i'r Bebis. Ond dim ots, ro'dd ca'l Miss Evans i'n dysgu yn gwneud iawn am y cwbwl. Ac i goroni'r cyfan mi ges i ddarllen llyfre Standard Two, a chlywed Miss Evans yn dweud, 'Jini, rydych chi'n darllen yn well na'r un ohonyn nhw.' Ro'dd hi'n werth mynd i'r ysgol y dyddiau hynny.

Ond ymhen pythefnos ro'dd Mistir 'nôl – yn dawelach dyn – ei fwstás lawr dros ei wefus, ei war yn crymu, ac yn llusgo cerdded. Miss 'nôl gyda'r Bebis unwaith eto yn eistedd ar ei stôl uchel, ac yn dal i lanhau ei hewinedd. Doedden ni ddim yn gweiddi'r 'tables' mwyach, 'mond eu dweud yn ddistaw bach dan ein hanadl.

Ond un diwrnod fe ddaeth ymwared. Daeth Mistir mewn i'r Bebis, a mynte fe, 'Jini John and Eitel Kaeseberg, you will go up to Standard One tomorrow.'

Dim esboniad, dim pam, ond doeddwn i ddim eisie gwybod pam, dim ond diolch yn ddistaw am gael ymadael â Miss, ei 'tables' a'i llyfre rhacs am byth. Ro'dd Eitel yn falch o gael dianc hefyd, a phan gyrhaeddon ni ddosbarth Miss Evans doedd dim rhaid iddo fynd i eistedd ar ben ei hunan yn y cornel, ac roedd hi'n ei alw wrth ei enw iawn ac nid 'German'. Ond yn anffodus, roedd Standard I yn yr un rhwm â dosbarth Mistir, ac ro'dd e'n gwrando ac yn clustfeinio ar beth o'dd yn mynd mlân drwy'r amser, a byddai Miss Evans yn ymwybodol o hynny, yn cochi, a throi'i chefen ato. Yna byddai Mistir yn gweiddi, 'Speak up, Miss Evans, your pupils cannot hear you.'

Fe o'dd ddim yn ei chlywed, nid y plant. Hen ddyn cas, cilsip o'dd e. Do'dd e ddim yn mentro siarad fel'na â Miss. Rwy'n cofio Miss Evans yn rhoi gwers i ni ar 'The Owl' – rhaid o'dd traddodi pob gwers drwy gyfrwng y Saesneg. Wn i ddim pam, achos o'dd pawb yn deall Cymraeg yn well na Saesneg.

A dyma Miss Evans yn dechrau yn ei llais tawel, mwyn, 'The owl has very soft feathers.' Mistir yn gwrando a Miss Evans yn cochi, ac yna llais tarw Mistir yn gweiddi dros bob man, '"Fluffy" yw'r gair iawn, fenyw, nid "soft". Use your common sense.' A Miss Evans yn treio cwato'r dagrau o'dd yn mynnu twmlo lawr 'i boche.

Hen ddyn cas o'dd Mistir.

Roedden ni'n dysgu poitri hefyd, Cymraeg a Saesneg. 'Bedd y dyn tylawd' o'dd y ffefryn 'da fi:

Is yr ywen ddu ganghennog
Twmpath gwyrddlas gwyd ei ben . . .

a llefen wrth feddwl mai bedd fel'ny a fyddai gan Twm Drefaldwyn, yr hen dramp caredig, meddw, nad o'dd ganddo 'yr un perthynas yn y byd, 'ngeneth i, dim ond y cwningod a'r adar.'

'A finne, Twm.'

'Diolch 'ngeneth i, ond fydd ne neb yn colli deigryn ar f'ôl i.'

'Fe fydda i, Twm, cris-cros tân po'th.'

A wir, ro'dd dysgu poitri am 'fedd y dyn tylawd' yn fy hala i lefen ar ôl Twm, a hynny 'mhell cyn iddo farw.

Pisyn arall o'dd yn fy hala i lefen oedd 'Lucy Gray', y lodes fach unig, 'the solitary child' a gollodd ei bywyd 'crossing the wilds'.

O'r diwedd, ro'n i'n edrych 'mlân at fynd i'r ysgol bob dydd, ac yn credu nad oedd 'run fenyw mor glefer a charedig â Miss Evans. Ro'dd hi'n bert hefyd, ond nid mor bert â Mamo a'i gwallt du sglein, a'i llygaid mawr glas. Ac oddi ar i Dyta fynd i'r armi gwisgai'n smartach hefyd, gyda chadwen aur am ei gwddf a wats aur am ei harddwrn. Taflodd y ffedog sach bant hefyd.

Yn anffodus, ddwywaith yr wythnos, deuai Miss i dysgu gwnïo i ni – dysgu ni sut i wnïo botymau a gwneud rhwyllau botymau, a hynny ddwywaith yr wythnos am bedair awr am flwyddyn gron – dim un math o wnïo arall. Ac ar ddiwedd y flwyddyn doeddwn i ddim mymryn callach ar sut i wneud rhwyllyn. 'Try again,' oedd unig gyfarwyddyd Miss. Treio a threio nes bod fy mys i'n gwaedu, a'r tamaid defnydd yn gochddu yn lle gwyn.

Roedd Standard Two wrthi'n c'wiro sane

wythnos ar ôl wythnos. Dyna fydde 'nghynged inne y flwyddyn nesa. Ro'dd yn gas 'da fi 'sowin' – ond 'na fe, diflas oedd pob gwers 'da Miss. Ond roedd un peth yn amlwg, roedd Miss yn fòs ar Mistir. Pan fyddai Mistir yn gofyn iddi wneud rhyw waith, ei hateb oedd, 'I will do that in my own good time, Mr Jones,' a thro arall gwaeddodd nes bod pawb yn clywed, 'Will you please mind your own business, Mr Jones?' A Mistir yn cilio'n ôl yn wargam a'i ben yn ei blu. Trueni na fuasai Miss Evans â thipyn o blwc Miss yn perthyn iddi.

Roeddwn wedi bod yn nosbarth Miss Evans am tua mis, ac un bore doedd hi ddim yno. 'Take out your reading books and behave yourselves,' medde Mistir, a oedd yn dal yn ddi-ffrwt ar colli ei fab. Ond roedd Wili Weirglodd yn gwybod y cyfan am Miss Evans. 'Mae hi gatre yn llefen, am fod ei chariad wedi ei ladd yn Ffrainc.'

Ac yn wir, daeth 'nôl 'mhen dau ddiwrnod a rhuban du wedi ei wnïo ar lawes ei chot.

A doedd neb wedi gweld Eitel ers pythefnos, ond roedd Wili Weirglodd yn gwybod hanes hwnnw hefyd. Mae'n debyg fod Lloyd George wedi hala polîs i'w tŷ, ac wedi mynd ag e a'i fam i Abertawe i'r carchar, achos ei bod yn briod â German – roedd y German yn y carchar oddi ar dechrau'r rhyfel. Pobol fel nhw, medde Wil, oedd wedi dechrau'r rhyfel, a phobol fel nhw oedd yr achos fod ein bois bach ni'n cael eu lladd fel gwybed yn Ffrainc. Druan ag Eitel, doedd e ddim yn fachgen cas, a doedd e ddim yn gyfrifol am ladd undyn byw. Roedd e'n rhy ddiniwed i symud o'i gornel.

Pawb yn siarad am yr ymladd yn Ffrainc, a'r sôn y byddai'r Germans yn dod draw i'n gwlad ni, a lladd y plant yn gwmws 'run peth â Herod yn lladd plant bach yr Israeliaid. Rhedwn adre ar ras o'r ysgol bob dydd 'gofon fod Germans yn cwato tu ôl y cloddiau, ac yn barod i neidio powns ar 'y mhen i – roedd arna i fwy o ofn y Germans nag o ofn Mistir.

Pawb yn conan fod y bwyd yn brin – dim te, dim siwgr, dim menyn. Roedd y ffarmwrs yn mynd â'u menyn i gyd i'r farchnad, i helpu ennill y rhyfel, ac os nad oedd buwch gyda chi, doedd gyda chi ddim menyn. Roedd hi'n iawn arnon ni – deuai Marged yn wythnosol â'i basged yn llawn, a fyddai Anti Mary byth yn dod yn waglaw chwaith.

Bu Mamo mor hapus drwy'r haf, ond ddechre'r hydref fe newidiodd yn sydyn. Treuliai'r dyddiau yn y gwely, a do'dd byth de yn barod pan ddeuwn adre o'r ysgol. Deuai Anti Mary draw yn amal, ond do'dd neb, hyd yn oed Anti Mary na Marged, yn gallu ei hysgwyd o'r felan. Dyna'r enw roddodd Marged ar ei dolur.

'Be sy'n bod, Mamo?'

'Gad fi'n llonydd, paid â 'mhoeni i. Cer mas i whare.'

'Ydych chi'n dost, Mamo?'

'Rydw i'n waeth na tost. Cer o 'ngolwg i, da ti.'

A mynd o'i golwg y byddwn i – lawr i Landŵr i gael bara menyn a siwgr. Roedd Sara a Mari wastad â rhyw gymaint o siwgr wrth gefn.

'Wy'n becso'n sobor am Mamo. Mae'n aros yn y gwely byth a beunydd. Mae Marged yn gweud mai'r felan sy arni. Beth yw'r felan, Mari?'

'Becso heb wbod pam yw'r felan. Becso am ddim byd. Becso nes bod hi'n well gyda chi farw na byw.'

'Odi ddi'n mynd i farw, Mari?'

'Na, na, fe wellith hi pan ddaw dy dad adre.'

'A phryd fydd hynny, Mari?'

'Pan ddaw'r rhyfel i ben.'

'Mae'r Germans yn lladd ein bois ni fel gwybed, a do's dim llawer o obaith gweld yr un ohonyn nhw'n ôl, dyma ddwedodd Tomos y Go.'

'Paid ti â grondo ar Tomos – dyw e'n deall dim. Mae Lloyd George yn gweud y bydd pob sowldiwr adre cyn y Nadolig. A ma' fe'n ddyn sy'n gwbod ac yn gweud y gwir.'

'Ma' Tomos y Go yn gweud fod Lloyd George off 'i ben, a'r unig ffordd, medde fe, yw saethu pob German a'u lladd.'

'Dyna beth yw rhyfel, Jini fach – enillodd neb ryfel eriod ond trwy saethu a lladd. A mwya i gyda o ladd fydd, cynta i gyd y daw'r diwedd, a'r ochor sy'n lladd fwya fydd yn ennill.'

'Sa i'n credu y gwela i Dyta fyth eto. O's rhaid ca'l rhyfel, o's rhaid inni ladd ein gilydd, Mari?'

'Jini fach, wyt ti ddim yn deall. Mi fydde'r Germans wedi dod yma a'n lladd ni i gyd, bob jac wan, oni bai bod ein bois ni wedi mynd mas i Ffrainc i roi stop arnyn nhw.'

'Pam ma' nhw eisie dod 'ma?'

'Trachwant a dial. Wyt ti'n rhy ifanc i ddeall.'

'Odych chi'n deall, Mari?'

'Wy'n deall cymint â Tomos y Go. A phaid ti â gwrando ar hwnnw. Conshi yw e.'

'Swn i'n leico gwybod beth o'dd Conshi, ond ro'n i wedi dysgu pryd i holi a phryd i roi clip ar 'y nhafod. Felly bant â fi i chware cardie 'da Sara – cardie'r diafol o'dd enw Mari arnyn nhw. Ond ches i ddim blas ar y chware – ffaelu peido meddwl am Dyta mas yn Ffrainc yn lladd y Germans, a'r Germans yn treio'u gore i'w ladd ynte hefyd.

Pan es i adre ro'dd Mamo'n dal yn y gwely a'i hwyneb at y wal.

'Ydych chi'n dost *iawn*, Mamo?'

'Jini, paid â mhoeni i. Berwa wy i ti dy

hunan a chymer lased o la'th, a cher i'r gwely'n dawel.'

Do'n i ddim eisie bwyd, er bod twll yn fy stumog. Ond mi es yn dawel bach i'r gwely, gan gredu fod y felan yn getsin, 'run peth â'r ffliw, a 'mod i wedi dal y salwch oddi wrth Mamo.

10

Dim gair oddi wrth Dyta, a Mamo'n treulio fwy na hanner y diwrnod yn y gwely. Gwneud tocyn i'n hunan bob bore – bara menyn a photeled o laeth. Bara'n unig oedd gan y rhan fwyaf o'r plant, a dim ond plant y ffarmwrs o'dd yn ddigon lwcus i gael cig a menyn ar y bara. Ond byddai Marged yn dod bob wythnos â llond basged o fwydydd i'n tŷ ni, a holais inne erioed o ble oedd y bwyd yn dod.

Do'dd neb yn ein gwarchod amser cinio, a dyna lle byddai'r plant oedd â bara'n unig yn ei roi o flaen y tân i dreio gwneud tost. Hwnnw'n duo yn y fflamau, ac yn drewi o fwg glo. Y plant yn bigitian ei gilydd, ac yn dwgyn bwyd oddi wrth y plant oedd yn ddigon lwcus i gael cig yn eu tocyn. Ac roedd pawb yn drewi o gamffor – pawb yn cario'r peli bach gwynion yn eu pocedi. Pwrpas y rheini oedd ein diogelu rhag y ffliw. Hen ffliw gas o'dd hi; bu farw tri o blant Penrallt yn yr un wythnos. Aeth Mistir a Miss yn sâl yr un pryd, ac ar un adeg dim ond saith o blant o'dd yn yr ysgol, a Miss Evans yn edrych ar ein holau. A dyna'r amser hapusa ges i yn yr ysgol, tra bues i yno. Miss Evans yn dweud storis am arwyr Cymru, dysgu adrodd pisis Cymraeg, a chanu emynau a chaneuon Saesneg fel:

Some talk of Alexander
And some of Hercules,
Of Hector and Lysander
And such great names as these.
But of all the world's great heroes
There are none that can compare,
With a tow, row, row, row, row, row,
To the British Grenadiers.

Doedd gyda ni ddim syniad pwy oedd y 'great heroes', ond roedden ni'n canu 'tow, row, row' gydag arddeliad, bloeddio canu, heb roi ystyr na meddwl i'r geiriau.

Doedd dim llyfre canu Cymraeg ar gyfyl y lle, heblaw rhyw ddau neu dri chopi o donau'r Gymanfa Ganu, felly canu i'r rheini. Fel arfer, doedd Miss Evans, er ei bod yn gantores dda, ac yn ennill mewn eisteddfodau, ddim yn cael yr hawl i'n dysgu ni i ganu, achos ein bod yn ôl Mistir yn cadw gormod o reiat, ac yn styrbo dosbarth y 'plant mowr'.

Amser diflas o'dd hi arna i gartre: Mamo yn y gwely bron drwy'r amser; Anti Mary i lawr 'da'r ffliw, Marged hithau yn cadw draw ac yn sâl yn y gwely, 'nôl y dyn a ddeuai ar gefn ceffyl bob wythnos â'i fasgedaid fawr o fwyd. Ddes i 'rioed i wybod pwy o'dd e, nac o ble y deuai, a'i eiriau fe wastad o'dd, 'Ma'r bòs yn hala rhain i chi, a ma' fe isie'r fasged 'nôl.' Dim un gair arall, dim hyd yn oed 'dydd da'.

70

Sara hefyd yn y gwely, a Mari yn ei doso â rhyw stwff du triaglaidd – 'moddion y perthi' o'dd 'i henw hi arno – a rhwbio'i thraed â chymysgedd o fwstard a brwmstan twym. Roedd yr holl dŷ'n drewi, a chedwais yn glir o'r lle rhag ofn i mi gael yr un driniaeth. Ro'dd Mari'n gredwr cryf yn ei meddyginiaeth ei hunan, ac os byddai unrhyw un yn amau ei effeithiolrwydd ei hateb fyddai, 'Mae Doctor Powel yn dod ata i am gyngor pan fydd ei foddion e'n ffaelu.' A do'dd neb yn mentro anghytuno â Mari!

Ei gofid mawr o'dd nad o'dd 'da hi 'run moddion a fedrai wella'r dicléin. Dolur dychrynllyd o'dd y dicléin, ac roedd plant, dynion a merched o bob oed yn marw ohono. Dim ond tri mis o'dd oddi ar i Jane fach Ty-draw farw ohono. Ro'dd hi'n dod i'r ysgol yn peswch, yn carthu ac yn chwysu, a Mistir yn ei rhoi ar ei phen ei hun i eistedd. Fe gollon ni Jane o'r ysgol, a daeth y newydd trist fod Jane wedi marw o'r dicléin. Do'dd neb hyd yn oed wedi sibrwd y gair cyn hynny, yn gwmws fel petai ar Jane fach oedd y bai am gario'r clefyd. Fe aeth Mistir a phlant rhwm Miss Evans i gyd i'r angladd, pob un yn cario blodyn i'w daflu ar ben yr arch – pawb yn llefen, rhai'n ubain llefen a mam Jane yn penlinio ar lan y bedd gan weiddi, 'Jane, Jane, paid â 'ngadael i, Jane annwyl'. Ond wrandawodd neb arni, a theimlad ofnadwy o'dd clywed y pridd a'r cerrig yn disgyn ar ben yr arch, a'i mam yn cael ei llusgo'n ôl rhag ofn iddi hithau gwympo i mewn i'r bedd. Jane oedd ei hunig blentyn, roedd ei gŵr bant yn yr armi, a heb ei weld ers dros flwyddyn.

Doeddwn i ddim yn deall; ro'dd y cwbl yn dywyllwch i fi, pawb yn dweud fod Jane wedi mynd i'r nefoedd at Iesu Grist. Sut yn y byd o'dd hi'n gallu mynd i'r nefoedd a hithau wedi ei chau lan mewn bocs, a'i chladdu'n ddwfn dan ddaear?

Mynd i Lan-dŵr a holi Sara.

'Ei chorff hi sy yn y ddaear; mae'i henaid wedi mynd i'r nefoedd at Iesu Grist.'

'Beth yw enaid, Sara?'

'Rhywbeth na all neb 'i weld, ond mae e'n byw tu mewn i ni, a hwnnw sy'n mynd i fyw at Iesu Grist. Dyw'r enaid ddim yn marw.'

'Ond fe hedfanodd Iesu Grist i'r nefoedd mewn gŵn-nos gwyn, ac fe gafodd adenydd hefyd o rywle i'w helpu. Rwy'n cofio gweld ei lun yn y Beibl Mawr.'

'Llun yw hwnnw, sdim pob llun yn iawn,' medde Sara'n anghysurus.

'Dyw popeth sydd yn y Beibl ddim yn wir 'te?'

'Wyt ti'n holi gormod er dy les, Jini. Dere i whare snêcs an' laders.'

A dyna ateb Sara bob tro i gwestiwn dyrys –

ro'dd hi'n credu fod snêcs an' laders yn gwneud i mi anghofio popeth. Ond ro'dd hi'n rong. Mi holwn i Mari eto, pan ddeuai cyfle; ro'dd hi'n gallach na Sara. Fyddwn i naws gwell o holi Mamo – ro'dd hi'n dala yn y gwely a'i hwyneb at y pared, ac yn benderfynol o beidio â galw'r doctor. Dolur ofnadwy yw'r felan. A Marged ac Anti Mary yn dal yn y ffliw. Diflastod.

Diflas oedd yr ysgol hefyd. Miss yn dala yn ei gwely, a Miss Evans yn dala 'da'r Bebis. A Mistir yn dysgu Standard Dau a Thri gyda'i blant e. Roedden ni wedi cael copi-bwcs a phensel blac i sgrifennu gyda Miss Evans, ond gorfod i ni fynd 'nôl eto i sgrifennu ar slaten – sgrifennu ein henwau'n ddiddiwedd, poeri, pleto mas, ac ailgychwyn wedyn; ymlaen ac ymlaen heb stop. Ac i wneud pethe'n waeth, hala John Pensarn, hen grwt twp o'dd ddim yn gallu darllen yn iawn ei hunan, i wrando arnon ni'n darllen. Ac roedd yn rhaid inni fod mor ddistaw â llygod, neu fe fydde Mistir yn dod atom, rhuo fel tarw, a'n pwno ar ein cefne a'n breichie. Hen ddyn cas o'dd Mistir, ac roedden ni'n gleise i gyd.

Fe ddangoses i'r cleise i Mamo, a dweud wrthi beth oedd wedi digwydd. Edrychodd yn hurt ar y cleise, a dweud mewn llais bach, gwanllyd, 'Sdim rhaid iti fynd i'r ysgol fory, Jini.'

Diolch byth! Ar ras i Lan-dŵr i adrodd y

stori a dangos fy nghleise, a theimlo'n dipyn o arwres, gan ailadrodd beth o'dd pawb yn 'i ddweud – 'hen ddyn cas yw Mistir'.

'Paid â beio gormod arno – dial mae e ar rywun, rhywun sydd wrth law, am fod y Germans wedi lladd 'i fab e.'

Cael moethe a bwyd; darllen y *Tivy Side*, a chael sioc nad oedd yr un stori yn y papur, dim ond hanes angladde am rai o'dd wedi marw o'r ffliw, a rhestr hir o'r bechgyn o'dd wedi cael eu clwyfo a'u lladd yn Ffrainc.

Darllenais y rhestr yn ofalus, ond weles i mo enw Dyta yno. Mi fase'n dda 'da fi tase'r hen ryfel yn dod i ben.

11

Do, fe ddaeth y rhyfel i ben. Do's dim byd yn para am byth – dim ond yr Efengyl Sanctaidd, 'nôl Mari! Ac fe ddaeth i ben yn sydyn iawn – clywed y trên yn chwibanu yn y pellter wnaethon ni gynta, chwibanu'n ddi-stop, a Sara a Mari yn rhedeg a'u gwynt yn eu dwrn lan i'n tŷ ni, a gweiddi, 'Heddwch, heddwch!' a 'mlân wedyn i'r tŷ nesa i dorri'r newydd da, rhag ofon fod y rheini heb glywed.

Do, fe aeth yr ymladd 'mlân a 'mlân yn ddi-ddiwedd. Doeddwn i'n cofio am ddim arall – dim ond rhyfel ac wmladd, Germans a rasiwns, ac addewidion.

'Fe gei di ffroc newy' pan ddaw'r rhyfel i ben.'

'Fe gei di ddoli newy'.'

'Fe gei di lyfr storis newy'.'

'Fe gei di, fe gei di . . .'

A phan ddaeth y rhyfel i ben, ches i ddim, dim byd, dim blydi dim, fel byddai Dyta yn 'i ddweud.

Daeth Dyta ddim adre chwaith, ond fe ddaeth llythyr pwysig O.H.M.S. rai wythnosau ar ôl i'r rhyfel bennu. Pan ddes i adre o'r ysgol ro'dd y llythyr ar y ford heb ei agor.

'Agor di fe, Jini.'

Roeddwn innau ag ofn ei agor hefyd, achos llythyre ag O.H.M.S. o'dd yn hysbysu perthnase fod rhywun wedi'i ladd, medde Mari. Ond dyw hyd yn oed Mari ddim yn iawn bob tro.

Ei agor yn ofnus, a gweld y geiriau yn dawnsio o 'mlaen – 'Wounded in action' – a dweud ei fod yn cael triniaeth mewn ysbyty rywle yn Lloegr. Roeddwn i mor falch, ond ddwedodd Mamo 'run gair o'i phen, dim ond cau ei gwefusau'n dynn, a bant â hi'n ôl i'r gwely.

Dyna sbort a randibŵ gafwyd ar ddiwedd y rhyfel! Anghofiwyd am y bechgyn a laddwyd – te partis ymhobman, y trên yn chwibanu'n ddi-stop, gwyliau yn yr ysgol, dawnsio a chanu yn y pentrefi a'r trefi, a'r landgyls yn gadael eu gwaith yn y fan a'r lle i ymuno yn y dathlu. Roedd landgyl Rhyd-ucha ar hanner godro buwch pan glywodd y newyddion da, a bant â hi fel strac gan adael y bwced o dan y fuwch, a gadael Daniel Jones i rincian ei ddannedd mewn cynddaredd.

Ac fe ges i fynd i gonsyt yn yr ysgol yng nghwmni Sara a Mari – consyt lle roedd pawb yn canu a gweiddi. Rhai'n canu 'Calon Lân', eraill yn canu 'It's a long way to Tipperary'; doedd dim pwys p'un ai oeddech yn gwybod y geire a'r diwn ai peidio – gweiddi oedd yn bwysig a chael sbort, yfed te a diod fain.

Ond yng nghanol yr hwyl dyma'r ffeirad yn

codi ar ei draed, codi ei law a gofyn am ddistawrwydd. Pawb yn tawelu. A dyma fe'n gofyn i bawb gofio am y bechgyn dewr na ddeuai byth 'nôl, a gofyn inni sefyll mewn parch i gofio amdanyn nhw, ac i gydymdeimlo â'u perthnasau. A dyna ddiwedd ar y consyt. Do'dd neb mewn hwyl canu ar ôl hynny, ac fe aeth pawb sha thre yn ddigon fflat.

'Mhen tua mis wedyn, ar bnawn Sadwrn, a minnau'n darllen y *Tivy Side* gyda hanes y consyts, darllen yn ofalus drwy'r rhestr o'r rhai o'dd wedi eu lladd a'u clwyfo, dyma gnoc arswydus ar y drws. Roedd Mamo, yn ôl ei harfer yn y gwely.

'Pwy sy 'na?' mynte fi'n ofnus.

'Agor y drws ac fe gei di weld.'

Llais Dyta.

Agor y drws yn gyffrous. A dyna lle roedd e, Dyta ei hunan, yn llipryn main llwyd ac yn pwyso ar ffyn bagle – y wyneb coch a'r bol mawr wedi diflannu. Ond Dyta o'dd e. Safai dyn mewn iwnifform (nid gwisg milwr) wrth ei ochor. Pan welson nhw fod y drws wedi agor, mynte'r dyn yn ddiseremoni, 'Goodbye and good luck, Private John.'

Ie. Dyta o'dd e. Rhythu ar ein gilydd, a mynte fe, 'Jini fach, wyt ti ddim yn 'nabod dy dad? Do's 'da ti ddim byd i weud, Jini?'

Na do'dd 'da fi ddim i'w weud – fe dreies i 'ngore i ymddangos yn falch, a gwenu. Fe ddylwn fod yn hapus o'i weld, ond rywsut doeddwn i ddim yn hoff o gewc y dyn 'ma – ro'dd e'n siarad yn dawel a'i lais yn crynu. Nid un fel'na o'dd Dyta.

'Ble ma' dy fam?'

'Mae Mamo'n sâl – ma' hi wedi bod yn dost ers wythnose.'

Ond erbyn hyn ro'dd Mamo wedi codi, a dyna lle ro'dd hi'n sefyll o'n blaenau yn ei gŵn-nos llaes gwyn, a'i gwallt yn hongian yn donnau dros ei hysgwyddau. Roedd hi'n edrych mor bert, mor wahanol iddi'i hunan – yn gwmws fel y llun o Deleila ym Meibl Mawr Glan-dŵr.

Safodd y ddau yn stond am rai munudau yn hollol fud, gan syllu ar ei gilydd.

'Wyt ti wedi llyncu blydi broga?'

Roedd ei lais wedi codi erbyn hyn. Ie, 'run hen Ddyta oedd e, er gwaethaf ei olwg.

'Pryd?' gwaeddodd.

''Mhen rhyw ddeufis,' medde Mamo, mewn llais gwan, crynedig. A dyma Dyta yn codi'i ddwy law ac yn cyfrif ei fysedd.

'Wel, myn uffern i.'

Ac yna distawrwydd – distawrwydd oedd yn siarad. Neb yn symud – y ddau'n sefyll yn rhythu ar ei gilydd, fel dau geilog yn barod am ffeit. Mi ges i ofn. Sleifiais mas o'r tŷ yn dawel bach, a bant â fi i Lan-dŵr.

'Sara, ydych chi'n gallu llyncu broga?'

'Paid â siarad yn dwp, Jini fach.'

'O'dd Dyta yn gofyn i Mamo a o'dd hi wedi llyncu broga.'

'Odi dy dad wedi dod adre?'

Mae'n rhaid eu bod wedi gweld car yn pasio. Roedden nhw'n gweld pawb a phopeth a basiai heibio i Llety'r Wennol. A chyn i fi gael amser i ateb, dyma res o gwestiynau.

'Shw ma' fe? Odi fe'n gallu cerdded? Odi fe wedi cael ei glwyfo'n ddrwg? Wel, dyma beth yw syndod,' ac yn y blaen yn ddi-stop. Osgoi f'ateb, wrth gwrs, ond roeddwn i'n hollol benderfynol.

'Sara, dwedwch yn blaen, beth o'dd Dyta'n 'i feddwl wrth ofyn i Mamo a o'dd hi wedi llyncu broga?'

Y ddwy'n cewco ar 'i gilydd, ac yn siarad â'u llygad, a medde Mari gan ymddangos yn wybodus dros ben, 'Ma' dy dad newy' ddod adre o Ffrainc, ac rwy'n clywed fod y Ffrancod yn bwyta brogäod i frecwast.'

Gwyddwn ei bod yn osgoi dweud y gwir, a doeddwn i damed gwell o holi rhagor.

Mi es adre'n bendrist i dŷ distaw. Mamo wedi mynd 'nôl i'w gwely, a Dyta'n ffreio bacwn ac wy.

'Wyt ti'n falch o 'ngweld i, Jini fach?'

'Odw, Dyta.'

A dyma fe'n cydio ynof, fy ngwasgu'n dynn at ei frest a 'nghusanu i fel dyn o'i go. Roeddwn yn teimlo'n anghyfforddus, a chyn gynted ag i mi ryddhau fy hun o'i grafange, bant â fi i'r dowlad ar ras. Do'dd dim diwedd ar ei swmpo a'i gusanu. Fase'n dda 'da fi 'tai Mamo hanner mor gariadus tuag ata i. Ond chysges i ddim, roeddwn i'n dal i fecso am y broga o'dd Mamo wedi'i lyncu.

Drannoeth, treuliodd Dyta y diwrnod cyfan yn glanhau ei feic, a'i wneud yn ffit ar gyfer y ffordd. A wir, bant ag e i rywle, a'r ffyn bagle wedi'u clymu wrth y bar.

A bant ag e ar 'i ben i rywle bob dydd, efe, ei feic, a'i ffyn bagle. Dod 'nôl erbyn swper i ffreio scram iddo'i hunan, a bant ag e wedyn. Mamo'n dal yn ei gwely.

Un noson, rywbryd yng nghanol y nos, clywais sŵn Dyta'n dringo'r ysgol i'r dowlad. Pam? Ro'dd mwy o le yng ngwely Mamo nag yn fy ngwely bach i. Ac er ei bod yn oer yn y dowlad, tynnodd ei grys bant, a thynnodd, nage rhwygodd, fy ngŵn-nos inne oddi amdanaf. Cydiodd amdana i'n dynn, gan orwedd ar fy mhen.

'Peidiwch Dyta, wy'n mogi.'

'Hist, y diawl bach,' a rhoddodd un law ar fy ngene. Treiais weiddi, ond methais. Yntau'n dal ati i wasgu a gwthio – gwthio rhywbeth caled i mewn i 'nghorff i. Minne'n cael dolur ofnadw, ac yn ffaelu gweiddi. Ond o'r diwedd ces fy mhen yn rhydd, teflais y blanced 'nôl, a gwaeddais â'm holl nerth, 'Mamo, Mamo, ma' Dyta'n fy lladd i.' Clywais lais Mamo'n gweiddi ar waelod y dowlad:

'Jini, dere lawr ar unweth.'

Fe dreiodd Dyta fy rhwystro, ond erbyn hyn roeddwn yn sgrechian a sgyrnigo, a thrwy ymdrech galed medrais ryddhau fy hunan o'i grafange, a rhedeg yn noeth i freichiau Mamo. Ro'dd hithe wedi'i chynhyrfu hefyd, ond yr unig beth ddwedodd hi o'dd, 'Paid â llefen, Jini fach, dere i'r gwely ata i.'

Teimlwn yn swp sâl, poene mawr o'm pen lawr hyd at 'nghoese i. Allwn i ddim stopo llefen. Alle Mamo ddim chwaith, a daliodd i snwffial drwy'r nos.

Fore drannoeth, ces syndod o weld fod Mamo wedi codi'n fore yr un pryd â fi. Doedd dim chwant brecwast arna i; yr unig beth oedd ar fy meddwl o'dd jengid i'r ysgol cyn i Dyta godi. Doeddwn i ddim am ei weld byth, byth eto. Gwnaeth Mamo docyn i fi, ac meddai pan o'n i ar fin cychwyn, 'Gronda Jini fach, 'wy'n erfyn arnat ti beidio â gweud gair wrth neb am beth ddigwyddodd neithiwr – cofia, dim gair wrth neb, *neb* cofia. Dim gair wrth Sara a Mari. Chei di byth dy boeni fel'na eto, rwy'n addo iti.'

Do'dd dim angen iddi ofyn i mi beidio â gweud. Ro'dd ormod o gywilydd arna i sôn am y peth wrth undyn byw.

Rhaid bod golwg sa'bant arna i pan gyrhaeddais yr ysgol. Y peth cynta a ofynnodd Miss Evans i mi oedd a oeddwn i'n dost.

'Wy'n iawn diolch, Miss.'

'Beth yw'r clais sy ar dy wddwg di, Jini; ga'i weld e?'

'Na, wy'n iawn.'

'Jini fach, y gwir – shwt gest ti'r clais 'na?'

Allwn i ddim dioddef rhagor.

'Plis, Miss – wy moyn go-owt.'

Rhedais i'r tŷ bach, eistedd ar y set, a llefen a llefen – ro'dd piso'n boenus ac yn llosgi fel tân. Fedrwn i ddim mynd 'nôl i'r dosbarth wedyn. Es mewn yn ddistaw bach i'r portsh, gafael yn fy nghot a'r tocyn bwyd, a rhedeg nerth fy nhraed 'sha thre. Allwn i ddim galw 'da Sara a Mari chwaith – mi fydde'r rheini'n siŵr o ofyn i fi am y cleise o'dd ar fy ngwddf, a doeddwn i ddim eisie dweud wrth undyn byw.

Es lawr at yr afon, tynnu fy sane a'm sgidie, golchi 'nhraed yn y dŵr, a defnyddio macyn i wlychu fy ngwddf â'r dŵr oer. Roeddwn i'n teimlo'n dost drosof i gyd. Teimlwn fel cyfogi, ond allwn i ddim; ro'dd y cyfog yn dal yn lwmp yn fy stumog. Golchais fy mhart isa'n lân. Teflais y tocyn bob yn damed i'r pysgod, a theflais y macyn ar eu hôl. Eisteddais ar lan yr afon tan i mi glywed gwas bach Pen-banc yn moyn y gwartheg i'w godro, a gwyddwn ei bod o gwmpas tri o'r gloch.

Mentrais adre, gan obeithio y byddai Dyta wedi hel ei draed i rywle.

'Wyt ti'n gynnar, Jini fach,' medde Mamo.

'Odw,' a dyma ddechre llefen eto.

'Wyt ti'n iawn, Jini?' ac roedd ei llais yn fwynach nag y clywais e erioed. A gwnaeth hynny fi i feichio crio. Gafaelodd amdanaf yn dynn – heb ddweud yr un gair. Dyna'r tro cyntaf erioed i mi gael cwts iawn 'da Mamo.

'Ble ma' Dyta?'

'Ma' fe wedi mynd i Sir Benfro wy'n credu. Paid â becso, ddaw e ddim 'nôl am sbel. A gwranda, Jini, chei di mo dy siabwcho 'dag e byth eto – dim tra fydda i byw i fod yn gefen i ti.'

'Ydych chi'n siŵr, Mamo?'

Cydiodd ynof wedyn, a dyma ni'n dwy yn cyd-lefen. Mi deimlais yn well. Am y tro cyntaf erioed, ro'dd Mamo a finne'n deall ein gilydd, ac er waethaf y boen a'r cleisiau, roeddwn yn hapusach nag y bues i erioed.

Ro'dd hi wedi gwneud pancws i de, ac mi ddwedes y cwbwl wrthi – am redeg adre o'r ysgol, am fwydo'r pysgod, ac am y boen a'r cyfog.

'Jini, rhaid iti fynd i'r gwely'n gynnar heno, a fydd dim rhaid i ti fynd i'r ysgol fory chwaith.'

Dechreuais ddringo'r ysgol i'r dowlad.

'Nage, Jini, yn y pen-ucha gyda fi fyddi di'n cysgu o hyn ymlaen. Caiff dy dad fynd i'r dowlad.'

Tua saith o'r gloch, a minne yn y gwely yn y pen-uchaf, dyma gnoc ar y drws.

'Dyta! Plis, Iesu Grist, cadwch Dyta 'mhell oddi wrtho i.'

Ac fe wrandawodd Iesu Grist. Nid Dyta o'dd yno ond Miss Evans. Fuodd hi 'rioed yn ein tŷ ni o'r bla'n. Do'dd 'da Mamo ddim syniad pwy o'dd hi, a chlywes hi'n dweud, 'Athrawes Jini ydw i, ac rwy'n poeni amdani. Fe redodd adre o'r ysgol heb ddweud gair wrth neb. Ydy hi'n sâl?'

'Mae hi'n well erbyn hyn,' medde Mamo yn ddigon sych a chilsip. 'Fe gwmpodd lawr neithiwr dros risiau'r dowlad a chleisio'i gwddf. Dyna'i gyd.'

Distawrwydd anghyfforddus.

'Mae'n ddrwg gen i,' medde Miss Evans mewn sbel, 'ro'n i'n poeni amdani.'

'Does dim eisie i chi boeni, Miss . . . chlywes i mo'ch enw chi?'

'Miss Evans, athrawes Jini.'

'Diolch i chi am eich consýrn, mi fydd Jini yn yr ysgol yr wythnos nesa. Nos da.'

A bant â hi.

Teimlwn fod Mamo wedi bod braidd yn anghwrtais. Ond cywilydd oedd ar Mamo. Cywilydd am ei bod wedi gorfod dweud celwydd – cywilydd am ei bod yn briod â shwt ddyn â Dyta, a chywilydd am fod y dyn hwnnw wedi cam-drin ei chroten fach.

12

Aeth wythnos heibio – wythnos gyfan o ddim ond Mamo a finne. Welson ni mo Dyta; doedd neb yn gweld ei eisie chwaith. Es i ddim yn agos i Lan-dŵr, rhag ofn y bydden nhw'n fy holi pam, beth, a sut na fydden i yn yr ysgol. Ond fe ddaeth Marged â'i basged llawn, ac fe ddaeth Anti Mary hefyd. Fe ges i fâth yn y badell bres o flaen y tân, ac Anti Mary yn fy ngolchi ac yn rhwbio eli ar fy nghleise. Ro'dd mwy o gleise ar fy mola nag o'dd ar fy ngwddf. Cydiodd amdana i'n dynn, a 'nghusanu i'n annwyl.

'Jini, 'nghariad i, treia anghofio bod hyn wedi digwydd, ac mae dy fam wedi addo na wnaiff e byth, byth ddigwydd i ti eto.'

Ond haws dweud na gwneud – byddwn yn dihuno yn y nos yn sgrechen dros bob man ac yn gweiddi, 'Dyta, Dyta, peidiwch, peidiwch.'

Bydde Mamo wedyn yn fy nghymryd yn ei breiche ac yn rhoi 'dere di' i fi. Un peth a ddaeth i'r golwg o'r casbeth i gyd o'dd fod Mamo'n ffrind i fi. Fe glywes hi ac Anti Mary'n siarad yn dawel yn y gegin pan ddylwn i fod yn cysgu yn y pen-ucha.

'Be wnei di, Myf, pan ddaw e'n ôl? Ond falle na ddaw e ddim 'nôl ragor.'

'O daw, fe ddaw, does dim yn siwrach, ma' fe'n gwbod pa ochor i'r dafell fara mae'r menyn.'

'Ond be wnei di, a thithe yn y cyflwr wyt ti ynddo?'

'Paid ti â becso, o hyn 'mlân ma'r afel drechaf 'da fi. Fe gaiff Ifan John wbod pwy yw'r bòs, ac fe fydd e'n lwcus i gael gwely yn y dowlad.'

'Ti ŵyr dy bethe, ond wy'n credu y dylet ti ofyn cyngor cyfreithiwr.'

'Mary, gronda, do's neb i wbod, a wy am iti fynd ar dy lw na ddwedi di air wrth undyn byw.'

'Na, Myf fach, ddweda i ddim wrth neb, ond beth am Jini?'

'Ma' Jini fach yn ddigon hen erbyn hyn i gadw cyfrinach, ma'r cywilydd a'r gofid wedi suddo'n ddyfnach na'r cleise.'

Fe glywn y ddwy yn snwffian llefen yn ddistaw bach, ac Anti Mary'n dweud gydag arddeliad, 'Fe leicwn i sbaddu'r diawl.'

A fel'na rown inne'n teimlo'n gwmws.

Fe es i'r ysgol fel arfer 'mhen yr wythnos, pawb yn holi beth o'dd yn bod, a beth ddigwyddodd, a finne wedi dysgu gweud celwydd yn slic ac yn rhwydd.

'Ca'l dolur ar fy nghefen wrth gwmpo lawr o'r dowlad.'

Ond ro'dd Miss Evans yn fwy consyrnol ac

yn mynnu gweld ôl y cleise, ac fe ges i'r teimlad nad o'dd hi'n fy nghredu'n hollol.

'Fuoch chi'n gweld y doctor, Jini?'

'Na, ond fe ges i eli 'da Anti Mary i rwbio ar fy nghefen.'

'Sdim rhaid i chi fynd mas i whare 'da'r plant, fe ellwch chi aros miwn i ddarllen os licwch chi.' Fydde Miss Evans byth yn galw 'ti' ar blant.

A mewn fues i drwy'r wythnos yn rhwm Miss Evans, a dyna falch own i gael bod, achos ro'n i'n dal i deimlo'n dost drostof i gyd.

Ro'dd yn agos i bythefnos wedi mynd erbyn hyn, a Dyta'n dal i fod bant. Ond yn wir, ar nos Sadwrn a Mamo a finne wrthi'n bwyta swper, dyma gnoc ar y drws a'r bwlyn yn troi. Dyta! Cnoc arall, a dyma Mamo yn cymryd ei hamser, ac yn agor iddo. Fe ddaeth mewn a'i ben i lawr, edrychodd e ddim ar un ohonon ni, ac i mewn ag e i'r pen-ucha.

'Ifan,' mynte Mamo yn eitha siarp, 'dere mas o fan'na – y dowlad yw dy le di o hyn ymlaen.'

A wir, fe aeth yn ufudd reit, heb weud bw na be. A dyna fel buodd hi. Doeddwn i'n gweld fawr ohono – do'dd e byth yn dod adre i swper, ond fe glywn e'n dod mewn yn hwyr ac yn syth i'r dowlad.

Ond do'dd Mamo ddim yn iach – byddai'n cwyno, yn troi a throsi yn y gwely ac yn ffaelu'n lân â chysgu. Byddwn innau ar ddihun, ac yn gwrando arni'n tuchan. Ond un noson, fe aeth y tuchan yn ochneidio, ac aeth yr ochneidio'n waedd, a minne heb syniad beth i'w wneud. Ond fe glywodd Dyta o'r dowlad, ac fe fentrodd mewn i'r pen-ucha, a gwaeddodd Mamo arno yn ei phoen:

'Cer Ifan, ar unwaith. Cer i mofyn Mary.'

A dyma fe'n nôl ei feic a mynd. Ro'dd e'n dal yn eitha cloff, ond roedd e'n gallu reido beic yn iawn.

Fe godes inne, ac fe wisges, ond wyddwn i ddim ar y ddaear beth i'w wneud. Ond fe ges ordors gan Mamo i gadw'r tân i fynd, i lenwi'r tecel mowr i gael digon o ddŵr berwedig. Daliai Mamo i ochain, troi yn y gwely, codi o'r gwely, mynd 'nôl i'r gwely, taflu dillad y gwely'n ôl a dweud, 'Jini, agor y drws i mi gael dipyn o awyr iach.'

Fe ges i ofon ofnadw – ai fel'na oedd pobol cyn marw? Rown i'n siŵr erbyn hyn fod Mamo'n mynd i farw.

'Mamo, Mamo, peidiwch â marw!'

'Plis, Iesu Grist, peidiwch â gadel Mamo i farw. Plis, Iesu Grist, fe wna i fod yn lodes dda am byth, dim ond i Mamo gael byw.'

Ond gyda hyn, clywn sŵn carne ceffyl – Anti Mary wedi cyrraedd, a Dyta'n dilyn ar ei feic. A dyma Anti Mary yn cymryd drosodd.

'Ifan, hastia i nôl doctor – ar unwaith Ifan, does dim amser i'w golli.'

'Jini, cer dithe lawr i Lan-dŵr, a gofyn i Mari ddod lan ar unwaith. Mae'n dipyn o widwith. Cer, rheda.'

A chyn 'mod i'n cael amser i holi dim, dyma fi'n rhedeg nerth 'y ngharne i Lan-dŵr. Pawb yn y gwely, cnoco'r ffenest, a rhoi'r neges i Mari.

'Dewch Mari, ar unweth, mae Mamo'n marw.'

Agor y drws, Mari'n gwisgo ar hast, a dweud yr un pryd, 'Na Jini fach, dyw hi ddim yn mynd i farw. Aros di 'ma 'da Sara.'

Rown i'n falch o gael gwneud.

'Beth yw gwidwith, Sara?'

'Gwidwith yw menyw sy'n helpu i ddod â babis i'r byd.'

'Babis? Pwy sy'n mynd i ga'l babi?'

'Dy fam, Jini fach.'

'Mamo? Dyna be sy'n bod ar Mamo?'

'Ie, Jini.'

'Dyw Mamo ddim yn mynd i farw 'te, Sara?'

'Na'di, na'di, mynd i gael babi bach ma' hi.'

'Wy ddim yn deall.'

'Wedodd hi ddim wrthot ti?'

'Na. O ble mae'r babi'n dod?'

'Ma'r babi'n tyfu tu mewn iddi, am amser maith, am naw mis i fod yn gywir.'

'Pwy sy wedi rhoi'r babi y tu mewn iddi?'

'Dy dad wrth gwrs, ond gronda, Jini fach, nid fy lle i yw gweud y pethe 'ma wrthot ti, lle dy fam yw esbonio. A nawr, beth am ga'l dished fach a gêm o snêcs an' laders?'

Dyna fydde ateb Sara bob amser i gwestiynau na fedrai mo'u hateb. A dyna lle buon ni am orie yn yfed te, a chware, nes 'mod i'n teimlo fel y neidr fowr o'dd yn dringo o'r gwaelod i'r top. Mynd i ryw fan, a dim pellach, a finne wedi blino'n swps, becso am Mamo, a threio dychmygu shwt o'dd Dyta wedi gallu rhoi'r babi i dyfu tu mewn iddi.

'Ma'n well iti gysgu 'ma heno, Jini.'

'Pam?'

'Wyt ti wedi blino, cariad; fe gei di ddod i'r gwely ata i, nes bo Mari'n dod adre.'

'Wy eisie mynd adre, Sara, wy eisie gweld y babi bach.'

'Fydd dim babi tan fory; fe gei di fynd adre pan ddaw Mari'n ôl.'

A pharatoi i fynd i'r gwely wnaethon ni'n dwy – matryd a gwisgo gŵn-nos Sara. Ond chysges i ddim, rown i'n dal i glywed Mamo'n sgrechen mewn poen, a'i hwyneb cyn goched â thapar. Salwch ofnadw yw salwch geni babi, a phenderfynais os o'dd rhaid dioddef mor ddychrynllyd i eni babi, na fyddwn i eisie babi byth bythol.

Mewn sbel, fe glywes Mari yn dod 'nôl, a lawr â fi yn wyllt i'w chwrdd. Ro'dd hi'n dyddio erbyn hyn.

'Mari, Mari,' meddwn yn wyllt, 'odi'r babi wedi dod?'

'Odi, bachgen bach.'

'Wy'n mynd adre ar unweth.'

'Na, well iti aros am dipyn bach.'

'Pam?'

'Ma' dy fam eisie llonydd i gysgu.'

'Shwt ma'i lan 'na?' gofynnodd Sara.

'Roedden ni'n lwcus iawn fod Dr Powel wedi cyrradd pan wnaeth e.'

A dyma'r ddwy'n siarad â'u llyged, a gwyddwn wrth eu golwg nad o'dd popeth fel y dylsai fod.

A dyma'r ddwy yn mynd ati a gosod gwely rhebel ar y llawr ar bwys eu gwely mawr nhw.

'Dere, Jini fach, mae'n rhy gynnar i godi 'to, fe gysgwn am sbel fach – ry'n ni i gyd wedi blino.'

'Ond Mari, wy am fynd adre – wy eisie gweld y babi bach.'

'Ma' dy fam eisie llonydd i gysgu, mae hi wedi blino'n lân.'

'Odi'r poene mowr wedi mynd, Mari? Ro'n i'n meddwl yn siŵr ei bod hi'n marw.'

'Odi 'nghariad i, ma' hi'n gwella, ond yn teimlo'n wan a di-ffrwt.'

Ond yn rhyfedd iawn, unweth rhois i 'mhen ar y gobennydd fe gysges fel twrch, ac ro'dd hi'n amser cinio pan ddihunes i. Cinio da o fara chaws a chawl a bant â ni, Mari a fi, i Lety'r Wennol. Anti Mary yn dal yno, a Marged hefyd wedi cyrraedd erbyn hyn. Dim sôn am Dyta. Marged yn ein cwrdd, 'Hist, dim gair, dim sŵn, ma' dy fam yn cysgu.'

Byddai Marged byth yn dweud 'Mamo'. 'Dy fam' bob amser.

'Wy eisie gweld y babi bach, Marged.'

'Dere 'da fi – dim smic.'

Ro'dd Mamo'n cysgu'n drwm – mor welw ac mor bert, a'i gwallt llaes du fel coron rownd ei phen. Ac yn gorwedd ar ei phwys, mewn drâr sics-yn-dros o'dd y babi, fy mrawd bach i. Ond fe ges i siom, ro'dd e'r peth bach lleia welsoch chi 'rioed, sbarbil o fabi, dim ond ei wyneb yn y golwg, a hwnnw mor felyn â blodyn dant-y-llew. Ond ro'dd ganddo drwch o wallt, twnsin o wallt coch yn stico lan yn gwmws fel gwallt Dyta. Dim ond pip ges i arno.

'Mas â ti nawr, yn dawel bach – rydyn ni'n disgwl y ffeirad yma unrhyw funud.'

'Ffeirad? Beth ma' fe'n 'i neud 'ma, Marged?'

'Ma' fe'n mynd i fedyddio'r babi.'

'Bedyddio? Ma' fe'n rhy fach i ga'l ei fedyddio – fydd e ddim yn deall.'

'Do's dim un babi yn deall pam ma' fe'n cael ei fedyddio, ond ma'r ffeirad yn deall. Ma'n rhaid i bawb gael enw.'

'A beth yw enw'r babi i fod?'

'Ma' dy fam wedi rhoi enw arno.'

'A beth yw hwnnw?'

'David Lloyd – David Lloyd John.'

'Enw mowr i beth mor fach. Ges i 'medyddio, Marged?'

'Do, pan o'et ti'n chwe mis oed.'

'Wel, beth yw'r hast i fedyddio hwn 'te?'

A dyma Marged yn aros i feddwl.

'Waeth iti gael gwbod. Ma'r babi bach yn dost iawn, a falle fydd e ddim byw i weld chwe mis. Ac os caiff e 'i fedyddio, fe fydd yn marw'n Gristion, a chael 'i gladdu 'run man â phob Cristion, ac nid ar wahân yng nghornel pella'r fynwent.'

'Fydd y ffeirad yn gwneud y babi bach yn Gristion?'

Ar hyn fe gyrhaeddodd y ffeirad, ac fe ddealles oddi wrth olwg Marged, a'i hochenaid hir, ei bod hi'n falch iawn nad oedd yn rhaid iddi ateb rhagor o gwestiynau – ma'n nhw siŵr o fod yn credu 'mod i'n sobor o dwp. Ro'n i wedi gweld y ffeirad o'r blaen, o'dd e'n galw weithie i weld Mamo – dim ond galw, byth yn dod i'r tŷ, wastad ar hast.

A dyma ni i gyd yn mynd i'r pen-ucha at Mamo. Hithau'n hanner eistedd, hanner gorwedd, ac yn edrych yn llwyd a diflas, Anti Mary'n dal y babi yn ei breiche, a siôl wen bert amdano, a hwnnw'n murmur crio. Marged yn cario dŵr mewn basn arian, na weles i 'rioed mohoni o'r blaen, a'i rhoi ar y ford wrth ochor y gwely. Ac fe ddaeth Dyta yn sydyn o rywle yn ei ddillad waco ac yn gwisgo coler a thei. Ro'dd e'n edrych yn od a mas o le. Dyma'r ffeirad yn gafel yn y babi, hwnnw'n mewial fel cath fach, ac yn troi at Mamo a gofyn iddi, 'Beth yw'r enw, Mrs John?'

'David Lloyd.'

'Howld on,' mynte Dyta, 'rydw i eisie enw 'nhad arno yn lle'r Lloyd 'na – enw'r crach yw Lloyd.'

'A beth yw enw'ch tad, Mr John?'

'Joshua.'

Edrychodd y ffeirad ar Mamo. Medde hithe mewn llais gwanllyd, 'Ma'r Lloyd i aros – enwch e'n David Lloyd Joshua os o's rhaid.'

Ac fe fedyddiwyd y babi yn David Lloyd Joshua. Rhoddwyd dŵr ar ei dalcen yn enw'r Tad, a'r Mab a'r Ysbryd Glân, a dyna David Lloyd Joshua yn deilwng i'w gladdu 'run man â'r Cristnogion, ac nid yng nghornel y fynwent gyda'r rheini na chawsant erioed eu bedyddio.

Rhoddwyd y babi 'nôl i gysgu yn y drâr sics-yn-dros, ac yn ôl Marged fe gysgodd yn dawel am y tro cynta oddi ar iddo gael ei eni.

13

Fuodd bywyd yn Llety'r Wennol byth 'run peth wedyn. Pedwar pwys ac un owns o'dd e'n bwyso, ond roedd y gofal am David Lloyd Joshua John sbel yn drymach na hynny. Mamo'n dal yn sâl a llipa, ac yn treulio'r rhan fwyaf o'i hamser yn y gwely. Dyta yn rhyw sefyllian obiti hyd nes i Marged ddweud wrtho'n blwmp ac yn blaen, am fynd i rywle o'i golwg hi.

'I ble?' mynte fe.

'I ble bynnag wyt ti'n arfer mynd – cer i whilbero mwg.'

A mynd wnaeth e. Marged o'dd y bòs. Deuai Mari lan bob dydd i drin y babi, a gorfod i fi fynd lawr bob nos i Lan-dŵr i gysgu ar y gwely rhebel. Rown i'n ddigon balch i ddiengyd oddi wrth swnian y babi.

Ro'dd Mamo'n bendant mai David (i'w ynganu 'run fath â'r Saeson) oedd ei enw i fod, ac nid Dai, Dafydd, Deio na Defi. Ond roedd Dyta'n mynnu ei alw'n Jos, 'er parch i hen ŵr fy nhad, heddwch i'w lwch'.

Cysgai Marged yn y pen-ucha gyda Mamo, a hi fyddai'n codi i faldodi'r babi, a hwnnw'n gwenwyno'n ddi-stop, byth yn llefen, dim ond mewial fel cath fach, ac yn dal mor felyn â sofren newy' sbon.

Galwai rhyw ddyn ar gefen ceffyl bob hyn a hyn â basgedaid o fwyd, a gofalai Marged fod siâr ohono'n mynd i Lan-dŵr. 'Mae'n costi i fwydo plant,' meddai. Fi o'dd y 'plant'. Yng Nglan-dŵr y byddwn yn cael y rhan fwya o 'mhrydau bwyd.

Cadwai Mamo yn y gwely y rhan fwyaf o'r amser, dim awydd codi, dim awydd bwyta, a gwrthod rhoi'r fron i'r babi. Marged wrthi'n bustachu rhoi bwyd iddo mewn potel – cymysgedd o laeth y fuwch, dŵr a siwgr, a'r babi'n hwdu'r cyfan 'nôl. Druan â Marged, druan â'r babi, a druan â Mamo.

Ond fe ddaeth Dr Powel un diwrnod, a hynny heb ei mofyn. Edrychodd ar y babi, siglodd ei ben a dweud dim. Fe drodd at Mamo, a dweud wrthi'n ddigon siarp, 'Myfanwy, wnaiff hyn mo'r tro – rhaid iti godi, a thrin y babi dy hunan; bwyda fe dy hunan – mae'r babi eisie gofal mam. Ma' Marged yn hen, ac ma'r holl ofal wyt ti'n ei roi arni yn ormod iddi. Wy'n gwybod dy fod ti'n wan ac yn isel, ond hwyaf i gyd yr arhosi di yn y gwely, gwanna i gyd fyddi di. Cwyd a mwstra.'

A dyma Mamo'n dechre llefen. Llefen yn hir ac yn uchel gan ddal ei hanadl, a Dr Powel yn edrych arni'n dosturiol, heb ddweud dim. Gadawodd iddi grio'i henaid mas, a mynte fe mewn sbel, 'Dyna ti, Myfanwy, paid â chloi dy ofidie, rhanna nhw, a chofia dy ache. Cofia mai un o'r Llwydiaid wyt ti – all neb na dim dy amddifadu di o'r fraint honno.'

A wir, pan ddes i adre o'r ysgol drannoeth, dyna lle ro'dd Mamo wedi codi a gwisgo ac yn magu David bach yn 'i chôl o fla'n y tân. Hwnnw'n dal i gwyno mewn llais bach gwanllyd, a Marged yn ffwdan i gyd yn treio'i gael e i 'gymryd diferyn'.

Un diwrnod pan ddes i adre o'r ysgol, beth o'dd tu fas y tŷ ond car a phoni Dr Powel. Gwyddwn fod rhywbeth mowr o'i le. Mamo? O na, plis Iesu Grist, ddim Mamo.

Y babi o'dd achos ymweliad y doctor. Dyna lle ro'dd e yn llipryn bach diymadferth yng nghôl Marged, y swnian wedi stopo, a'i anadl yn wan, wan. Cododd rhyw deimlad rhyfedd yno i – y teimlad fod y creadur bach egwan yma yn frawd i mi, yn perthyn yn agos – rhywun fyddai'n tyfu i'm helpu i, a rhywun y medrwn ei garu a'i anwylo. Ac ro'dd e'n marw. Neu pam o'dd Doctor Powel yma? Dim ond at bobl ar fin marw o'dd Doctor Powel yn cael ei alw. Do'dd dim arian 'da pobol dlawd i dalu'r doctor. Er eu bod nhw'n dweud fod Dr Powel ei hunan yn ddigon tlawd, achos nad o'dd e'n hala bile i'r rheini o'dd yn ffaelu â thalu.

Edryches ar y babi bach yn syn, a'i weld yn iawn am y tro cynta – llyged glas glas, trwch o wallt coch, a rhyw wawr felen ar ei wyneb.

Ro'dd ei lyged led y pen ar agor, heb edrych i unlle, dim sŵn o'i enau, dim cwyn na sgrech.

'Ga i gwrdd ag e, Marged.'

'Cei bach, ond yn dyner, dim gwasgu.'

A dyna'r tro cynta i mi gwrdd ag e, a theimlais ias yn mynd trwof.

'Ga i roi cusan iddo, Marged?'

Edrychodd Marged ar Mamo, heb ddweud yr un gair, ac fe nodiodd ei phen. Pawb yn sefyll o gwmpas fel dolis pren, a neb yn dweud dim.

A dyma fi'n plygu drosto, heb gwrdd ag e, a rhoi sws ar 'i foch fach e, ac rwy'n siŵr i fi 'i weld e'n gwenu. Caeodd y llyged wedyn, y llyged mowr glas. Edrychodd Doctor Powel arno – rhoddodd ei law ar ochr ei gern, daliodd hi yno am rai munudau, a dwedodd, 'Fedra i neud dim rhagor – mae'r cyfan drosodd.'

Siglodd law â Mamo, a bant ag e. Tair wythnos a phum diwrnod oed o'dd y peth bach. Ddes i ddim i'w nabod o gwbl, ond teimlais 'mod i wedi colli rhywbeth mawr. Rown i eisie llefen, ond ro'dd y dagre'n pallu dod. Cydiodd Mamo yn y babi bach a'i gusanu a'i anwylo am y tro diwetha. Cusanu babi marw. Falle ei bod hithe hefyd yn teimlo'r golled – bu bron iddi hi hefyd farw wrth roi genedigaeth iddo, ac medde Marged yn ei dagre, 'Paid a gofidio gormod, fe gaiff angladd parchus.'

A chofiais am y bedydd – fe gâi David Lloyd Joshua John ei gladdu, nid ar ei ben ei hunan mewn cornel o'r fynwent, ond gyda'r bobol barchus yn ymyl ei deulu.

'Jini fach, fydde'n well i ti fynd lawr i aros i Lan-dŵr am rai diwrnode. Mi fydd lot o fynd a dod 'ma yn ystod y dyddiau nesa. Fydd dim rhaid iti fynd i'r ysgol a dy frawd bach wedi marw,' mynte Marged.

A lawr i Lan-dŵr yr es i. Do'dd dim blas 'da fi at ddim byd – dim eisie darllen, dim eisie chware, dim eisie gwrando ar stori, na hyd yn oed awydd siarad. Ro'dd stwmp yn fy stumog i, hen stwmp o'dd yn fy rhwystro i rhag llefen na chwerthin. Sara'n clebran yn ddi-baid amdani hi'n lodes fach, storis o'dd yn gneud iddi hi chwerthin, ond do'dd dim, dim byd o gwbwl, yn gallu gwneud i fi chwerthin, na symud y stwmp o 'ngylla i.

Ac yno fues i tan ddiwrnod yr angladd. Fe aeth Mari â fi'n ôl i weld 'y codi o'r tŷ'.

Eisteddai Mamo o fla'n y tân mewn blows a sgert ddu yn edrych yn welw ac yn ddiflas, ond heb golli deigryn. Eisteddai Anti Mary yn ei hymyl. Ro'dd Dyta'n hofran o gwmpas hefyd, a rhyw ddyn dieithr gydag e. Y ddau'n gwisgo dillad tywyll, coler gwyn a thei ddu. Daeth y ffeirad. Fe aethon i gyd i'r pen-ucha i weld David bach am y tro olaf. Ro'dd e'n edrych fel angel bach yn yr arch, mewn gwisg wen, ei lyged ynghau, a thwnsyn o flode o ardd Glan-dŵr yn ei ddwylo. Plygodd Mamo a rhoi cusan iddo, a gwnes inne 'run peth. Roedd fel cusanu carreg. Rhoddwyd y caead ar yr arch.

Dechreuodd y ffeirad trwy ddarllen o'r Beibl – Beibl o'dd Mamo yn ei gadw yn y drâr – nid Beibl Mawr fel un Glan-dŵr, ond Beibl clawr lleder meddal ac ymyl ddalen aur. Beibl Saesneg.

Darllenodd wedyn yn Saesneg, rhywbeth am blant bach yn mynd at Iesu Grist, gweiddi wedyn, yn gweddïo dros Mamo 'and the little girl'. Dim sôn am Dyta.

Tu fas ro'dd y ceffyl yn anesmwytho yn yr hers – anferth o gerbyd i gario arch mor fach. Dyta a'r dyn dieithr yn cario'r arch i'r hers. Marged o'dd yr unig un a gollai ddagrau – daliai'r stwmp yn fy stumog i, ac rwy'n siŵr fod yr un peth yn ei stumog hi a barnu wrth ei golwg hi.

Aeth Dyta a'r dyn dieithr i eistedd yn y pen bla'n gyda gyrrwr yr hers, ac fe ddilynodd Anti Mary, Marged a Mari yn y trap a'r poni wen.

Safodd Mamo a fi gartre, down i ddim eisie mynd i weld y babi bach yn cael ei roi i lawr y twll du yn y ddaear. A do'dd neb wedi gallu esbonio i fi ffordd o'dd unrhyw un yn gallu codi o'r ddaear i fynd i'r nefoedd i fyw am byth 'da Iesu Grist.

Tawel a dwedwst o'dd Mamo, ond dyma hi'n cydio'n dynn ynddo i, a dweud, 'diolch dy fod ti ar ôl gyda fi, Jini fach.'

A wir, fe gliriodd peth o'r stwmp ar ôl i fi glywed Mamo yn dweud 'na.

14

Fe ges i fynd adre i aros ddiwrnod claddu'r babi bach. Fe dda'th Dyta adre o'r angladd hefyd gyda'r nos. Ro'dd Anti Mary a Marged yn dal yno yn tindwyro Mamo, ac yn gweitho bwyd, digon am ddiwrnode. Ddwedodd neb 'run gair wrth Dyta, hyd nes iddo fynd i'r pen-ucha i newid, a dyma Mamo'n rhoi'i throed lawr ac yn dweud wrtho'n hollol bendant, 'Ifan, cymer y cyfan sy'n perthyn i ti mas o'r rhwm 'ma, a cher â nhw i'r dowlad. Wyt ti ddim i dywyllu'r stafell 'ma 'to. Wyt ti'n deall?'

'Wyt ti'n galed iawn, Ffan.'

'O'r diwedd rydw i'n teimlo'n ddigon cadarn i'th wrthsefyll di, a cheisio achub rhyw fymryn bach o'n hunan-barch. Chei di mo 'namsgen i byth eto.'

Chlywes i mo Mamo yn siarad fel'na 'rioed o'r blaen.

Ro'dd Anti Mary a Marged yn clywed y cwbl, ac ro'dd rhyw hanner gwên ar wynebau'r ddwy. Fe a'th Dyta fel ci bach wedi torri'i gwt yn dawel i'r dowlad. Daeth lawr wedi newid, heb ei goler a'i dei, a bant ag e ar gefen ei feic i chwilio am gysur i rywle heblaw Llety'r Wennol. Do'dd neb eisie'i weld e yno.

Fe a'th Anti Mary chwap, ac a'th Mamo i'w hebrwng i'r iet, ond arhosodd Marged ar ôl.

'Pryd y'ch chi'n mynd adre, Marged?'

'Fory, bach – fe arhosa i 'ma heno i fod yn gwmni i dy fam.'

'Ond Marged, wy i yma i gadw cwmni iddi.'

'Wyt, 'nghariad i, dim ond am heno, mae'n arferiad i berthynas aros am nosweth i gysuro'r un sy'n galaru.'

'Ond beth am Dyta?'

'Hy!' yn codi ma's o waelod ei gwddwg o'dd unig ateb Marged.

'Odi'r babi bach wedi mynd at Iesu Grist erbyn hyn, Marged?'

'O odi, fe wedodd Iesu Grist yn ddigon plaen, "Gadewch i blant bychain ddyfod ataf fi".'

'Odych chi'n siŵr, Marged?'

'Odw'n berffaith siŵr.'

'Pam o'dd eisie 'i roi fe mewn bocs, a'i gladdu fe 'te? A pham o'dd e'n ca'l 'i wisgo mewn dillad les gwyn?'

'Dy fam o'dd eisie iddo gael ei wisgo fel'na. Yn y ffroc 'na cafodd dy fam ei bedyddio. Mae'n arferiad os bydd i fabi farw, ei gladdu yn ei ddillad bedydd.'

'Ond chafodd David mo'i fedyddio yn y wisg bert 'na.'

'Na, ro'dd gormod o hast i fedyddio dy frawd bach – fe ddwedodd Dr Powel na fyddai byw ond am ychydig orie.'

'A nawr ma' fe'n gorwedd yn y ffroc bert 'na

wedi'i gladdu o olwg pawb. Sut yn y byd gall e godi i fynd at Iesu Grist?'

'Nid y corff sy'n mynd at Iesu Grist, ond yr enaid; mae'r corff yn aros yn y ddaear tan yr atgyfodiad.'

'Pryd bydd hynny, Marged?'

'Pan ddaw diwedd y byd.'

'Wel, gwastraff o'dd 'i wisgo fe yn y ffroc bert 'na, os bydd rhaid aros tan hynny.'

Ro'dd 'da fi gymaint o gwestiynau eisiau'u holi, ond fe ddaeth Mamo'n ôl, a dyna ddiwedd ar bob siarad. A chawn i wybod dim gan Mamo; dim ond i fi ofyn unrhyw gwestiwn iddi, ro'dd hi'n cau lan fel cocsen. Pam mae'n rhaid i bobol mowr gadw'r gwir oddi wrth blant, ac osgoi ateb cwestiynau digon syml?

'Wyt ti'n rhy ifanc i ddeall eto, Jini.'

Ddeallwn i byth os na chawn i wybod y gwir. Ond fe ddes i wybod, mwy nag o'dd neb yn 'i feddwl, wrth wrando – gwrando'n slei ar Anti Mary a Mamo'n siarad. Saesneg fydden nhw'n siarad â'i gilydd, pan na fyddwn i gyda nhw. Saesneg swanc, gwahanol i Saesneg Miss Evans a Mistir, a fel'na y des i wbod mwy nag o'dd neb yn 'i feddwl.

A'th Marged adre trannoeth yr angladd. Daeth car a phoni i'w nôl. Ond un peth na ches i mo'i wybod o'dd ble o'dd Marged yn byw, ac o ble ro'dd hi'n cael yr holl fwyd a dillad i ni. Fyddai Mamo byth yn mynd ma's i siopa, fydde hi byth yn mynd ma's o'r tŷ i olwg neb, ond ro'dd digon o bopeth gyda ni, ac mi fydde Anti Mary'n prynu dillad newydd i fi fel byddai'r galw. Do'dd dim angen dillad newydd ar Mamo, ro'dd 'da hi lond wardrob o ddillad na fyddai byth yn 'u gwisgo.

Daeth John Sa'r i'n tŷ ni un diwrnod. Fe wnaeth arch David bach. Ac ro'dd gweld y dyn yn hala sgrydie lawr 'y nghefn i. Cofio amdano, ddiwrnod yr angladd, yn sgriwo'r caead ar yr arch, a sŵn troi'r sgriws yn atsain trwy'r tŷ, a gwybod yn fy nghalon na welwn i byth mo David wedyn. Allwn i ddim credu'r stori dwp ei fod wedi mynd at Iesu Grist. Do'dd neb wedi gallu esbonio pryd a sut 'raeth e. A fodd bynnag, be wnâi Iesu Grist â llipryn o fabi tost, na wnâi ond swnian llefen ddydd a nos?

Ond i fynd 'nôl at John Sa'r; cafodd groeso cynnes gan Mamo, yn wahanol i rai eraill a alwai.

'Wy'n deall eich bod chi eisie pâr newy' ar y drws, Mrs John. Call iawn hefyd, a chymint o dramps a bois yr armi, a rheini heb waith, yn whilmentan obiti'r lle. Tlodi, Mrs John, yw achos y drygioni a'r helyntion sy wedi disgyn arnon ni. Dim gwaith, dyna'r drwg. Wn i ddim ble ddiawl ma'r dyddie da o'dd Lloyd George wedi'u haddo i ni. Wela i ddim argoel amdanyn nhw.'

A dyma fe'n bwrw iddi – tynnu'r twls ma's

o'i fag, a dechre ffusto'r drws ffrynt. Ro'dd bollt ar hwnnw'n barod, ac yn ôl a welwn i, ro'dd yn gwneud ei waith yn iawn.

'Mr Davies,' mynte Mamo, 'nid fan'na ma' eisie'r pâr, ond yn y pen-ucha.'

Edrychodd ar Mamo'n hurt, nodiodd 'i ben fel mewn dealltwriaeth, ac a'th 'mlaen â'i waith yn ddistaw.

Chododd e mo'i dalu chwaith.

'Mae'n fraint cael gwneud cymwynas â chi, Mrs John. Rydych chi wedi talu digon i fi'n barod. Gobeithio fod arch y babi bach wrth eich bodd.'

A bant ag e.

Dyna beth rhyfedd iddo i'w ddweud. Pa ots shwt siâp o'dd ar yr arch – dim ond bocs i'w gladdu yn y ddaear yw arch.

'Pam y'ch chi isie pâr ar ddrws y pen-ucha, Mamo?'

'Fe ddylet ti Jini, o bawb, wbod pam, a thithe wedi ca'l dy siabwcho mor ofnadw 'da dy dad.'

O'r diwedd tarawodd y gwirionedd fi – cofiais am Mamo'n llefen, a chlindarddach y gwely, cofiais am y boen yn llygaid Mamo drannoeth. Ro'dd hithe hefyd wedi dioddef 'run peth â finne, ond yn wahanol i fi, ro'dd hi wedi diodde'n ddistaw. Mamo druan.

Mentrais ofyn.

'Gawsoch chithe hefyd eich siabwcho?'

Edrychodd arnaf am rai eiliadau, heb

105

ddweud dim, fel petai hi ddim yn siŵr beth i'w ddweud. 'Do, Jini fach, ond yn wahanol i ti roedd ganddo fwy o hawl arna i, ac roedd peth bai arna inne hefyd. Ond mae'r cwbwl ar ben nawr – chaiff e mo'r cyfle eto – ma' pâr cryf ar y drws.'

Doeddwn i ddim yn deall ystyr y cyfan ddwedodd hi, ond yn deall digon hefyd – deall nad oedd Dyta yn ddyn i'w drysto gydag unrhyw blentyn na menyw.

15

Pleser o'dd mynd i'r ysgol. Erbyn hyn ro'n i yn Standard Three – yn cael dysgu pob math o symiau, darllen hanes brenhinoedd Lloegr, a Miss Evans yn gwneud ei gore i ddod mewn â thipyn o hanes Cymru heb help nodyn na llyfr. Digwyddai hynny'n eitha amal, waeth ro'dd Mistir wedi mynd yn hoff o adael ei ddosbarth a mynd bant i rywle, ac ro'dd hynny'n rhoi cyfle i Miss Evans adrodd storis – storis o'dd yn gwneud i chi deimlo fod y Cymry wedi cael cam, a byddai'n ein siarsio i fod yn falch ein bod yn Gymry, a pheidio byth â chredu fod y Saeson yn well na ni. Ond ro'dd hi'n gofalu fod Mistir a Miss ma's o glyw, achos do'dd dim un o'r ddau yn hoffi'i chlywed yn siarad Cymraeg yn y dosbarth.

Ond wir, byddai Mistir yn siarad Cymraeg â ni tu fa's i'r ysgol, a hefyd tu fewn i'r ysgol pan fyddai'n colli'i dymer, yn gweiddi a stryngasto a'n galw yn 'dwp, haerllug a difaners'.

Ro'n i'n gallu gwneud pob math o syms – 'multiplication' a 'long division' – a darllen Saesneg yn rhwydd, ond do'dd dim llyfre Cymraeg (heblaw am un llyfr barddoniaeth) ar gyfyl y lle. Ond byddai Miss Evans yn rhoi benthyg *Cymru'r Plant* a *Tywysydd y Plant* i fi fynd adre i'w darllen.

Pan welodd Mamo 'mod i'n hoff o ddarllen, dwedodd fod bocsed o lyfre dan y gwely, ac fe gawn eu darllen pan fyddwn yn ddigon hen i'w deall. Do'dd 'da hi ddim llyfeleth mor dda o'n i'n gallu darllen. Ond ro'dd Sara a Mari'n gwybod.

Ro'dd y Beibl a ddefnyddiwyd adeg claddu'r babi bach yn dal ar y ford binco, ac fe gydies ynddo un diwrnod. Ar y dudalen gyntaf ro'dd geirie mewn sgrifen copor-plat:

Awarded to Myfanwy Lloyd-Williams
by members of St. Michael's Church
on her departure to St. Edmunds College
September 1906.

'Mamo? Chi pia'r Beibl 'ma?'
'Ie. Pam?'
'Chi yw Myfanwy Lloyd-Williams?'
Distawrwydd – distawrwydd anghyfforddus.
'Iefe Mamo?'
'Ma'r Myfanwy yna wedi'i chladdu yn ei phechod hi ei hunan, ers blynydde bellach.'
'Be chi'n feddwl? Wedi marw?'
'Ie, mewn ffordd, ond wyt ti'n rhy ifanc i ddeall eto, Jini fach. Fe ddoi di i ddeall ryw ddiwrnod, pan fyddi di'n lodes fowr.'
Tynhaodd ei gwefusau, a gwyddwn na chawn i wybod dim rhagor. Fe fydd 'da fi glorwth o wybodaeth pan fydda i'n 'lodes

fowr', ond fe synnen nhw faint wy'n wybod yn barod trwy glustfeinio a rhoi dau a dau gyda'i gilydd.

Un diwrnod, pan ddes i adre o'r ysgol, ro'dd poni'r ffeirad wedi'i chlymu wrth y iet, ac yn y tŷ ro'dd y ddau yn siarad Saesneg â'i gilydd. Rhaid oedd clustfeinio a gwrando, a chlywes y ffeiriad yn dweud:

'The two girls will be company for each other – Caroline is a very lonely child.'

Synhwyres fod 'na rhyw ddrwg yn y caws, a mewn â fi, ac medde Mamo yn wên i gyd – gwên wneud, gwên ffals:

'Ma'r Rheithor wedi dod 'ma i roi cynnig ardderchog iti, Jini. Ma'n cynnig i ti gael gwersi 'da Caroline, ei ferch fach e, sy m'ond blwyddyn yn hŷn na ti. On'd wyt ti'n lwcus?'

'A beth am yr ysgol?'

'Fydd dim rhaid iti fynd i'r ysgol wedyn – mi fydd y gwersi yma yn lle'r ysgol, ac yn llawer, llawer gwell. On'd wyt ti'n lwcus?' medde hi unwaith eto.

Ac medde'r ffeirad yn benuchel, 'And you will be taught through the medium of English.'

'We are taught in English at present,' meddwn i yn fy Saesneg gore.

'Ond fe fydd hyn yn wahanol,' medde Mamo.

'Shwt?'

Ac medde'r ffeirad yn snochlyd ddiamynedd, 'You will not hear a word of Welsh spoken all day long, and you will be taught to speak and write English perfectly.'

Doeddwn i ddim eisie dysgu siarad 'English perfectly'. A do'dd neb yn gallu dysgu Saesneg – nac unrhyw bwnc arall chwaith – yn well na Miss Evans.

Es i eistedd yn y cornel i bwdu. Ro'dd hi'n amlwg fod y cyfan wedi'i drefnu, a Mamo'n credu fod y cwbwl er lles i fi.

Cododd y ffeirad i fynd, ac medde fe mewn llais fi-sy'n-gwybod-ore, 'Goodbye, I shall see you at the Rectory next Monday morning, Jane – at nine o'clock sharp. Don't be late.'

A bant ag e – fe a'i boni. Rhedes inne lawr i Lan-dŵr i arllwys fy nghwd, gan obeithio y cawn i ddandwn a bara menyn siwgr. Ond na, 'on'd wyt ti'n lodes fach lwcus' ges i fan'no hefyd.

Ac i'r Rheithordy gorfod i fi fynd ben bore Llun; cwrdd â phlant Pen-rhiw a Than-y-graig ar eu ffordd i'r ysgol. Gorfod 'sbonio iddyn nhw, rheiny'n chwerthin a 'ngalw i'n ladi; rhedeg bant a 'ngadael i'n sefyll, gan weiddi canu 'calico shi'.

Fues i 'rioed yn y Rheithordy cyn hyn. Cnoco'n ofnus, sŵn cyfarth o'r tu mewn, a merch mewn capan gwaith a ffedog sach yn ateb y drws. Ces fy nhywys i stafell fach yn y cefen, ac yno ro'dd menyw dal, esgyrnog, ei gwallt wedi'i dynnu'n gocyn tyn ar dop 'i phen, a golwg digon surbwch arni, nid annhebyg i Miss. Do'dd hynny ddim yn ddechre da.

'Come in, Jane. I am Miss Pickford. Miss Caroline has not arrived yet.'

Sylwais mai 'Jane' oeddwn i, ond ro'dd Caroline yn cael y teitl 'Miss' o fla'n ei henw. A dyma hi'n dechreu trwy ofyn rhibidirês o gwestiynau digon twp i fi – cwestiynau y bydde Dyta'n eu galw'n 'blydi busneslyd'. Finne'n ateb yn ddigon cwrtais, gan ychwanegu 'Miss' ar ôl pob ateb.

'Never call me "Miss" – always "Miss Pickford", and never speak unless you are spoken to.'

A Miss Evans wedi'n dysgu ni bob amser – 'never use a preposition to end a sentence'. Na, do'dd hon ddim patsh ar Miss Evans.

Daeth Caroline o'r diwedd, merch tua'r un taldra â fi, ei gwallt mewn dwy bleth dynn ac yn gwisgo sbectol. Cael fy nghyflwyno gan Miss Pickford gyda'r cyngor, 'you must be good friends always, and never be jealous of each other'. Beth o'dd yn bod ar y fenyw ddwl? Do'dd gan Caroline, yn ei thŷ crand, ddim achos i fod yn eiddigeddus ohono i, a dim ond trueni o'dd 'da fi dros Caroline, achos ei bod hi'n gorfod diodde Miss Pickford fel athrawes.

A dyma ddechre ar fy addysg 'do you good'. Ein tair yn eistedd rownd ford gron.

'Prayers to begin with.'

Ches i 'rioed nonsens fel'ny yn Ysgol y Bryn – 'tables' neu 'mental arithmetic' o'dd gynta fan'ny, a chlatsio bant â'r gwersi eraill wedyn.

Dyma fi'n treio gwneud yr un fath â Charoline – 'hands together, eyes closed', a dweud rhywbeth tebyg i hyn:

> O Lord, our Heavenly Father,
> Teach me how to pray,
> Make me sorry for my faults
> For all I've done, amidst this day,
> Give me grace to be thankful
> For ever and ever, Amen.

Darllen wedyn o feibl Saesneg, wrth gwrs. Miss Pickford gynta, wedyn Caroline, a honno mor hwp-di-hap â babi, ffaelu dweud un gair yn iawn heb help. Finne wedyn, ac yn darllen yn rhwydd, ddiffwdan, a'r unig beth ddwedodd y Pickford o'dd, 'Jane, you are showing off, I will not have that in my class.' Ches i ddim darllen drannoeth. Syms wedyn, syms plant bach, a finne erbyn hyn yn gallu 'borrow the tens, and carry the tens'. Copïo o'r blacbord o'dd y sgrifennu, a sgrifen sâl iawn o'dd gan Miss Pickford hefyd. Ro'dd Miss Evans wedi'n dysgu ni 'to press heavily as you come down, and lightly as you go up.' Miss Pickford wedyn yn darllen stori mewn llais fflat, cras. Gwnïo bob prynhawn – hemo macynon.

Ro'dd Mamo wedi paratoi tocyn i fi, ond mi ges i ginio gyda'r teulu a Miss Pickford. Ac ro'dd rhaid i honno ymyrryd hyd yn oed fan'ny – 'take your elbows off the table, child – do as Miss Caroline does.' Rhagor o weddïo, 'da'r Rheithor y tro hwn. Cinio ardderchog, cig, tato, cabets a grefi, pwdin i ganlyn – a'r forwyn (Neli o'dd ei henw) wedi newid i gap gwyn a brat les gwyn i weini arnon ni. Y peth gore obiti'r ysgol 'do you good' o'dd y cinio.

A fel'ny, ddiwrnod ar ôl diwrnod ar ôl diwrnod. Pasio'r plant bob bore ar eu ffordd i'r ysgol a'r rheiny'n galw 'doli pen seld' a 'swancen' arna i.

Ond un bore mi ges i ddigon, a dyma fi'n troi a mynd 'nôl 'da nhw. Fe synnodd Miss Evans i'm gweld, a'r unig beth ddwedodd hi o'dd, 'Ydych mam yn gw'bod, Jini?'

A'r unig ateb roes i iddi o'dd – 'dim eto'.

Ofni mynd adre, achos o'dd Mamo'n credu'n sownd fod y gwersi yn nhŷ'r ffeirad yn mynd i fod o fythol les i mi. Druan ohoni. Ond ro'dd y ffeirad wedi bod yno o 'mla'n i, ac yn ôl Mamo fe ddwedodd 'mod i'n blentyn anodd iawn i'w thrin, 'and inclined to show off'. Tystiolaeth y Pickford, rwy'n siŵr.

Ddwedodd Mamo fawr o ddim, ond ro'n i'n gweld wrth y tristwch yn ei llygaid ei bod wedi'i siomi ynddo i. A dyna ddiwedd ar f'addysg 'do you good'.

'Nôl eto i fwyta'r tocyn sych, ond ro'dd cael Miss Evans yn athrawes unwaith eto yn gwneud iawn am y cinio ffein a'r pwdin melys.

Ro'n i wrth fy modd yn Standard Three 'da Miss Evans, a chododd trueni 'da fi dros Caroline. Ro'dd hi'n gaeth 'da Miss Pickford, y gwersi mor fflat â phancwsen, a neb i siarad na chwarae 'da hi.

Wydde hi ddim am y sbort o'n ni'n 'i gael yn yr ysgol – wydde hi ddim am ffrindiau a'r chware o'dd gyda ni. Chlywodd hi 'rioed am 'Bwci'r Ffynnon', 'Rholyn Dybaco' a 'Chwt wrth Gwt'.

A phan ddwedes i hynny wrth Mamo, medde hi, 'Paid â phoeni gormod amdani – dysgu 'ddi shwt i fihafio yw gwaith Miss Pickford. Mi fydd hi'n mynd bant i ysgol byddigions pan fydd hi'n ddeg oed, ac fe gaiff ddigon o ffrindiau fan'ny.'

'Dych chi ddim yn mynd i'n hala i i ysgol fel'ny, odi chi Mamo?'

'Na, alla i ddim fforddio gwneud hynny, gwaetha'r modd.'

Diolch byth, mynte fi'n ddistaw bach. Ac rwy'n siŵr na fase Dyta byth yn caniatáu hynny chwaith, er mai ychydig iawn oedden ni'n 'i weld e oddi ar i'r babi bach farw. Dwedodd Mamo ei fod wedi cael jobyn bach ysgafn ar ffarm yn Sir Benfro, ac yn byw gyda Mam-gu. Deuai adre weithiau yn hwyr iawn ar nos Sadwrn, a mynd 'nôl dy' Sul. Cysgai yn y dowlad, a gofalai Mamo fod drws y pen-ucha wedi'i baro.

Dal i fynd i'r ysgol bob dydd. Dal i joio. Ond un prynhawn ges i sgytwad go fawr. Daeth Mistir i sbecto'n llyfre ni, ac medde fe heb gymaint â chael gair 'da Miss Evans:

'Jini John, I could do with you in Standard Four. You come to my class on Monday morning.'

A fu bywyd byth yr un fath ar ôl hynny.

16

Hen ddyn cas o'dd Mistir, ac ro'dd pawb ei ofon. Gwisgai slampen o fodrwy ar fys bach ei law dde; byddai'n pwno plant yn greulon, a'r fodrwy'n crafu'r croen hyd at waed. Fe dreies aros gartre o'r ysgol y dydd Llun hwnnw, cwyno fod 'da fi fola tost, ac ro'dd hynny'n berffaith wir hefyd; mae ofon yn gallu rhoi bola tost i rywun. Ond mynd o'dd raid, wnâi Mamo ddim gwrando ar fy nghŵyn. Cyrraedd yr ysgol yn drist a diflas, a threio tric arall. Mynd ar fy mhen i ddosbarth Miss Evans, gan obeithio y byddai wedi anghofio'r cyfan amdana i. Ond na, dim shwt lwc; gyda 'mod i'n mynd i'n sêt arferol, dyma ruad fel rhuad tarw.

'Jini John, did I not tell you to come to my class today?'

Gwaethygodd poene'r bola, a gorfod i fi ofyn am go-owt, a dyna lle bues i'n llefen am sbel. Pan es i'n ôl ro'dd 'i lais yn swno'n fwy caredig, ac fe ges ben inc a chopi-bwc newy'; ond ro'dd rhaid sgrifennu popeth ar lechen yn gynta, ac wedyn copïo'r cwbwl yn y copi-bwc. Ac os na fyddech chi'n dal y pen inc yn iawn – ei ddal â thri bys heb eu plygu – byddai'r riwl yn dod lawr glatsh ar bennau'r bysedd. Ond mae'n rhaid i fi fod yn onest a chyfadde nad o'dd pethe cynddrwg ag own i'n ofni. Fe ddiflannodd y bola tost erbyn hanner-dy'-bach.

Bob rhyw fis byddai'r nyrs penne yn dod i'r ysgol. Doeddwn i ddim yn hoff o ohoni hithau chwaith, ro'dd hi'n rhy debyg i Miss a Miss Pickford. Slashen dal, dene a sbectol ar 'i thrwyn – rhwbeth fel sgarff nefi blŵ yn gap ar 'i phen, a hwnnw'n hongian fel cwt ar ei gwar.

Byddai Mamo'n ofalus iawn o 'ngwallt, ei olchi â siampŵ bob nos Sadwrn, ei frwsio bob nos, a'i blethu bob bore. Byddai'r nyrs yn datod y plethi, ei archwilio'n ofalus â chrib fân, a'm gadael i fynd. Ond nid fel'na 'da phawb. Rwy'n cofio Sali fach Pengraig yn cael ei hala adre mewn dagre a'r nyrs yn gweiddi ar ei hôl – 'I shall call at your house this evening. Tell your mother to sharpen the scissors.' Gwyddem i gyd beth o'dd ystyr hynny. Ro'dd gan Sali fop o wallt modrwyog melyn fel blodau'r banadl, ro'dd hi'n bertach na neb yn yr ysgol.

Drannoeth fe ddaeth i'r ysgol yn gwisgo hen gap gwlanen i gwato noethni ei phen. Ro'dd y 'nyrs penne' wedi torri ei gwallt i gyd hyd at y croen. Nid Sali fach bert o'dd hi mwyach, ond rhoces fach hurt yn pallu siarad na chware 'da neb, ac yn sefyll 'i hunan bach yng nghornel yr iard, a hen fechgyn twp yn galw 'pen dafad' arni. Pan fydde Mistir yn gofyn cwestiwn iddi byddai'n torri ma's i lefen. Ni alle Mistir ddiodde hynny, a byddai'n gorfod sefyll yn y cornel am orie; gwaeth na'r cwbwl, yn lle gofyn am go-owt, byddai'n piso ar 'i thraws. Rhwng Mistir a'r nyrs penne, fe ddifethwyd bywyd Sali fach. Fu hi 'rioed 'run peth wedyn, ddim hyd yn oed wedi i'w gwallt dyfu. Daliai'n shei a dwedwst, a fyddai Mistir byth yn gofyn iddi ddarllen yn uchel yn y dosbarth. Fe gafodd ei rhestru fel twpen – a do'dd Mistir yn gwneud fawr o sylw o'r twpied. Rhyngddon nhw a'u haddysg. Ond ro'dd e'n gweithio'n ddigon caled gyda'r rheini o'dd yn dysgu'n rhwydd, ac yn pwysleisio mor bwysig o'dd paso'r 'Scholarship', cael mynd i'r Cownti Scŵl, dod â chlod i'r ysgol, a chael mynd bant i weithio.

Yng nghefn y dosbarth eisteddai tair o'r 'merched mowr' – merched yn tynnu at y pedair ar ddeg oed, ac yn barod i adael yr ysgol. Byddai Mistir wrth ei fodd gyda'r merched hyn, byddai wastad yn eu canmol, a byddai'n rhoi 'i ddwylo dan eu dillad, chware â'u penlinie a swmpo'u bronne. A phe mentrai rhywun droi'n ôl, i edrych beth o'dd yn digwydd, câi whirell yn ei glust. Na, dyn i gadw 'mhell oddi wrtho o'dd Mistir, ond ro'dd hynny'n amhosib, wrth gwrs, mewn lle mor gyfyng a phawb yn crynu o'i ofon – pawb ond merched y set gefen.

Ro'dd dwy iard yn yr ysgol, dwy sièd hefyd i gysgodi rhag y glaw, a wal gerrig uchel yn gwahanu'r ddwy iard. Ro'dd iard y bechgyn yn weddol fflat, ond yn garegog, tra o'dd iard y

118

merched nid yn unig yn garegog ond yn gogwyddo'n gas; lle iawn i sglefrio'n y gaeaf, ond yn boenus o anodd i chware gêmau a rhedeg rasys. Cwympai rhywun beunydd a byth a chael dolur; rhedeg wedyn at Miss Evans i olchi'r clwy a rhoi rhyw oel drewllyd arno. Byddai'n gwella whap.

Ambell waith, dringai'r bechgyn mowr i ben y wal a phrofocio a thowlu cerrig aton ni'r merched. Ond petai Mistir yn eu dal, lwc owt; tynnid y gansen lawr o dop y cwpwrdd. Dim ond ar achlysuron arbennig y defnyddid y gansen; nerth bôn braich a riwl o'dd yr arfer bob dydd.

Safai'r tai bach ym mhen pella'r iard – tri i gyd, un i'r athrawon a dou i'r plant. Bwcedi o'dd yn dal y drewdod, ond pwysleisiai Mistir arnom i biso yn y gwter o'dd yn rhedeg trwy'r tai bach i arbed gwaith i'r fenyw o'dd yn gorfod eu carthu, 'ac mi fydd yn iachach i chithe hefyd'. Ac er mwyn ein hiechyd, heb anghofio'r fenyw o'dd yn glanhau, mi fydden yn piso yn y gwter – gwter o'dd yn hollol sych, heblaw ar ddiwrnode glawog.

Ond wedi'r cwbwl, er yr anawsterau i gyd – y pellter i'r ysgol, tocyn sych i ginio, Mistir a'i gymadwye, a drewdod y tai bach, ro'dd yr hwyl a'r addysg o'n i'n 'i gael yn y Bôrd Scŵl dipyn amgenach nag addysg breifat Miss Pickford a bywyd swanc y Rheithordy.

Rhyw unwaith y flwyddyn byddai'r Inspector yn galw – dyn tal, smart, wyneb hardd, gwallt gwyn, a gwên serchog ar ei wyneb. Byddai Mistir yn casglu ein copi-bwcs a'n llyfre syms i'r Inspector gael eu specto. Dim ond y goreuon o'dd yn sgrifennu mewn copi-bwcs – llechi fyddai'r twps yn 'u defnyddio. Byddai Mistir wedyn yn galw ar y plant gore i ddarllen yn uchel a chyfieithu o'r Saesneg i'r Gymraeg, ac yn ein holi ar 'mental arithmetic' a 'general knowledge'. Ac er mawr syndod siaradai Gymraeg â ni, a byddai Mistir hefyd yn anghofio'i Saesneg am un diwrnod. Trueni na fuasai'r spector yn galw'n amlach.

Doedd fawr o neb arall yn galw heibo'r ysgol – ro'dd Mamo'n synnu na fuse'r ffeirad neu'r pregethwr yn galw ambell waith, achos pan o'dd hi'n lodes fach yn yr ysgol (nid yn Ysgol y Bryn) deuai'r ffeirad i siarad â nhw, a byddai prêrs, dweud adnodau a chanu emynau bob bore. Ond 'tables' a 'mental arithmetic' o'n ni'n gael bob dydd; ddydd ar ôl dydd ar ôl dydd.

Ond un bore, yn lle'r 'mental arithmetic' tragwyddol, dyma Mistir yn galw ar blant Miss Evans a'r bebis i ymuno â'r 'top class'. A dyma ddechre ar bregeth hir ar Lloyd George – y dyn a achubodd y byd rhag cael ei sathru gan y Germans. Siaradai yn Gymraeg a Saesneg er mwyn i bawb ddeall. Oni bai am Lloyd George byddai'r Germans wedi dod i'n gwlad ni a lladd pawb, pob dyn, menyw a phlentyn, a hyd yn oed pob babi bach. Rhaid o'dd parchu gŵr mawr fel'na, a diolch iddo. Ac fe ddylen ni'r Cymry ei barchu fwy na neb, a bod yn falch ohono.

Aeth ymlaen ac ymlaen ac ymlaen am Lloyd George a'i rinweddau. Ond diwedd y stori o'dd fod Lloyd George a'i wraig yn dod i'n pentre ni y prynhawn hwnnw am ddau o'r gloch. 'Mhen pythefnos byddai etholiad yn Sir Aberteifi, ac ro'dd un o ffrindie gore Lloyd George yn sefyll fel 'liberal', ac ro'dd hi'n ddyletswydd ar bawb i foto i hwnnw er parch i Lloyd George. Ro'dd 'na 'liberal' arall yn sefyll hefyd, ond do'dd hwnnw ddim yn cyfri. Ac mi fydden ni'r plant yn ca'l mynd mas o'r ysgol i gwrdd â'r mawrion, ac roedden ni i gyd i weiddi nerth ein penne, 'Lloyd George forever!'

Erbyn y prynhawn roedden ni wedi dysgu pennill hefyd – mae'n debyg taw Wili Weirglodd o'dd wedi'i glywed gan ei dad, ac wedi'i ddysgu i rai o'r bechgyn eraill – pennill twp:

Lloyd George forever
He fought the war to make us free.
We'll hang Llywelyn Williams
On a sour apple tree.

Llywelyn Williams o'dd y 'liberal' arall. A wnaeth Mistir mo'n rhwystro ni i'w ganu chwaith.

Ro'dd hi'n bedwar o'r gloch ar Lloyd George yn cyrraedd, a ninne erbyn hyn wedi bloeddio 'Lloyd George forever!' nes ein bod yn gryg. Wnes i fawr o sylw o Lloyd George, ond wir, ro'dd Mrs Lloyd George yn werth i'w gweld gyda sgarff hir o ffwr am ei gwddwg, bron â chyrraedd at ei thraed. Siaradodd Lloyd George am rhyw dair munud, ddwedodd ei 'ffrind' yr un gair, rhannodd rhyw fenyw o'dd gyda nhw swîts i ni'r plant. A bant â nhw. A minne wedi aros amdanyn nhw am yn agos i ddwy awr.

Yr wythnos wedyn daeth Llewelyn Williams (y 'liberal' arall) i'r pentre, ond chawson ni ddim mynd mas i wrando arno fe.

Ro'dd pawb yn siarad, yn dadle, a hyd yn oed yn cwmpo mas o achos y lecsiwn. Chwarae lecsiwn yn yr ysgol, ac Ernest Evans yn ennill bob tro. Do'dd Sara a Mari ddim yn siarad â'i gilydd, achos eu bod yn anghydweld ynglŷn â'r dyn gore.

Ernest Evans o'dd dyn Mamo, ond do'dd dim fôt ganddi hi. Fe dda'th Data adre bob cam o Sir Benfro i roi'i fôt i Llywelyn Williams, am ei fod 'yn ddyn blydi grêt, ac yn parchu'r gweithwrs'.

Ernest Evans a orfu, ac ro'dd Dyta'n siomedig iawn. Galwai'r Cardis yn 'blydi twps'. Beiai Lloyd George am ei gloffni, a bant ag e'n ôl i Sir Benfro at 'bobol gall sy'n gwbod be-di-be'.

17

Cafodd Mistir ei daro'n sâl, yn sâl iawn – gorfod iddo fynd bant i 'sbyty i wella, a rhaid o'dd i Miss Evans gymryd plant y 'rhwm fowr' i gyd gyda'i gilydd. Druan â Miss Evans, a chafodd hi ddim help 'da Miss chwaith. Fe gadwodd honno at y bebis yn ôl ei harfer.

Ond 'mhen rhyw fis, daeth dyn ifanc smart i gymryd lle Mistir. Northyn o'dd e, ac ro'dd e'n siarad yn rhyfedd iawn, fel petai'n treio llyncu taten dwym. Ond fe ddaethon i ddeall ein gilydd whap. Ro'dd e mor wahanol i Mistir ymhob ffordd – yn siarad Cymraeg â ni, yn chwerthin a thynnu co's. 'Syr' oedden ni'n ei alw – nid 'Mistir'. Dim ond un Mistir o'dd i'w gael, a hen ddyn cas o'dd hwnnw.

Rwy'n ei gofio'n dweud wrthon ni un bore, 'Tynnwch allan eich llyfrau ysgrifennu, blant.' Ond pan welodd e taw 'mond 'da rhai o'r plant o'dd llyfre, a taw llechi o'dd gyda'r lleill, dyma fe'n gofyn pam.

'Achos taw twps y'n nhw, Syr.'

Dyma fe'n sefyll yn stond, a rhyw olwg fach ddiflas ar ei wyneb, a dweud yn dawel bach, 'Peidiwch, er mwyn daioni, â galw unrhyw hogyn na hogan yn dwp byth eto. Rhag eich cywilydd chi!'

'Mistir sy'n gweud, Syr.'

'Fi yw'r Meistr rŵan, a gofalwch chi na chlywaf i neb, *neb* ydych chi'n clywed, yn galw unrhyw blentyn wrth yr enw hyll yna.' Ac a'th mla'n i roi gwers i ni am gredu fod rhai plant yn well na'i gilydd.

'Mae rhai plant yn rhagori mewn ambell bwnc efallai, ond mae gan bob plentyn y ddawn i ddisgleirio mewn rhyw ffordd neu'i gilydd. Ydy hynna'n glir i bawb? Dim galw twp ar un plentyn eto. Dallt?'

Ac ro'n ni i gyd yn 'dallt'; ro'dd rhaid inni.

Cafodd pob plentyn gopi-bwc a phen inc i sgrifennu. A phan dda'th hi'n amser darllen, fe gafodd pob un gyfle, dim pasio heibio neb, er bod rhai yn ddigon hwp-di-hap. Ond dim ots, câi pawb yr un siawns, a threuliai fwy o amser 'da'r 'twps' nag a wnâi 'da ni o'dd yn sgrifennu a darllen yn rhwydd.

Daeth â phêl gron i'r ysgol i ddysgu'r bechgyn shwt o'dd chware ffwpol 'go-iawn' a chadw at y rheole heb gwmpo mas â'i gilydd. Do'dd iard y merched ddim yn ffit i neb chware 'run gêm arni, ond un diwrnod gorfod i'r bechgyn drwco iard â ni, ac fe ddysgodd Syr i ni shwt i chware 'rounders'. Fydde Syr byth yn ein pwno, na'n clatsio 'da'r riwl; ro'dd yn ddigon i Syr edrych yn gas arnon ni, ac mi fydden i gyd yn dawel fel llygod. Do'dd neb yn cael ei hala i'r cornel, dim ond ein canmol o hyd ac o hyd. Dechreuodd Wili Weirglodd hela whewcs un diwrnod, a gneud sbort ar ben un o'r bechgyn llai a'i alw'n 'dwpyn di-ened' – hen eirie Mistir. Cymerodd Syr e i'r poits, dim ond nhw'u dou – chas e mo'i grasu na'i wado, ond pan ddaeth e'n ôl, ro'dd ôl llefen arno. Chas Syr ddim trwbwl 'da Wili byth wedyn.

Ro'n ni'n ca'l dysgu caneuon Cwmrâg, fel 'Lili Lon', 'Gwŷr Harlech' ac 'Ar hyd y nos'. Dysgu pishis Cwmrâg hefyd, a chael darllen o lyfre Cwmrâg; llyfre ffeindodd Syr mewn rhyw gwpwrdd yn drewi o lwydni.

'Syr' fyddai pawb yn ei alw – byth 'Mistir'. Dim ond un Mistir o'dd i'w gael, a hwnnw'n ddigon pell – diolch i'r drefen. Pleser o'dd mynd i'r ysgol y dyddie hynny.

Fues i 'rioed mor hapus, ac ro'dd Mamo hefyd yn sioncach yn ddiweddar – deuai Anti Mary co bob dy' Mawrth, a Marged a'i basged fowr bob dy' Gwener. Deuai Dyta adre ar nos Sadwrn, rhan fynycha yn hwyr iawn. Âi lan i'r dowlad yn ddigon stwrllyd, ac arhosai yn y gwely tan amser cinio ddydd Sul.

Ro'dd Mamo'n dala i baro drws y pen-ucha, a ro'n inne'n dala i rannu gwely â hi. 'Run o'dd Dyta o hyd, dala i regi a bytheirio, ac yn galw Mamo yn 'blydi eunuch', ta beth o'dd hynny'n 'i feddwl. Sna i'n gwbod o ble ro'dd Mamo'n cael arian i fyw, achos châi hi ddim dime goch y delyn 'da Dyta. Mi glywes 'ddi'n gofyn iddo un nosweth, 'Faint o arian wyt ti'n ennill nawr, Ifan?'

'Pam wyt ti'n gofyn?'

'Mae'n ddigon main arnon ni ma' Ifan, ac mae eisie dillad newy' ar Jini.'

'Shwt wyt ti'n meddwl bod 'da fi arian i dowlu bant ar blydi dillad newy' – dyn cloff sy'n dala i ddioddef – "ex-serviceman" myn uffern i.'

'Mae'r plentyn yn tyfu, Ifan, ac mae eisie cot fowr at y gaea arni.'

'Ma'n rhaid iti fegian ar ryw gythrel sy â mwy o arian 'dag e na 'sda fi 'te.'

'Wyt ti'n galed, Ifan.'

'Yffach dân! Fi'n galed? Pwy sy wedi rhoi blydi pâr ar y drws? Y? A pheth arall, wy'n byw 'da Mamo, a rhaid i fi 'i helpu hi i dalu'r rhent. Ma' 'na rai sy'n ddigon lwcus i fyw heb dalu ffycin rhent, Miss Myfanwy.'

A bant ag e gan adael Mamo, wedi danto, a'i gwefuse'n dynn yn gwneud ei gore i ddala'r dagre'n ôl. Druan â Mamo.

'Peidiwch â becso, Mamo fach, ma' 'na sbel cyn y gaea 'to. A falle y ca i got 'da Anti Mary cyn hynny.'

'Rydyn ni wedi dibynnu gormod ar haelioni Anti Mary a Marged, ac mae'n hen bryd i dy dad ysgwyddo peth o'r baich.'

Roedd y cwbwl yn ddirgelwch i fi. Ro'dd

Mamo yn dipyn o ledi, 'run peth ag Anti Mary. Shwt yn y byd mowr y priododd hi'r fath fwlsyn â Dyta? Dyta a'i fochsachu a'i dafod brwnt? Falle y do i i wybod pan fydda i'n 'lodes fowr'.

Ond ro'n i'n hapus iawn, cot newy' neu beidio, ac yn gweddïo bob nos y câi Syr aros yn yr ysgol am byth!

Ambell i ddiwrnod teg byddai Mamo a finne'n cerdded dros y bryn, gan ddilyn llwybr y postman, a chyrraedd Pengwern erbyn amser te, yna ddod 'nôl ar hyd yr hewl mewn steil yn gyfyrnes-trap Anti Mary. Ro'dd pob math o greaduriaid ym Mhengwern – cŵn a chathod, geifr ac asyn, a Flower y boni wen. Ac ar ddiwrnode braf, marchogaeth honno y byddwn ar hyd y caeau, fy ngwallt yn hofran yn y gwynt, a'm calon yn curo'n gynt a chynt. A dychmygu fy hun yn dipyn o ledi!

Oni bai am gyfeillgarwch Anti Mary, a'i charedigrwydd hefyd, byddai'n fywyd go ddiflas ar Mamo. Ro'dd hi'n dala i hiraethu ar ôl y babi bach. Câi bwle o lefen tawel yn y gwely ganol nos, troi a throsi'n barhaus a 'nghadw inne ar ddihun hefyd.

'Mamo, fydde hi ddim yn well i fi fynd 'nôl i'r dowlad i gysgu?'

'Jini, ei di ddim 'nôl i'r dowlad tra bod allwedd drws y ffrynt 'da dy dad.'

Ac yn y pen-ucha yn y gwely mawr y cysgem bob nos, gan ofalu fod y drws wedi'i baro.

Ro'dd hi'n tynnu at y Nadolig, a finne'n dala heb got newydd, ond dim ots, ro'dd 'da fi amgenach pethe i feddwl amdanyn nhw.

Fe benderfynodd Syr ein bod i ga'l consyt cyn Nadolig, a phawb, pob jac-wan i gymryd rhan. 'Cyngerdd amrywiol' o'dd enw Syr arno, 'penny reading' o'dd enw Miss arno, ac fe wrthododd adael i'r bebis berfformio. Mae'n debyg iddi ddweud wrth fam Sarah Tŷ-top fod ganddi reitiach gwaith i'w wneud na gwastraffu'i hamser yn dysgu plant bach i wneud ffyliaid ohonyn eu hunain.

Dyna slafo, dyna ganu a bloeddio, dyna sbort, a Miss Evans a'r merched mowr wrthi fel lladd nadredd, yn gwnïo dillad pwrpasol at y 'cyngerdd amrywiol'. Ro'dd pawb a phopeth yn sang-di-fang. Rhaid o'dd perfformio drama hefyd – drama'r geni – ac fe ges i'r fraint o actio rhan Mair. Gwisgo gŵn-nos glas Miss Evans, a hwnnw'n llusgo hyd y llawr, a chlwtyn llestri wedi'i glymu obiti 'mhen i. Cwshin wedi'i stwffo i siôl les wen o'dd y baban Iesu, a Wili Weirglodd o'dd Joseph, achos fod 'dag e lais cry', a digon o ben-blân. Pob un yn gneud rhwbeth, pawb yn joio a Syr yn canmol.

A phan ddaeth y noson fawr, ro'dd yr ysgoldy dan 'i sang, a llawer yn sefyll ar eu trâd y tu ôl, clapo gwyllt, chwibanu a gweiddi encôr. Y ddrama o'dd yr eitem ola, a ro'n inne mor nerfus â chath. Doeddwn i ddim yn siarad, dim ond canu dwy gân – 'Away in a manger, no crib for a bed' o'dd un. Cân Gymraeg o'dd y llall – cân newydd, medde Syr, cân nad o'dd fawr neb wedi'i chlywed o'r blân:

> Suai'r gwynt, suai'r gwynt
> Wrth fyned heibio'r drws,
> A Mair ar ei gwely gwair
> Wyliai ei baban tlws.
> Syllai yn ddwys yn ei wyneb llon,
> Gwasgai Waredwr y byd ar ei bron,
> Canai ddiddanol gân:
> Cwsg, cwsg, f'anwylyd bach,
> Cwsg nes daw'r bore iach.

Wrth anwylo'r babi clwtyn, anghofies mai dim ond twyll o fabi o'dd e – cofiais am fy mrawd bach yn llipryn gwan yn fy mreiche, a daeth rhyw deimlad rhyfedd drosof, y teimlad 'mod i'n magu babi byw, a bod David bach 'nôl yn fyw yn fy nghôl. Bûm bron â methu a canu'r geirie 'Cwsg, cwsg, f'anwylyd bach'. Craciodd fy llais, a ches waith cadw'r dagre'n ôl. Gwelais Syr yn gwenu arna i, llynces fy mhoeri, a llwyddes i fynd i'r diwedd.

Daeth Syr ataf. 'Jini,' medde fe, 'roeddet yn canu fel angel.'

Bu distawrwydd llethol am rhyw funud – ac

yna clapo a gweiddi diddiwedd, 'Da iawn, Jini, encôr Jini!'

Syr yn gofyn am dawelwch i ganu 'Hen Wlad fy Nhadau'.

Mynd adre 'da Anti Mary, yn flinedig a hapus. Gwrthododd Mamo ddod i'r consyt, ro'dd annwyd arni medde hi, ond roeddwn yn awyddus dros ben i ddweud yr hanes i gyd wrthi. Ond ro'dd Dyta wedi cyrraedd ac ro'dd hi'n amlwg fod y ddau wedi bod wrthi eto yn cwmpo mas. Ofynnodd yr un ohonyn nhw shwt ddes i 'mlân yn y consyt, dim ond 'Cer i'r gwely Jini, mae'n hwyr,' a mynte Dyta â speng yn ei lais, wrth i fi agor drws y pen-ucha, 'a chofia dy fod ti'n paro'r drws'.

18

Aeth y Nadolig heibio. Dim ond Mamo a finne o'dd gartre i dwrio mewn i'r twrci a ddaeth Marged i ni. Fe ddaeth â mwy na thwrci – digon o bopeth da i'w fwyta – cacen, jam, cnau, 'falau a llysiau o bob math. Digon am fisoedd. Fe arhosodd Dyta yn Sir Benfro, 'hen wraig fy mam yn teimlo'n unig' o'dd 'i esgus e. Ac yn ddistaw bach ro'dd Mamo a finne'n ddigon balch o ga'l 'i le. Ond fe dda'th Anti Mary draw i de â rhagor o anrhegion. Fe dda'th â chot newy' sbon i fi, cot aeaf â choler ffwr. Fe deimlwn yn rêl ledi ar unweth; ffwr o'dd am wddwg gwraig Lloyd George adeg y lecsiwn wyllt honno, lecsiwn 'Lloyd George forever'.

Roeddwn wrth fy modd, yn teimlo'n rêl swancen, yn siglo fy mhen-ôl o fla'n y ford binco. Ches i 'rioed o'r blân bilyn mor ffasiynol, ond ro'dd Mamo'n swno'n eitha fflat ac anniolchgar. 'Nid dy le di yw dilladu Jini,' mynte hi'n eitha cilsip wrth Anti Mary.

'Ond 'yn lle i yw rhoi anrheg i fy ffrind fach orau, 'nenwedig adeg y Nadolig,' mynte Anti Mary. Fe newidiodd Mamo, ac medde hi, a chael gwaith i gadw'r dagrau'n ôl, 'Wn i ddim be wnawn i hebot ti, Mary.'

'Twt, twt, paid â siarad dwli – fe ddaw pethe'n well eto.'

'Na, rhaid i mi ddysgu bodloni ar y drefn – fi daenodd fy ngwely, a rhaid i mi gysgu ynddo.'

Siarad pobol fowr eto, ond ro'n i'n dechre dod i ddeall – deall tipyn bach yn rhagor bob tro, ac yn rhoi dou a dou at ei gilydd.

Fe dda'th Anti Mary â llyfr yn anrheg i Mamo, *The woman thou gavest me* gan Hall Caine. Mi ges i afael ynddo, y nofel bobol fowr gynta i mi erioed ei darllen. A darllen fues i, wedi llwyr ymgolli ynddi, tra bod Mamo ac Anti Mary'n sibrwd cloncan o fla'n y tân. Chlywes i 'run gair o'r glonc – ro'dd y llyfr yn ddiddorol, yn fwy diddorol hyd yn o'd na siarad cyfrinachol y ddwy.

Digon anfoddog oeddwn yn cychwyn i'r ysgol ddechrau'r flwyddyn, achos o'dd Sara wedi clywed yn y pentre fod Mistir wedi dod adre o'r 'sbyty, ac y byddai'n ôl yn yr ysgol ddechrau'r tymor.

Mynd i'r ysgol yn bendrist ond, ar ôl cyrraedd, be welwn i yn pwyso ar wal yr ysgol ond beic Syr. Llawenydd! Rhyfedd fel o'dd un dyn yn gallu gwneud cymaint o wahaniaeth i'n bywydau ni. Ro'dd pawb, pob plentyn, yn meddwl y byd ohono. Ro'dd Miss Evans, hefyd, ond s'nai'n gwbod am Miss. Fydde hi byth yn pipo mas o stafell y bebis, a do'dd Syr byth yn mynd yn agos ati hithe chwaith. Menyw i gadw 'mhell oddi wrthi o'dd Miss.

Do'dd Mistir byth yn gwrando ar glaps, hyd

'nod pan fydde dou grwt yn ymladd 'dat waed, ond bydde Syr yn gwrando ar bob cwyn, yn setlo pob cweryl, yn mynnu gwbod pwy o'dd wedi dechre a pham. Byddai ganddo ei ffordd ei hun o ddelio â phob bwli.

A'r wers gyntaf ar y diwrnod cyntaf o'r tymor cyntaf o'r flwyddyn honno o'dd adrodd wrth Syr ein hanes dros y Nadolig. Ro'dd y plant bron i gyd yn perthyn naill ai i'r capel neu'r eglwys – ro'dd y capelwyr wedi bod mewn 'cwrdd bach', neu'n ateb pwnc neu ganu emynau, a'r eglwyswyr wedi bod yn canu carolau. Do'dd 'da fi ddim i'w ddweud, achos fues i 'rioed mewn capel nac eglwys.

'Jini, rydw i'n sicr fod gennych rywbeth i'w ddweud. Gawsoch chi anrheg arbennig gan rywun? Fu Siôn Corn acw?'

Na, fuodd 'Siôn Corn ddim acw', na Santa Clôs chwaith. Ro'n i *yn* ei ddisgwyl, er 'mod i'n gwbod yn gwmws pwy o'dd e erbyn hyn, ond pan ofynnodd Anti Mary yr un cwestiwn i fi, fe atebodd Mamo yn ddigon swta, 'Ma' Jini yn lodes fowr nawr, ac wedi bennu credu mewn rhyw ffwlbri dwl fel'na.'

Ro'n i'n 'lodes fowr' pan fyddai'n siwto Mamo.

Na, ddwedes i mo hynny wrth Syr, ond mi ddwedes i wrtho (ac yn falch o gael dweud) 'mod i wedi cael top-cot 'run peth yn gwmws â chot Mrs Lloyd George ac fy mod wedi darllen nofel Saesneg gan Hall Caine, *The woman thou gavest me* o'r dechre i'r diwedd.

'Jini, rydach chi'n hogan sy'n ddigon o ryfeddod,' mynte fe mewn syndod. 'Daliwch ati, 'ngenath i, ac mi fyddwch yn sgrifennu nofel eich hunan yn fuan iawn.' Un fel'na o'dd Syr, ro'dd 'da fe air da i ddweud wrth bawb.

Ond 'mhen pythefnos digwyddodd yr hyn o'n ni i gyd yn ei ofni. Do'dd beic Syr ddim yn pwyso ar y wal, ac ro'dd Mistir yn ein disgwyl yn eistedd yn ei le arferol ar y stôl drithroed uchel, ac yn edrych fel rhyw fwci-bo surbwch. Ro'dd ei wallt yn dala'n seimllyd ond yn wynnach a theneuach, a'r bola mowr, o'dd yn arfer hongian yn slac dros dop ei drowser, wedi diflannu i rwle.

Ond Mistir o'dd e. Ac heb ddweud yr un gair wrthon ni dyma ni'n dechre ar y rigmarôl arferol – 'mental arithmetic' a sbelins – geirie hyd eich braich fel 'pentahedron', 'thermodynamics', 'valetudinarian' a neb â'r un syniad o'u hystyr.

v-a-l-e = vale
t-u = tu = valetu
d-i-n = din = valetudin
a-r = ar = valetudinar
i-a-n = ian = valetudinarian
v-a-l-e-t-u-d-i-n-a-r-i-a-n = valetudinarian

Yna darllen yr un hen lyfr diflas, a phan

ddaeth tro y rhai o'dd e'n arfer eu galw'n 'twps' mynte fi yn fenyw i gyd – yn teimlo y dylwn i roi esboniad a'i oleuo – 'Ma nhw'n gallu darllen nawr, Mistir.'

Stop. Pawb a phopeth ar stop, a Mistir yn rhoi golwg bwrlwcs arna i, a hynny am funude o'dd yn ymddangos fel orie.

'Jini John, when I need your advice, I will ask for it. In the meantime go and stand in the corner, and stay there until you can behave yourself. You forward hussy!'

Ac yn y cornel y bues i yn cnoi f'ewinedd tan hanner-dy'-bach.

Dyn cas o'dd Mistir.

Newidiodd bywyd yn sydyn, ac oni bai am y profiad gawson ni gyda Syr, a'i ffordd hapus, ddi-lol o'n trin ni, mi faswn i'n credu mai rhywbeth diflas o'dd yn rhaid ei ddiodde, fel annwyd neu frech yr ieir, o'dd addysg.

Do'dd bywyd ddim yn rhyw flodeuog iawn gartre chwaith. Digon isel o'dd Mamo ac yn dala annwyd o hyd ac o hyd – un annwyd ar ôl y llall. Byddai'n mynd i'r gwely'n gynnar bob nos, a byddwn innau'n gweitho rhyw damed o swper i ni'n dwy – wy wedi'i ferwi neu fara menyn a chaws. Do'dd dim pleser paratoi bwyd i Mamo, ro'dd hi'n pigo fel jac-llwyd-y-baw.

Erbyn hyn roeddwn wedi cael caniatâd i whilmentan yn y gist o dan y gwely, a dod o hyd i doreth o lyfr diddorol – llyfre fel *David*

Copperfield, *Jane Eyre* a *The Mill on the Floss*. Dyna lle byddwn i bob nos yn darllen a darllen, a Mamo'n ca'l gwaith i 'nghâl i fynd i'r gwely. Ambell waith, byddwn yn darllen o'r Beibl Saesneg, ond rhywfodd doeddwn i ddim yn câl yr un blas arno ag a gawn ar Feibl Mawr Glandŵr. Bob dy' Sadwrn awn lawr yno i ddarllen y *Tivy Side* a cheisio cofio'r hanes i gyd i weud wrth Mamo wedi dod 'nôl.

Ro'dd yn gas 'da fi'r Sadwrn a'r Sul. Dyna pryd y byddai Dyta'n dod adre, a byddai 'na gwmpo-mas ofnadw. Mamo'n ddagreuol yn begian am arian, a Dyta'n rhegi a stwbwrno a'i galw'n blydi snoben ben-uchel.

'Y gwaith gore wnes i 'rioed o'dd dy dynnu di lawr i lefel byd y dyn cyffredin. Dy dynnu di lawr beg neu ddou. Myn yffach i, mi wnes i gymwynas fawr â ti.'

Mi fyddai'n dod adre'n hwyr bnawn Sadwrn, newid ei ddillad, chware'r diawl os na fyddai'r swper wrth ei fodd, a bant ag e wedyn ar ei feic i rywle, na wyddai neb ble. Ro'dd e'n dal i gario'i ffyn bagle ar ei feic, y cwbwl er mwyn siew 'nôl Mamo. Ambell waith ni ddeuai adre tan y Sul. Dro arall deuai adre rywbryd ym mherfeddion nos, ac wrth basio drws y pen-ucha ar ei ffordd i'r dowlad, ni allai wrthsefyll y temtasiwn i roi hergwd o gic i'r drws nes bo'r tŷ yn crynu. Byddai'n aros yn ei wely tan amser cinio. Bant ag e wedyn ar ei feic 'nôl i Sir Benfro a Mamo a finne'n diolch am ei le.

Mi faswn i'n falch hefyd o weld Mistir yn diflannu i rwle – 'nôl i'r ysbyty neu i ryw Sir Benfro bell fel Dyta.

Roedden ni'n gorfod gweithio'n galed iawn yn yr ysgol – *common fractions, compound interest, parsing, composition* yn ddiddiwedd. Diolch 'mod i'n dysgu'n rhwydd, neu mi fyddwn yn nosbarth y twps, yn sgrifennu ar lechen, ac yn poeri a bleto mas yn barhaus.

Ro'dd hiraeth gwirioneddol arnon ni i gyd ar ôl Syr, ac ro'dd rhai o'r bechgyn mowr wedi dechre ein profoco a'n bwlio ni unweth eto. Byddai rhai ohonyn nhw'n neidio i ben y wal, a hyd 'nod yn neidio drosodd, yn rhedeg ar ein holau ac isie dangos i ni sut i wneud babis. Roedden ni'n crynu o'u hofon, heb unman i jengid. Wili Weirglodd o'dd y cythrel gwaetha, ro'dd e'n rhegi'n waeth na Dyta, ond fydde Mistir byth yn ei gystwyo fe. Mae'n debyg fod ei dad yn Gynghorydd Sirol.

Dyddiau diflas, dyddiau o hiraethu ar ôl Syr, a heb obaith y byddai 'myd bach i yn gwella. Yn wir, ro'dd gwaeth i ddod.

Mynte Mistir un prynhawn Gwener, 'You Jini John and you Johnnie Williams will have to stay in school every playtime because I have decided to enter you both for the Scholarship exam, and for that you must have extra lessons.'

Os o'dd yr ysgol yn ddiflastod i mi o'r blân, byddai'n seithgwaith gwaeth o hyn ymlaen, ac yn iaith liwgar Dyta fedrwn i ddim meddwl am ddim byd gwell i'w ddweud na, 'ffyc y blydi Scholarship'. Ond feiddiwn i ddim dweud hynna wrth neb arall, dim wrth undyn byw.

19

Llusgai amser, a hynny yn yr un drefn o ddydd i ddydd, o fis i fis, Nadolig yn dilyn Nadolig, a'r diwrnod hwnnw 'run peth yn gwmws ag unrhyw ddiwrnod arall.

Dim cyngerdd amrywiaethol, dim anrhegion, ac ro'dd y got o'dd yr un peth â chot Mrs Lloyd George wedi mynd yn rhy fach i fi. Ond fe dynnodd Mamo y ffwr bant, a'i wnïo ar hen got iddi hi; ac wedi golchi honno'n ofalus, ei byrhau, symud y botwme, a rhoi twc fan hyn a thwc fan draw, wir ro'n i'n teimlo'n rêl ledi unwaith eto. Yn y ffwr o'dd y gogoniant.

Oddi ar i Mistir benderfynu 'mod i'n sefyll yr arholiad, y 'Scholarship' bondigrybwyll, a'th bywyd yn fwrn – aros ar ôl am ran o hanner-dy'-bach, a'r rhan fwya o hanner-dy'-mowr, i sgwennu *compositions* yn ddiddiwedd, eu hailsgwennu, a'u sgwennu wedyn hyd at blydi perffeithrwydd; a hynny ar destunau sych-dduwiol fel 'The League of Nations'.

'The League of Nations was formed with the purpose of diminishing wars, and if possible to banish them altogether'. Y cyfan yn Saesneg, wrth gwrs.

Mistar wedyn yn sgrechian gweiddi, 'Not *with* the purpose, you duffer, *for* the purpose – watch your prepositions.'

Testunau twp fel 'Education for adults', a 'The aim of the Sunday School'.

A finne erioed wedi mynychu Ysgol Sul yn fy mywyd. Ond o'dd dim eisie becso; ar ôl ein cynigion pitw, byddai Mistir yn sgwennu'r *compositions* ei hunan, a byddai'n rhaid i ni ddysgu'r rheini ar ein cof – 'off by heart'. A gwae ni os na fydden yn eu gwbod bob gair.

Ro'dd safonau addysg Mistir yn uchel iawn. Ac erbyn hyn ro'dd e wedi gwella'n llwyr o'i afiechyd – ei fola'n ôl i'w faint arferol, a'i fwstás yn hongian dros ei wefuse. Ro'dd e'n dala i gosi peneglinie merched, ac un diwrnod fe ges i'r driniaeth, swmpo gwyllt. Fe ges i ddolur, mi roes i wawch sydyn; edrychodd pawb arna i, ac medde fe dan ei anadl, 'You must learn to control yourself, child. Never do that again.'

Fe o'dd angen 'control', nid y fi, y ffycin ffŵl. Mae'n rhyddhad cael defnyddio iaith Dyta ambell waith, ond fydda i byth yn rhegi ar goedd, oni bai 'mod i wedi cynhyrfu'n garlibwns. Mi faswn i'n becso Mamo'n sobor petai hi'n fy nghlywed yn defnyddio iaith Dyta.

Ro'dd Dyta'n dal yr un peth – dim newid. Rhegi, bytheirio, stranco, a chico drws y pen-ucha ar ei ffordd i'r dowlad. Deuai adre bob nos Sadwrn â'i olch, a 'nôl wedyn i Sir Benfro ar y dy' Sul. Byddai Mamo'n paratoi cinio dy' Sul i ni'n tri – bwyta hwnnw ambell waith mewn distawrwydd llethol, fel petai pawb

140

wedi'u taro â'r palsi mud. Dro arall, o'dd dim ond sôn am arian, a byddai Dyta'n cynddeiriogi, yn cochi fel twrci, yn rhegi a ffusto'r ford, a rhuo fel buwch wasod. Ateb Mamo i'r storom o'dd codi, a 'ngalw inne i fynd gyda hi i'r pen-ucha – paro'r drws ac aros ein dwy yn y gwely hyd nes ei glywed yn diflannu. Mi fydde'r diwrnod wedi ei sarnu i ni'n dwy, a rhyw ddiflastod yn dal i aros 'mhell ar ôl i Dyta fadel.

Diflas o'dd pob diwrnod o ran hynny – ro'dd fel petai bywyd wedi colli'i flas, ac ro'dd Mamo'n waeth hyd yn o'd na fi. Do'dd hi ddim hanner da, y peswch a'r annwyd yn ei llethu'n lân. Gwrthodai ga'l doctor, er bod Anti Mary a Marged yn begian arni i weld Doctor Powel. Ond wnâi hi ddim gwrando ar neb. Dim ond dal i beswch, a hwnnw'n beswch caled, cras. Ro'dd hi'n yfed rhyw foddion peswch, drewllyd, o waith Mari Rees, a bwyta dim digon i gadw dryw bach yn fyw.

Y nos o'dd waetha, byddai'n cysgu am awr neu ddwy, ond tua hanner nos byddai'r peswch yn ailddechre, a mynd 'mlân yn ddi-stop tan y wawr. Taflwn y gobennydd dros fy mhen, stico fy mysedd yn fy nghlustie, ac ambell waith cysgwn tan y bore. Ond nid yn amal. Cysgu ein dwy ambell dro ymlân dros amser codi; ras wedyn a chyrraedd yr ysgol yn hwyr. Mistir wedyn yn fy nghosbi – gorfod aros mewn drwy hanner-dy'-bach yn sgwennu leins, 'I must attend school punctually every morning'. Colli chware a cholli sbort.

Gofyn i Mamo'n garedig, 'Mamo, ga i fynd i'r dowlad i gysgu?'

'Na,' pendant.

'Pam, Mamo?'

'Beth petai dy dad yn cyrraedd adre, a hynny heb yn wbod i ni?'

'Dyw e byth yn dod adre yn ystod yr wythnos, Mamo.'

'Do's dim dal ar dy dad, a fedra i byth â'i drysto fe eto, byth dragwyddol. A phaid tithe â'i drysto fe chwaith. Wyt ti'n addo?'

'Odw, Mamo,' ac yn ei feddwl e.

'Ar dy lw?'

'Ar fy llw, Mamo.'

Ond ro'n i'n dala i fecso, ac ro'dd Mamo'n dala i beswch.

Cododd awydd arna i i wbod rhagor am foddion Mari Rees. Penderfynais gael gair â hi.

'Mari, beth sy'n y moddion 'na ych chi'n 'i roi i Mamo?'

'Dyna'r moddion gore y gall neb 'i ga'l at y peswch, 'y nhlos i.'

'Beth yw 'i enw fe, Mari?'

'Sdim enw arno fe – dim ond moddion peswch.'

'Ie, ond be sy ynddo fe? Fe allwch weud wrtha i – weda i ddim wrth neb.'

'Wel, os oes rhaid iti ga'l gwbod – y prif lysieuyn yw "Llys yr Ysgyfaint". Dyna'r peth gore y gall neb 'i ga'l at y peswch. Mae'n well nag unrhyw foddion doctor.'

'Beth yw'r enw Saesneg arno?'

'Oes 'da ti ddim ffydd yno i? "Comfrey" yw'r enw Saesneg. Wyt ti'n fodlon nawr?'

'Diolch, Mari, a ma' 'da fi berffaith ffydd yno' chi.'

Pan gawn i gyfle fe edrychwn lan y gair 'Comfrey' yn llyfr mowr Mari, ac ro'dd hwnnw'n rhoi ystyr a phwrpas a shwt i ddefnyddio pob llysieuyn dan haul.

Fe wyddwn taw dy' Gwener o'dd diwrnod casglu llysiau Mari, a bant â fi sha Glan-dŵr, ar ôl dod adre o'r ysgol, gan obeithio na fyddai Mari wedi dod sha thre o'i chwilota.

Dim ond Sara o'dd yno, a thrwy lwc ro'dd y Llyfr Mawr ar y seld wrth ochr y Beibl Mawr. Do'dd 'da Sara hyd yn o'd ddim hawl i whilmentan yn y llyfr iechyd, a do'dd 'da hi fawr o ddiddordeb chwaith. Mari o'dd yr awdurdod ar bob afiechyd a dolur, a hefyd ar y ffordd i'w hiacháu. Dim ond un dyn trwy'r holl blwy o'dd â mwy o wybodaeth na hi, a Doctor Powel o'dd hwnnw. Ac yn ôl Mari ro'dd hyd yn o'd y doctor ei hunan yn gofyn am ei chyngor hi ar brydiau.

'Sara, plis ga i gip ar y Llyfr Doctor?'

'Bydd yn ofalus, dyw Mari ddim yn fodlon i neb gwrdd â hwnna.'

'Pam?'

'Achos ei fod e'n lyfr dansierus i'r rheini sy'n deall dim am lysiau a chlefydau. Dan y gwely mae'n arfer ei gadw – mae hi wedi anghofio 'i roi fe'n ôl.'

'Dim ond un bip fach, Sara.'

'Reit, ond gofala na ddwedi di wrth Mari 'mod i wedi gadel i ti 'neud.'

'Dim gair, Sara – cris-cros tân po'th.'

Troi'r tudalennau ar hast gwyllt i chwilio am y gair 'Comfrey'. Dod o hyd iddo'n ddigon diffwdan.

'Comfrey. Government and Virtues. It belongs to Mercury and, according to Dioscorides, when boiled with strong ale and treacle it can ease the cough, and cure the consumption in its early stages.'

Fe droeodd 'yn stumog i, fe stopodd 'y nghalon i.

'Consumption.'

Gwyddwn yn iawn beth o'dd hwnnw, a gwyddwn hefyd nad o'dd gwella i fod unweth y bydde'r dolur hwnnw yn gafel ynoch chi. O'dd hi'n bosib fod y dicléin ar Mamo? Ai dyna o'dd y rheswm am y peswch diddiwedd? O'dd Mari siŵr o fod yn credu hynny, neu pam rhoi moddion Llys y Sgyfaint iddi? Byddai'n rhaid moyn doctor ati, a hynny heb oedi rhagor.

144

Naws sôn wrth Dyta am y peth. Ei goes glec a'r pâr ar ddrws y pen-ucha o'dd yr unig ofidie o'dd 'da fe – do'dd e'n becso dim obiti Mamo na fi. Os na ddeuai Anti Mary draw cyn diwedd yr wythnos byddai'n rhaid i fi gerdded bob cam ar ben fy hunan bach, dros lwybyr y postman, i'w gweld.

Ond fe ddaeth Anti Mary draw bnawn dy' Gwener, a dala Mamo yn y gwely – wedi bod yno drwy'r dydd. Ro'dd hi'n cadw mwy a mwy yn ei gwely.

'Ma' golwg ddiflas arnat ti, Jini fach.'

'Rydw i *yn* ddiflas, Anti Mary.'

'Be sy'n dy boeni di, cariad?'

'Mamo.'

'Odi 'ddi'n dala i beswch?'

'Odi, bob nos, trwy'r nos. Ma'r dicléin arni.'

'Beth? Pwy ddwedodd hynny wrthot ti?'

Ro'dd Anti Mary wedi cyffroi erbyn hyn.

'Mi weles i fe yn Llyfr Doctor Mari.'

'Alli di ddim pasio fod dicléin ar dy fam o ddarllen Llyfr Doctor Mari.'

'Ond ma' Mari'n rhoi moddion Llys y Sgyfaint iddi, a moddion at y dicléin yw hwnnw.'

'Twt, twt, beth ma' Mari'n wbod? Dyw hi ddim yn ddoctor.'

'Na'di, dyna pam ma'n rhaid ca'l doctor at Mamo – pwy sy'n mynd i dalu iddo sy'n gwestiwn arall.'

'Paid â phoeni am arian – fe ddaw Doctor

145

Powel at dy fam dim ond gofyn iddo. Ma' fe'n meddwl y byd ohoni.'

Ro'dd hynny'n gysur – cysur ar y pryd, cysur dros dro'n unig, achos cadw 'mlân i beswch a charthu o'dd Mamo, yn ddi-stop.

A wir, ar y pnawn Sadwrn canlynol fe gyrhaeddodd Dr Powel, ac Anti Mary gydag e – y ddau'n cyrraedd mewn steil yn y gyfyrnes-cart.

Ro'dd Mamo yn y gwely, ac aeth y doctor ac Anti Mary i mewn i'r pen-ucha. Dilynes i nhw.

'Cer mas, Jini fach, fe gei di ddod mewn ar ôl i'r doctor archwilio dy fam.'

Archwilio? Beth o'dd ystyr hynny? Rhaid ei bod hi'n sâl iawn, neu fydde dim eisiau archwilio. Doeddwn i ddim yn leico sŵn y gair 'archwilio'.

Ac yno y buon nhw am hydoedd, a minne yn y gegin yn disgwyl, disgwyl, yn gobeithio'r gore, ond yn ofni'r gwaetha.

Ond pwy ddaeth adre, yn chwys drabŵd, ond Dyta.

'Yffach wyllt, be sy'n mynd 'mlân 'ma? Beth yw'r blydi carnifal 'na wrth y iet?'

'Y doctor sy wedi dod – mae e'n *archwilio* Mamo,' meddwn gan bwysleisio'r gair i ddynodi pwysigrwydd y cyfan.

'Archwilio? Be ti'n feddwl, "archwilio"?'

'Sna i'n gwbod, ond ma' Mamo'n sâl iawn. Mae'n peswch ddydd a nos.'

'Wy'n gwbod 'ny – jiawl eriod, ma' pawb yn ca'l annwyd nawr a lŵeth. Pwy eisie'r blydi ffys ma' sy? Archwilio, myn uffern i!'

Gyda hyn, daeth Doctor Powel mas i'r gegin a gwelodd Dyta. 'Ifan, dere mas 'da fi – wy eisie gair 'da ti.' A mas â'r ddou.

Daeth Anti Mary i'r gegin, a ro'dd rhyw olwg bell yn ei llyged.

'Ie, Anti Mary?'

Dim gair.

'Anti Mary, beth ddwedodd y Doctor?'

'Ma' dy fam yn eitha gwael, Jini – ma'r peswch 'na yn ei llethu'n lân.'

'Wy'n gwbod 'ny, Anti Mary. Odi'r dicléin arni?'

'Wedodd y doctor mo 'ny, ond fe all fynd yn ddicléin os na glirith y peswch yn weddol glou.'

'Anti Mary, gwedwch y gwir. Odi'r dicléin ar Mamo?'

Ches i ddim ateb; methodd â chadw'r dagre'n ôl. Cofleidiodd fi'n dynn, a dweud, 'Chei di ddim cam, Jini – ti na dy fam. Fe ofala i amdanoch chi'ch dwy. Rwy'n addo.'

Ro'dd hynny'n ddigon o ateb – ofer fyddai rhagor o eiriau.

Ro'dd Mamo'n diodde o'r dicléin.

20

Heb unrhyw ddowt ro'dd y dicléin ar Mamo, ond doeddwn i, na neb arall chwaith, yn dweud y gair yn uchel, dim ond ei deimlo fe, ei deimlo lawr rywle y tu mewn, i lawr yng ngwaelodion y galon, i lawr yn y dyfnderoedd. Mynd i'r ysgol bob dydd, esgus nad o'dd dim byd yn wahanol, chware calico shi, chware cwato, chware rholyn tybaco, aros mewn i baratoi at y 'Scholarship', chwysu wrth yr 'homework' am orie wedi cyrraedd adre. Ar yr wyneb, popeth 'run peth, ond y gofid yn dala i gnoi a chnoi, nes ei fod e'n teimlo fel salwch – salwch nad o'dd gwella iddo, 'run peth â'r dicléin.

'Shwt ma' dy fam, Jini fach?'

'Mae'n gwella, diolch.'

Celwydd, wrth gwrs. Ond o'dd y ffordd ro'dd pobol yn gofyn yn siarad cyfrole – ro'dd tosturi a chydymdeimlad i'w glywed yn y 'Jini fach'. Gair i'w osgoi o'dd y gair dicléin.

Byddai Anti Mary yn galw rhyw deirgwaith yr wythnos, Marged bob dy' Gwener, a Dyta wedi cymryd yn ei ben i ddod adre ar nos Fercher yn ogystal ag ar y nos Sadwrn.

Un nos Sadwrn fe dda'th adre ar gefen moto-beic drewllyd, swnllyd.

'Ifan, o ble cest ti'r arian i brynu moto-beic?'

'Jiawl eriod, dyna'r diolch wy'n 'i ga'l am ddod adre i dy weld di; pymtheg punt gostodd e, a thalu coron yr wythnos amdano. Ca' dy lap.'

Do'dd 'da hi mo'r nerth i ddadle. Ro'dd Dyta'n sobrach dyn ar ôl cael gair 'da Doctor Powel; ro'dd 'i iaith e'n dala at y 'blydi' – ro'dd y gair bach hwnnw yn rhan annatod o'i siarad bob dydd, gair o'dd ynghlwm wrth bob gair arall o bwys – y 'blydi tywydd', y 'blydi ffeirad', y 'blydi beic'. Ond ar y cyfan ro'dd ei iaith yn fwy gweddus, a do'dd e ddim yn stringasto a bytheirio am ddim byd. Daliai i gysgu yn y dowlad, ond dringai'n dawel i'w wâl, a hynny heb gico drws y pen-ucha. Ond mynnai Mamo 'mod i'n dala i rannu stafell â hi, ac fe ddaeth Anti Mary â gwely bach cynfas i mi, er mwyn i ni'n dwy gael gwell cwsg. Fe geisiodd Anti Mary fy nghael i gysgu yn y gegin, ond na, ro'dd Mamo'n hollol bendant. Ac roeddwn i'n gwybod pam heb holi – cyfrinach o'dd hynny rhwng Mamo a fi.

Roeddwn i'n sobor o anhapus yn yr ysgol – colli cymaint o amser chware, a Mistir yn gweitho Johnnie a fi'n galed iawn, a'n cadw mewn ar ôl i'r lleill fynd adre.

'You two, if you work hard, will bring credit to this school, to your headmaster and to yourselves. I shall retire in a year or two, and you will probably be my last Scholarship candidates.'

Na, do'dd e'n hidio dim amdanon ni, nac am yr ysgol chwaith – ei statws e yn yr ardal a'r capel o'dd yr unig beth o'dd yn cyfri. Dyn hunanol, hunanbwysig o'dd Mistir, ac yn llawer rhy hoff o'n pwno a'n shigwdo ni.

Anaml iawn y byddai'n dod mas i'r iard i'n gweld yn chware, a wydde fe ddim am gasineb a chreulondeb rhai o'r bechgyn mowr tuag at y merched a'r bechgyn llai. Wili Weirglodd o'dd y pen bandit – rhedai ar ein holau ni'r merched, ein gwasgu at y wal, codi'n dillad a dangos ei fili i ni. Rhedai ar ôl y bechgyn bach â chylleth yn ei law gan fygwth eu sbaddu. Do'dd hi naws gwell cwyno wrth Mistir amdano, achos ro'dd tad Wili yn gownsilyr, ac yn ffrindie â Mistir. A do'dd dim angen i Wili sefyll y 'Scholarship' achos o'dd tad Wili'n gyfoethog, a byddai Wili'n mynd i Goleg Llanymddyfri pan fyddai'n bedair ar ddeg, ac nid i ryw Gownti Scŵl gyffredin, i gymysgu â'r riff-raffs. Ond fe gwrddodd Wili â'i feistr un diwrnod; cafodd ei sarhau gan y diniweitaf o'r plant i gyd.

Ystyriai Guto bach Pen-lan ei hunan yn slampyn o fardd. Pan o'dd Syr yn brifathro, dysgai ni i farddoni – rhigymu o'dd 'i enw fe amdano – ac ro'dd Guto'n giamster arno.

Un diwrnod daeth â phennill wedi'i sgriblo ar ddarn o bapur, a gofyn i ni ei ddysgu i'w adrodd gyda'n gilydd, a hynny o fewn clyw i Wili:

Bili bach 'sda Wili,
Mae'n llai na bili Bili,
Mae bili Bili'n fawr a thew,
Mae bili Wili'n tyfu blew.

(Bili o'dd y bwch gafr a borai yng nghae'r siop).
Rhigwm twp, di-sens, ond fe wnaeth y tric – ac
yn lle cynddeiriogi Wili, fel yr ofnem, aeth mor
fflat â phancwsen; a dim ond i Wili ddechrau
â'i gymadwye byddem yn bloeddio'r rhigwm
yna, nerth ein penne, a bydde Wili'n diflannu i
gwato. Hen fwli o'dd Wili, ac mae'n rhyfedd
shwt y gallodd rhocyn bach mor ddiniwed â
Guto ei lorio mewn ffordd mor syml, yn gwmws
fel y darllenais yn un o lyfre Mamo, 'The pen is
mightier than the sword'.

Fe ges i brofiad arswydus un diwrnod,
profiad nas anghofiaf byth. Ro'dd Johnnie gartre
o'r ysgol yn dost, ac mi feddylies inne na fydde
'stay behind' i baratoi at y Scholarship y diwrnod
hwnnw. Ond pan own i yn y poitsh yn paratoi i
fynd adre, dyma Mistir yn galw arna i'n ôl. A
'nôl es i yn ddigon anfoddog, a sefyll fel delw
ar ganol y llawr. Ac yno y bues i am ryw
chwarter awr, nes o'dd pawb wedi clirio. A
dyma FE'n dod a rhoi'i law ar 'y ngwar i, a
thyndwyro 'ngwallt i. Mi es yn chwys oer
drostof i gyd, ac medde fe mewn llais tawel
mwyn, a hynny yn Gymraeg (chlywes i 'rioed
mohono'n siarad Cymraeg cyn hyn), 'Jini, wyt

ti'n lodes fach bert. Wyt ti'n fodlon rhoi cusan i Mistir?'

Os o'n i'n chwysu'n oer o'r blân, ro'n i'n chwysu rhew erbyn hyn. Fedrwn i ddim cyffro llaw na throed, nac yngan yr un gair. A dyma fe'n cydio amdana i'n dynn, a'm hwpo yn erbyn y wal – agor bwtwme fy siwmper; na, nid eu hagor ond eu rhwygo'n ddiamynedd, ac yn fy nghusanu fel dyn o'i go. Ro'dd ei fwstásh seimllyd bron â'm mogi – ro'dd e'n saco'i dafod drewllyd i mewn i 'ngenau i. Ro'n i bron â phango, eisie retsho, yn cael gwaith anadlu, a'i ddwylo'n crwydo dros fy nghorff i gyd. Ond ro'dd gwaeth i ddod. Dyma fe'n cael gafel yn lastig fy mlwmers, a'i rwygo'n agored nes ei fod yn disgyn lawr am fy nhraed i. Roeddwn wedi fy mharlysu, fedrwn i ddim gweiddi, dim ond llefen. Yna dyma fe'n datod bwtwme 'i drowser, ac ar ôl y profiad ges i 'da Dyta, gwyddwn yn iawn beth i'w ddisgwyl wedyn. Panics gwyllt! Ces afael yn fy llais. Gwaeddais nerth fy mhen, 'Ma' rhywun yn cnoco wrth y drws, Mistir.'

Celwydd – ond fe goeliodd fi. Stopodd i wrando. Ces inne gyfle i ddiengid. Rhedais nerth fy nhraed, gan adel fy mlwmers ar ôl ar y llawr. Gadel hefyd fy mag a'm cot ym mhoitsh y merched; ond dim ots, roeddwn yn rhydd, ac ni welai Mistir fi eto am sbel hir iawn, os o gwbwl – i ddiawl ag e a'i Scholarship.

Rhuthro fel cath i gythrel trwy'r pentre, a chymryd llwybr tarw dros gaeau Blaen-ddôl, a chyrraedd adre yn teimlo fel cwningen fach wedi diengid oddi wrth y milgi. Pwy o'dd wrth iet Llety'r Wennol ond Anti Mary, wedi bod yn carco Mamo drwy'r dydd. Safodd yn stond pan welodd fi.

'Jini!'

Erbyn hyn rown i'n chwysu fel mochyn, yn goch fel tapar, a'r dagre'n twmlo.

'Jini fach, be sy'n bod? Pwy sy wedi dy siabwcho di? Wyt ti'n sâl? Wyt ti wedi cael niwed? Pwy, Jini? Beth ddigwyddodd?'

Yr holl gwestiynau, un ar ôl y llall, ond fedrwn i ond dweud un gair.

'Mistir.'

A dyma hi'n cydio yno' i, a 'ngwasgu at ei chalon, ac roedd hynny'n dipyn bach o help i leddfu'r boen o'dd yn cnoi tu mewn i mi – hen boen ach-a-fi.

Ro'dd bwtwme fy siwmper yn dala ar agor, strapen fy modis wedi rhwygo a 'ngwallt yn hofran yn wyllt wedi dod yn rhydd o'r blethen. Ro'dd golwg sa-bant arna i.

'Mistir? Y sgwlyn?'

'Ie, Anti Mary.'

'Y cythrel!'

'Anti Mary, dych chi ddim yn arfer rhegi.'

'Nid rhegi wnes i, ond galw'r dyn wrth ei enw iawn.'

'Peidiwch â dweud wrth Mamo, plis Anti Mary.'

'Na, ddweda i ddim wrth dy fam, ond fe ddyle rhywun setlo'r cythrel. Beth am dy dad?'

'Na, peidiwch â dweud wrth neb, dim neb, plis, Anti Mary. Fe setla i fe'n hunan.'

'Jini fach, shwt yn y byd alli di 'neud?'

'Mi af i ar streic 'run peth â'r coliers – fe wna i wrthod sefyll y Scholarship.'

'Fe fyddi'n ypseto dy fam wrth 'neud 'ny. Mae'n benderfynol dy fod yn mynd i'r Cownti Scŵl. O! Jini, rwyt ti'n groten fach ddewr. Ble ma' dy got di? A dy fag ysgol?'

'Ma' nhw ar ôl ym mhoitsh y merched – fe redes mas o'i afel trwy poitsh y bechgyn. Mae mlwmers i ar ôl hefyd – ches i ddim amser i'w codi o'r llawr.'

Ro'dd dagre yn llyged Anti Mary erbyn hyn a dyma ni'n dwy yn edrych ar ein gilydd a chwerthin – dychmygu Mistir yn ateb y drws a neb yno, a dim ond y blwmers ar ôl i'w gysuro. Fe wnath y pwl chwerthin les i ni'n dwy. Nid chwerthin o lawenydd o'dd e – chwerthin sbeit, rhyw falchder 'mod i wedi cael y gore arno, a dyfalu be wnâi e â'r blwmers!

'Fydd digon hawdd iti gwato'r cwbwl oddi wrth fy fam – mae hi'n y gwely, wedi bod yno trwy'r dydd. Ond mi fydd yn rhaid i rywun gael gwbod. Mi af heibio Miss Evans – fe gaiff hi glywed y stori a chasglu'r got a'r bag.'

Fe deimlais inne'n well – roedd y lwmpyn yn fy stumog yn rhoi llai o boen. Diolch i Anti Mary, diolch am ei chysur, ond penderfynais yn y fan a'r lle nad awn i'r ysgol drannoeth, na thrannoeth i hynny chwaith. Do'dd esgus salwch ddim yn anodd, achos ro'n i'n teimlo'n wirioneddol dost, ac er bod y lwmp yn y stumog wedi lleihau, ro'dd y cryndod yn aros.

Ro'dd Anti Mary ar fin cychwyn bant, ac yn sydyn teimlais yn unig a di-gefen.

'Arhoswch funud, Anti Mary, arhoswch funud i siarad.'

Roedden ni'n dwy yn pwyso ar y iet, mas o glyw Mamo, mas o olwg y byd.

'Reit, cariad, am beth wyt ti moyn'n siarad?'

'Faint o amser i fyw 'sda Mamo 'to?'

Distawrwydd – ond ro'n i'n gallu 'i chlywed hi'n meddwl.

'Mae'r dicléin arni, on'd yw e?'

'Falle'i fod e, ond dyw hynny ddim yn gweud y bydd hi farw.'

'Do's na neb yn gwella o'r dicléin, Anti Mary.'

'Wrth gwrs bod rhai'n gwella, ond ei ddala'n ddigon clou.'

'Ond mae Mamo'n gwaethygu o ddydd i ddydd, mynd yn wannach a gwannach a'r peswch yn mynd yn waeth ac yn waeth.'

Do'dd 'da hi ddim ateb – ro'dd hi'n gwbod cystal â finne mai marw fyddai Mamo a hynny'n go glou – do'dd dim un arwydd gwella arni.

'Anti Mary, be ddaw ohono i ar ôl i Mamo farw?'

'Gwranda, Jini fach, os eith hi'n waetha, waetha, fe ofala i na chei di ddim cam.'

'Ond alla i ddim byw yn Llety'r Wennol wedyn.'

'Ond fe fydd dy dad yma – fe fydd e'n gwmni i ti.'

'Anti Mary,' mynte fi yn hollol bendant, 'wy am i chi ddeall hyn. Pan fydd Mamo farw, mi fydd yn rhaid i finne chwilio am gartre arall, achos wna i fyth, byth, fyw yn yr un tŷ â Dyta.'

Ro'dd Anti Mary i'w gweld yn anghysurus heb wbod beth i'w weud. Ofynnodd hi ddim pam, wnes inne ddim trafferthu i esbonio chwaith, ond ges i'r teimlad ei bod hi'n gwbod.

'Rhaid i mi fynd, Jini fach, i baratoi swper i'r gweision. Ond paid â phoeni gormod am y dyfodol – chei di mo'r gwaetha, rwy'n addo i ti.'

A bant â hi ar ei beic.

Es i'r tŷ yn ddistaw bach, ro'dd drws y penucha ynghau trwy lwc. Mynd i'r gegin fach, tynnu fy nillad, golchi fy nghorff mewn dŵr oer a sebon coch, plethu fy ngwallt, a gwisgo dillad glân. Roedd rhaid imi lanhau fy hunan, a golchi bant ôl dwylo brwnt Mistir.

21

Rhaid o'dd ymarfer salwch, salwch gwneud, trwsial a pheswch, achos o'dd rhaid i fi ddarbwyllo Mamo nad oeddwn yn ffit i fynd i'r ysgol drannoeth.

Erbyn hyn ro'dd clais piws wedi ymddangos ar fy ngwddwg, effaith creulondeb Mistir, a rhaid o'dd cwato hwnnw trwy glymu hosan rownd fy ngwddwg. Ro'dd clymu hosan heb ei golchi yn feddyginaeth sicir at wella gwddwg tost, yn enwedig o'i gwlychu ag oel camffor. Ro'dd digon o hwnnw i'w gael yn y cwpwrdd doctor yn y gegin. Ro'n i'n bendant nad awn i i'r ysgol drannoeth, yn hollol benderfynol, doed a ddelo. Yn ffodus, dydd Gwener o'dd drannoeth, a byddai'r Sadwrn a'r Sul 'da fi wedyn i benderfynu be wnawn i'r wythnos ganlynol.

Chymerodd Mamo fawr o sylw ohonof; roedd hi'n wirioneddol sâl, bron yn rhy wan i siarad. Ro'dd ambell ddiwrnod yn waeth na'i gilydd. Druan â Mamo.

Diwrnod Marged o'dd dy' Gwener, a digon hawdd fyddai cwato pob twyll oddi wrth honno. Cryfder, neu falle gwendid honno, o'dd ei bod yn credu pawb, a gweld rhyw ddaioni ymhob gwalch. Fe wnaeth fy maldodi i o'r crud, ac oni bai am anwyldeb Marged mi faswn wedi danto lawer gwaith. Roeddwn yn meddwl y byd ohoni, ond yn rhyfedd iawn allwn i byth ag agor fy nghalon iddi fel y gwnawn i Anti Mary. Do, fe ddaeth Marged yn un ffŷs a ffwdan, a chefais fy nhindwyro a'm maldodi trwy'r dydd. Gwnaeth hefyd ddigon o gawl a phwdin reis i ni i bara dros y Sul.

Daeth Dyta adre nos Sadwrn ar ei feic. Mae'n debyg ei fod wedi cael ei dwyllo wrth brynu'r moto-beic – hynny wedi bod yn glatsien iddo, ac ro'dd e wedi condemnio gwerthwr y moto-beic i uffern dros ei ben. Ac mae'n debyg ei fod yn gorfod dala 'mlân i dalu amdano o hyd. Hynny o'dd 'i ofid penna ar hyn o bryd.

Gorfod i fi ddala i besychu a snwffian, ac rwy'n credu i fi dwyllo pawb, gan gynnwys Sara a Mari. Ond ro'dd y lwmp a'r diflastod yn dala i gnoi, a rhyw gywilydd o orfod wynebu Mistir unwaith eto, yn gwmws fel pe bawn *i* wedi gwneud rhywbeth na ddylwn. Ond arno fe o'dd y bai, neu fase Anti Mary byth wedi'i alw yn gythrel. A pham bod hen ddyn fel Mistir, a Dyta hefyd o ran hynny, eisie siabwcho plentyn fel fi? A o'dd plant eraill wedi diodde fel fi? Pam fi? Ro'dd pawb yn gwbod fod Mistir yn hoffi chwarae â phenliniau crotesi, a chrafangu dan eu dillad. Ond ro'dd hyn yn wahanol; nid Mistir o'dd e, ond dyn gwallgo, ac yn becso dim faint o ddolur a gawn i. Allwn i byth â chael yr holl slachdar mas o'm meddwl. Ro'n i'n mynd dros y cwbwl yn fy meddwl drosodd a throsodd, heb gael esboniad nac ateb. Pam? Pam fi?

Es i ddim i'r ysgol ddydd Llun chwaith; a nos Lun pwy ddaeth i 'ngweld i ond Miss Evans. Trwy lwc ro'dd Mamo newy' fynd 'nôl i'r gwely, ac fe arbedodd hynny lawer o holi a busnesu.

'Rydw i wedi dod â'ch cot a'ch cap a'ch bag ysgol.'

'Diolch, Miss Evans.'

Ro'dd hithe hefyd fel petai'n shei ac yn amharod i siarad.

'Ydych chi'n well, Jini?'

'Odw diolch, Miss Evans.'

Ro'dd yr hosan yn dala am fy ngwddwg, ac fe wnes i besychu'n swnllyd i brofi 'mod i'n dala i ddioddef o'r annwyd.

Distawrwydd wedyn am gryn hanner munud.

'Shwt ma'ch mam, Jini?'

'Jyst 'run peth, digon cymercyn, Miss Evans.'

Ro'n i wedi bennu gweud ers llawer dydd ei bod yn gwella.

Yn sydyn, ac efallai o achos y cydymdeimlad yn llais Miss Evans, cododd holl dristwch fy mywyd i'r wyneb – salwch Mamo, creulondeb Mistir, didoreithwch Dyta, y dyfodol ansicr – a thorres lawr i lefen yn afreolus. Diolch fod drws y pen-ucha ynghau. Gwasgodd fi at ei chalon, a sylwais fod dagrau yn ei llygaid hithe

159

hefyd, a theimlais beth oedd gwir gydym-deimlad. Llaciodd hefyd y tyndra ofnadwy a lechai yn rhywle rhwng fy stumog a'r bola.

'Fe ddowch i'r ysgol fory, Jini.'

Ro'dd yn amlwg fod Miss Evans wedi gweld trwy salwch y gwddwg tost. Falle bod Anti Mary wedi bod yn clapian.

'Snai'n gwbod w.'

'Ond beth am yr Ysgoloriaeth?'

Ro'dd Cymraeg da gyda Miss Evans.

Roeddwn mewn twll. Ddylwn i ddweud y gwir, yr holl wir wrthi? Ro'n i mewn stwmp.

'Gwrandewch Jini fach, fe fyddai'n golled oesol i chi petaech chi ddim yn mynd i'r Ysgol Sir. Rydych chi'n lodes arbennig o ddisglair. Meddyliwch am eich dyfodol, Jini fach. Mae addysg yn hollbwysig – fedrwch chi byth â bod yn annibynnol ac yn feistres arnoch eich hunan heb y cymwysterau iawn.'

Do'dd da fi ddim ateb i hynna – yn dawel bach roeddwn yn cyd-fynd â hi.

Bu munud neu ddwy o ddistawrwydd anghyfforddus. Edrychodd ym myw fy llygaid ac meddai gan bwysleisio pob gair, 'Jini, gwrandewch arna i. Ni ddigwyddith yr hyn a ddigwyddodd i chi brynhawn Iau fyth eto. Rydw i'n addo hynny i chi ar fy llw.'

Sylweddolais ei bod yn gwybod y cyfan am yr helynt afiach – ro'dd Anti Mary wedi dweud y stori i gyd wrthi. Ac ro'dd Miss Evans yn nabod Mistir cystal, os nad gwell, na neb.

'Jini, ddowch chi i'r ysgol fory?'

'Dof, Miss Evans.'

Cefais gwtsh arall 'da hi cyn mynd, a gwyddwn yng ngwaelod fy nghalon na wnâi Mistir fyth, byth fy siabwcho i eto.

Do, fe es i i'r ysgol drannoeth – yn hwyr. A hynny o fwriad. Teimlo'n sigledig a nerfus. Roeddwn wedi tynnu'r hosan oddi am fy ngwddwg, ac ro'dd y clais yn amlwg iawn, ac yn symudliw erbyn hyn. Petai rhywun yn holi am achos y clais, mi fyddwn wedi llithro, cwympo a tharo fy mhen ar gornel stôl. Ond roeddwn yn awyddus i Mistir 'i weld e hefyd – fe fyddai e'n gwybod achos y clais heb holi.

Pan gyrhaeddais ro'dd pawb wrth 'u gwaith, ac wrth basio dosbarth Miss Evans, rhoddodd wên fach slei a winc i fi.

Ro'dd Mistir yn holi'r dosbarth mewn *mental arithmetic*. Wnaeth e ddim cyffro nac edrych arna i, mwy na phetawn yn lwmpyn o bren, neu rywbeth gwaeth. A fel'ny buodd hi tan amser cinio. Fe es i mas i chwarae 'da'r plant hanner-dy'-bach a hanner-dy' a gadael Johnnie ar ei ben i hun i daclo'r wers Scholarship. Pan ddaeth hi'n amser 'stay behind', mi godes a throi at y drws. Rhoddodd Mistir un gewc arna i, a mynte fi'n ben-uchel, 'Mae'n rhaid i fi fynd adre'n gynnar, mae Mamo'n sâl.'

Gwyddwn yn reddfol mai fi o'dd y bòs, ac na chawn i fyth bythoedd drafferth 'dag e wedyn. Hen gachgi o'dd Mistir, hen fwli, a fyddwn i byth â'i ofn e eto.

Dim ond rhyw fis o'dd i fynd cyn y Scholarship a theimlwn fy mod yn gwybod digon i basio erbyn hyn. Dim ond mynd dros yr un hen waith, yr un hen syms, a'r un hen ramadeg oedden ni'n 'i wneud ers misoedd bellach. Ro'n i'n ffed-yp.

Pan gyrhaeddais adre, ro'dd Mamo wedi codi, ac wedi gweitho te i ni. Falle ei bod yn gwella, a taw annwyd o'dd arni wedi'r cwbwl. Ar ôl te, dyma hi'n fy nghymryd i'r pen-ucha, tynnu allwedd o'i phoced, ac agor drâr yn y ford binco. Bobol annwl, fe ges i sioc o weld cynnwys y drâr – ro'dd yn llawn trysorau – watsys, modrwyau, cadwynau aur, a broitsis diddiwedd.

'Mamo, o ble daeth y rhain i gyd? – Mae fel cist y tylwyth teg!'

'Fi pia nhw, Jini.'

'Chi? O ble cawsoch chi nhw?'

'Ro'dd rhai ohonyn nhw'n perthyn i fy mam, dy fam-gu di. Anrhegion oddi wrth fy nhad yw'r rhan fwya ohonyn nhw.'

'Ma' gwerth ffortiwn fan hyn. Ry'ch chi'n fenyw gyfoethog, Mamo!'

'Ti fydd eu pia nhw ar f'ôl i, a wy am iti edrych ar eu hôl yn ofalus. Pan fyddi di'n lodes

fowr, mi fedri eu gwisgo. Ond os fyddi di eisie
arian i dalu am dy ysgol rywbryd, mae croeso
iti 'u gwerthu nhw. Ond paid â'u gwerthu os na
fydd raid i ti.'

'Ond Mamo – pwy o'dd . . .'

'Plis, Jini, paid â holi rhagor, ond rwy am i ti
addo un peth i fi, a hynny ar dy lw. Wy' am i ti
addo, a'th law ar y Beibl, yr ei di i'r Cownti
Scŵl ac i'r Coleg hefyd. Tyfa lan i fod yn
annibynnol, Jini fach, a phaid byth â dibynnu ar
dy dad. Dyw e ddim i'w drysto.'

Gafaelodd yn y Beibl Saesneg, a gorfod i fi
roi fy llaw arno, a dweud ar ei hôl, 'Rwy'n
addo ar fy llw aros yn yr ysgol, a wedyn mynd
i'r Coleg a graddio er mwyn bod yn annibynnol
a dod 'mlân yn y byd.'

Dyna'r tro cyntaf erioed i mi fynd ar fy llw –
mae'n debyg os rhowch chi'ch llaw ar y Beibl
wrth wneud addewid, mae hynny'n gysegredig
a pharhaol, ac os torrir yr addewid hwnnw mi
fyddwch wedi pechu'n anfaddeuol nid yn unig
yn erbyn y byd a'i bobol, ond yn erbyn Duw
hefyd. Dyna ddywedodd Mamo 'ta p'un. Ond
rhaid i mi gyfaddef 'mod i'n ffaelu'n lân â
gweld sut o'dd rhoi llaw ar y Beibl yn galler 'i
wneud yn addewid di-droi'n ôl.

Fe gawson swper 'da'n gilydd; teimlwn yn
agos iawn ati, a sylweddolais 'mod i'n ffrindach
i Mamo nag oeddwn i at undyn byw arall, yn
ffrindach iddi nag oeddwn at Anti Mary hyd yn

163

o'd. Fe dreies ei holi am ei thad a'i mam, ond fe dorrodd ma's i lefen, igian llefen, a llefen wnaeth hi tan iddi fynd 'nôl i'r gwely. Dechreuodd beswch wedyn, a pheswch wnaeth hi tan y bore, ac erbyn hynny ro'dd hi'n rhy wan i sibrwd gair.

Fe ddales 'mlân i fynd i'r ysgol, dan fy mhwyse, gan anwybyddu Mistir a'i Scholarship – mynd ma's i chwarae a mynd adre 'run pryd â phawb arall, gan adael i Johnnie ymgodymu â'r gwersi Scholarship ar ei ben ei hun.

22

Daeth yr awr. Cyrhaeddodd y diwrnod mawr. Ac am y tro cyntaf ers mis, fe blygodd Mistir i siarad â fi. Fe ges wybod y byddai car yn disgwyl amdanaf am naw o'r gloch fore Sadwrn o flaen Siop Morgan yn y pentre.

Codi'n fore i weithio brecwast i Mamo a finne. Hithau yn ei gwendid yn dymuno'n dda i fi, 'Gwna dy ore, Jini fach. Mae'n bwysig dy fod yn paso – pwysig iawn.'

Mynd mewn da bryd i ddala'r car, ond wedi cyrraedd doedd dim sôn am neb, na dyn na char. Daeth Ann Post heibo – Ann o'dd y postman.

'Faint o'r gloch yw hi, Ann?'

'Os taw disgwl y car wyt ti, ma' hwnnw wedi mynd ers hanner awr.'

'Odi Johnnie wedi mynd?'

'Odi, a Mistir, a'i wraig hefyd.'

Gyda hyn, daeth John Morgan o rwle. Fe ddeallodd hwnnw ar unwaith fod 'na ryw gamddealltwriaeth wedi digwydd.

'Jini fach, ma'r car wedi mynd ers hanner awr a mwy.'

'Erbyn naw o'n i i fod yma.'

'Heddi ma'r Scholarship, Jini?'

'Ie, be wna i, Mr Morgan?'

'Jini,' mynte fe, 'fyddet ti'n fodlon ei mentro hi ar gefen moto-beic?'

Cyn iddo ddweud rhagor, ro'n i'n diolch iddo; mi fyddwn yn barod i fentro ar gefen eliffant, ond i mi gyrraedd y Cownti Scŵl mewn pryd.

'Reit, Jini. Cydia'n dynn am fy nghanol, a phaid ag edrych ar y cloddiau.'

Bant â ni ein dou – cydio'n dynn yn straben ei got, y gwynt yn chwythu 'ngwallt i'n fflwcs i bob man, a finne wedi'i gribo'n ofalus a'i ddal yn sownd mewn bwcwl. Aeth y bwcwl bant 'da'r gwynt.

Ond dim ots, fe gyrhaeddon yr ysgol yn saff. Cerddais at y drws, dim sôn na sŵn, dim siw na miw; mynd mewn yn nerfus a gweld, tu draw i'r drws mawr gwydr, res ar ôl rhes o blant a'u penne lawr yn sgrifennu. Cnoco'n ofnus, dyn yn gwisgo gŵn du a hat fflat sgwâr yn ateb.

'Yes, and what do you want, child?'

'I have come to sit the Scholarship, Sir. Sorry to be late,' gan wneud fy ngore i gofio fe maners.

Rhagor o holi, rhagor o archwilio papurau, ac o'r diwedd ces fy rhoi mewn desg ar fy mhen fy hun.

'Where is your pen and ruler, girl?'

Na, do'dd 'da fi ddim pen na riwl. Do'dd neb wedi gweud fod angen pen a riwl arna i.

166

O'r diwedd daeth rhywun o hyd i rai, a hefyd bapur blotin.

Wrth weld pawb a'u penne i lawr yn sgrifennu teimlwn yn fflat ac unig, teimlo 'mod i wedi cael cam. Pam bod Mistir wedi mynd a 'ngadael i ar ôl? Pam iddo ddweud naw o'r gloch, a'r car wedi 'madael am hanner awr wedi wyth? Camgymeriad neu sbeit? Ai dyna'i ffordd gyfrwys e o dalu'n ôl i fi? Talu'n ôl am fy mod wedi arllwys fy nghwd wrth Anti Mary, a hithe wedi ailadrodd y stori wrth Miss Evans?

Gwnaeth hynny fi'n fwy penderfynol nag eriôd i wneud fy ngore – twll din Mistir. Mae defnyddio iaith Dyta yn gallu rhoi hwb i'r ysbryd mewn argyfwng.

Do'dd y cwestiynau ddim yn anodd, ond am fy mod yn hwyr yn cychwyn gorfod i mi adael mas un cwestiwn cyfan. Os methwn i'r Scholarship, nid arna i fyddai'r bai ond ar Mistir. Yr hen gythrel ag e.

Hanner dydd, cawsom doriad i ginio. Ro'dd pawb â'i docyn bwyd; pawb ond fi, a phawb â'i gwpan hefyd. Cymerodd Johnnie drugaredd arna i; rhannodd ei fara menyn jam â fi, ac fe ges fenthyg ei gwpan hefyd. Ro'dd cwc yr ysgol yn paratoi te i ni – dyna i gyd. Ro'dd Mistir wedi dweud yn gwmws wrth Johnnie beth o'dd 'i angen. Ces wybod hefyd beth o'dd y trefniade 'dat fynd adre. Cwrdd â'r car yn iet yr ysgol am bedwar o'r gloch, ac mi benderfynes stico fel gelen wrth Johnnie. Ro'n i'n benderfynol o fynd adre yn y car.

'Ma' rhwbeth yn od iawn obiti Mistir yn ddiweddar,' medde Johnnie.

'Be ti'n feddwl?'

'Ro'dd e'n gofyn i fi ddo' a o'n i'n gwbod y "twice", a dweud os nag o'n i'n gwbod y "twice", fe fyddwn i'n siŵr o ffaelu'r Scholarship.'

'Dyna beth twp i weud – mae'r dyn ar 'i ffordd i Gaerfyrddin reit-i-wala.'

'Fe wedodd hefyd dy fod ti'n ferch fach ddrwg iawn, a'th fod yn byw ar raffo celwydde. Wyt ti'n gweud celwydde, Jini?'

'Na'dw, glei. Fe yw'r celwyddgi. Gweud wrtho i taw am naw o'dd y car yn mynd, ac oni bai am Morgan y Siop, faswn i ddim wedi cyrraedd o gwbwl.'

'Wyt ti'n haden, Jini, wyt ti'n hidio dim taten ar ôl Mistir.'

'Na'dw Johnnie, hen ddiawl yw e, ac os ffaela i'r Scholarship, arno fe fydd y bai.'

Cyn i fi 'i ddiawlo fe rhagor, cyrhaeddodd y car a Mistir yn eiste'n surbwch ar bwys y gyrrwr, a Mrs Mistir yn eiste'n gopa-dil yn y cefen. Saco mewn i eiste yn ei hymyl – Johnnie'n dilyn, a neb yn gweud na bw na be. Neb yn gofyn shwt oedden ni wedi downo – dim gair. Ac yn y distawrwydd anghyfforddus y cyrhaeddon ni dŷ'r ysgol.

Disgynnodd Johnnie a fi o'r car.

'Diolch,' mynte Johnnie yn boléit. Ro'dd maners 'da Johnnie. Ddwedes i yr un gair – do'dd y sbrych ddim yn haeddu diolch.

Pan gyrhaeddes adre ro'dd Doctor Powel wedi cyrraedd, a dyna lle ro'dd e a Dyta yn sibrwd siarad â'i gilydd. Ro'dd golwg drist, ddiflas ar y ddou, ac medde Doctor Powel, 'Gwranda, Jini fach, wy ddim yn credu y dylet ti gysgu yn yr un stafell â dy fam.'

'Pam, doctor?'

'Mae dy fam eisie llonydd a thawelwch i wella.'

'Ond rwy i'n hollol dawel a llonydd, ac ma' eisie rhywun wrth law i godi yn y nos i weitho te iddi pan fydd y peswch yn ddrwg.'

Edrychodd Dyta ac yntau ar ei gilydd, fel petai un yn disgwyl i'r llall siarad. Ac medde Doctor Powel o'r diwedd, 'Jini, mae'n ddrwg 'da fi orfod gweud hyn wrthot ti, ond ma' dy fam yn diodde o'r dicléin, ac mae'n beryg i tithe ei ddala wrth anadlu yr un awyr â hi.'

'Rwy'n gwbod 'ny, Doctor Powel, rwy'n gwbod ers cantoedd. Sdim ofn y dicléin arna i, ac ma'n rhaid i rywun edrych ar 'i hôl hi, a do's na neb arall i wneud. Fe gysga i ar y soffa yn y gegin o hyn ma's.'

Ddwedodd neb yr un gair, ond pan es i i ddweud wrth Mamo fe gododd ar ei heistedd yn y gwely, ac medde hi'n hollol glir a phendant, 'Wyt ti *ddim* i gysgu yn y gegin – dim ar unrhyw gyfri. Falle bydd Sara a Mari yn fodlon i ti fynd lawr i Lan-dŵr i gysgu.'

Fe wyddwn yn iawn pam ei bod yn anfodlon i mi gysgu ar y soffa. Do'dd hi ddim yn trysto Dyta. Doeddwn inne ddim chwaith. Ond fedrwn i mo'i gadel ar ei phen ei hun, a phan gyrhaeddodd Anti Mary fe dynnwyd rhestr o'r rhai o'dd yn barod i aros y nos i garco Mamo. Deuai Dyta adre bob nos Fercher, nos Sadwrn a nos Sul; Anti Mary bob nos Lun a nos Wener; Sara ar nos Fawrth a Mari ar nos Iau.

Awd â'r gwely cynfas (plygu-lan-yn-dydd) i lawr i Lan-dŵr, ac yno yn y gegin y cysgwn bob nos.

Amser diflas, anhapus o'dd hwnnw. Do'dd dim gobaith bellach. Ro'dd Doctor Powel wedi dweud y gair yn glir ac yn groyw. Ro'dd Mamo'n diodde o'r dicléin, a do'dd neb, neb yn gwella o'r dicléin.

Yn ystod y nosau hir, byddwn yn pendroni a becso am y dyfodol, ond do'dd dim cysur yn dod o hynny. Felly penderfynais geisio osgoi gofidio a derbyn pob dydd fel y deuai. Ro'dd yn rhaid ymwroli, er mwyn Mamo.

Awn i'r ysgol, ond nid bob dydd – dim ond pan fyddai rhywun ar gael i garco Mamo. Do'dd Mistir ddim yn yr ysgol chwaith – fe ddwedodd rhywun ei fod yn dioddef o straen, ac wedi cael strôc. Do'n i'n hidio dim, ro'dd yr ysgol yn iachach lle hebddo. Gorfu i Miss Evans gadw rheolaeth arnom, hyd nes i ryw Miss Rees – slampen o lodes o'dd ar ei gwylie o'r Coleg – ddod atom. Mi fase'n well petai neb yno. Ro'dd hi'n halibalŵ co – y bechgyn mowr yn ei sbeito ac yn ei phryfocio, ninne'r merched fawr iawn gwell, a neb yn dysgu dim. Oni bai am Miss Evans byddai'n reiat yno. Gwastraff llwyr o'dd mynd i'r ysgol. Pe bawn i ddim mor ofidus obiti Mamo, a heb boeni cymaint am ganlyniad y Scholarship, mwy na thebyg y buaswn i'n mwynhau yr hwyl a'r diffyg disgyblaeth. Ond ro'dd salwch Mamo fel rhyw gwmwl du dros bopeth, a hefyd yr ofn y byddwn yn ei siomi trwy fethu'r arholiad. Gweddïwn bob nos y byddwn yn pasio; do'dd dim pwrpas bellach gofyn i Dduw wella Mamo, achos ro'dd Doctor Powel wedi dweud, a hynny'n hollol bendant, fod y dicléin arni. A do'dd dim ond marwolaeth i ddilyn hwnnw, a fedrai neb, na Duw na Dr Powel, wella'r dicléin.

Un noson, a dim ond fi gatre – ro'dd hi'n rhy gynnar i Anti Mary gyrraedd i warchod – pwy gyrhaeddodd ond Miss Evans, yn wên o glust i glust, a'r geiriau cynta ddwedodd hi o'dd, 'Jini, ry' chi wedi pasio gydag anrhydedd. Llongyfarchiadau! Chi yw'r drydedd ar y rhestr.

'Beth am Johnnie?'

'Johnnie yw'r cynta – ar ben y rhestr.'

171

Sefais i ddim i holi rhagor – bant â fi ar ras i'r pen-ucha.

'Mamo, rwy i wedi pasio – y drydedd o'r top.'

Hanner eisteddodd lan yn y gwely. Cydiodd yn dynn yn fy llaw, a'r unig beth ddwedodd hi o'dd 'Diolch i Dduw', a gorwedd 'nôl â gwên ar ei hwyneb. Diolch fod rhywbeth wedi gallu rhoi gwên ar wyneb Mamo.

Es 'nôl at Miss Evans, a dweud wrthi am yr helbul ddiwrnod yr arholiad, y strach i gyrraedd, am y reid ar y moto-beic, cyrraedd yn hwyr, a ffaelu cwpla'r papur.

'Wel, dyna beth yw stori antur,' mynte Miss Evans. 'Dim ond tri marc o'dd rhyngoch chi a Johnnie. Petaech chi wedi cwpla'r papur, chi fydde ar y top.'

Am y tro cynta ers wythnose teimlais fod bywyd yn werth ei fyw. Ond pharodd y gorfoledd ddim yn hir. Daeth y cwmwl diflastod 'nôl, ac fe sylwodd Miss Evans.

'Be sy'n bod, Jini? Pam yr olwg ddigalon 'na?'

'Dyw Mamo ddim yn mynd i wella, Miss Evans, a heb Mamo fydd 'da fi ddim cartre.'

'Peidiwch byth ag anobeithio, Jini, ac os digwydd y gwaetha, mi fydd eich tad 'da chi.'

'Alla i byth gwneud fy nghartre 'da Dyta.'

'Pam, Jini fach?'

'Alla i ddim esbonio pam, Miss Evans – fyddai hynny ddim yn deg â Dyta.'

'Wna inne ddim gwasgu arnoch chi. Ond rwy'n addo hyn i chi, Jini, fe wna i bopeth yn fy ngallu i'ch helpu chi. Mi fyddai'n bechod petai merch ddisglair fel chi yn colli cyfle.'

Un dda am godi calon o'dd Miss Evans, a ro'n inne'n hoffi canmoliaeth hefyd. Ffrind cywir iawn o'dd Miss Evans.

Pharodd yr ysgafnder ddim yn hir. Cwympodd fy nghalon pan weles i Dyta a'i feic wrth y iet. Pam dod adre heno? Tro Anti Mary o'dd gwarchod heno. Fe basiodd Miss Evans heb weud gair wrthi. Do'dd e ddim digon cwrtais i gydnabod ei chyfarch serchog, 'Nosweth dda, Mr John.'

Aeth ar ei ben i'r tŷ mor ddwedwst â chath drws nesa. Rhedes ar 'i ôl, 'Dyta, rwy i wedi pasio.'

'Fe bases inne gart ar y ffordd adre hefyd.'

'Ond Dyta, wy wedi pasio'r Scholarship i fynd i'r Cownti Scŵl.'

'A phwy wyt ti'n credu sy'n mynd i dy gadw di fan'ny?'

'Ond Dyta, fydd dim eisie i neb dalu – dyna beth yw Scholarship, cael ysgol am ddim.'

'Jini, os wyt ti'n credu hynna, wyt ti'n blydi ffŵl. Pwy sy'n mynd i dalu am dy lojin di? A beth am lyfre a dillad? 'Sda fi mo'r arian i dy gadw di'n bosi ben-seld.

Allwn i ddim gwrando rhagor. Odd, ro'dd Dyta'n gweud y gwir. Pwy o'dd yn mynd i dalu am y cwbwl o'dd 'i angen? Pwy ond Dyta? Methais â chadw'r dagre'n ôl. Dyma Dyta yn rhoi ei fraich yn dirion amdana i, 'Paid â llefen Jini fach, mi fydda *i* yma i edrych ar dy ôl di – sdim ots am y Cownti Scŵl, mi fyddwn ni'n dou yn berffaith hapus 'da'n gily' yn Llety'r Wennol.'

Daeth ysgryd drosof, a chripiodd hen ias rewllyd lawr fy meingefn. Ro'dd e'n cymryd yn ganiataol y byddai Mamo farw 'whap. A'r funud honno, cydiodd casineb ynof – casineb tuag at Dyta – a fedrwn i ddim meddwl am waeth cosb na gorfod byw dan yr un to â Dyta, dim ond fe a fi. Ro'dd hynny'n codi ofn arna i. Gwthies 'i hen fraich e bant ac i'r gegin fach â fi, i gario 'mlân â 'ngwaith. Ac ro'dd mwy na digon o waith i'w wneud y dyddie hyn, petai ond am y golchi tragwyddol. Ro'dd Mamo'n chwysu mor ofnadw. Byddai'n rhaid newid dillad y gwely a'i dillad hithe bob dydd, ac weithiau ddwywaith a thair. Deuai Mari draw bob bore i'w newid, gwneud y dwt, a chymryd y dillad brwnt adre i'w golchi. Byddwn inne'n gwneud fy ngore i olchi rhyw fân bethe yn ôl y galw.

Bant â fi o'i olwg i'r gegin fach i fanglo'n drafferthus yn y mangl mawr pren, a hwnnw'n gwichian gyda phob tro, rhyw wichian dolefus fel atsain o 'nheimlade cythryblus i. Ro'dd y dagre'n dala i lifo.

Es mas i'r ardd i hongian y dillad ar y lein. Yn sydyn, dyma ddwy law arw dros fy llyged, finne'n dychryn gyda'r sydynrwydd. Dyta wrth gwrs. Cydiodd amdana i, a chyn i mi sylweddoli beth o'dd yn digwydd roeddwn ar y llawr, ar y ddaear, ac yntau ar fy mhen, 'Jini, wyt ti'n gariad fach bert, ac rwy'n sobor o ffrind iti. Paid â gweiddi, bach, a phaid â stranco, ac mi fyddi wrth dy fodd.'

Ond gweiddi wnes i. A dyma'i hen law fawr e yn glap ar fy ngenau fel clawr haearn, ac yn mogi pob adlach a sgrech. Cododd fy nillad 'dat fy ngwddwg, tynnu fy mlwmers, a'i drowser yntau. Gwthio, hwpo a hwthio – minne'n hollol ddiymadferth heb allu gweiddi na stranco. S'nai'n gwybod faint o amser gorfod i fi ddiodde – pum munud, hanner awr falle. Do'dd amser ddim yn bod. Ro'n i'n siŵr 'mod i'n mynd i farw, ond trwy drugaredd dyna lais yn y pellter, 'Jini, ble wyt ti?'

Llaciodd Dyta ei afael, cododd yn wyllt, a neidio dros glawdd yr ardd, gan lusgo'i drowser ar ei ôl.

Daeth y llais yn nes, ac yn nes; ces inne afael yn fy llais, 'Anti Mary!'

Allwn i ddim codi na chyffro. Gorweddais yn llonydd ar y borfa – yn hanner noeth. Do'dd dim angen i Anti Mary holi a chwestiynu. Pwy, Jini? Pwy? Y nefoedd fawr Jini, pwy?

'Dyta.'

'Duw a'n helpo.'

Plygodd i lawr, a 'nghofleidio'n gariadus, a dyna lle roeddem ein dwy yn y distawrwydd a'r nos yn cau amdanom. Do'dd dim angen geiriau, ro'dd y dagre'n dweud y cyfan.

23

Buom yn cyd-orwedd ym mreichiau'n gilydd
ar y ddaear oer am hydoedd, yn cysuro'n
gilydd yn ddagreuol, a'r unig beth ddwedodd
Anti Mary ar ôl y sioc gynta o'dd, 'Aros di nes i
fi ga'l gafael yn Ifan John, ac mi fydd e gwboi
wedi difaru iddo 'rioed ga'l 'i eni i'r hen fyd
yma. Y cythrel.'

Cytuno ein dwy i gadw'r cwbwl oddi wrth
Mamo. Fe aeth Anti Mary mewn yn dawel bach
drwy'r entri, ac mi es inne drwy'r cefen i'r
gegin fach. Fe sgrwbes fy hunan yn lân a newid
pob pilyn. Teimlwn yn frwnt ac yn aflan, yn
gwmws fel petai'r diawl ei hunan wedi fy
labwsto. A Dyta o'dd y diawl hwnnw, ac ro'dd
hynny'n fy ngwneud *i* yn ferch i'r diafol. Mae
perthyn ambell waith yn gallu bod yn warth a
chywilydd. Pam? Pam y priododd Mamo â
shwt repsyn, a hithe'n fenyw mor bert a
bonheddig? Ro'dd y cwbwl tu hwnt i ddeall.

Ro'dd drws y pen-ucha led y pen ar agor ac
fe glywn siarad; ro'dd llais Mamo'n rhy wan i
mi ei ddeall, ond fe glywn atebion Anti Mary
yn glir a chroyw.

'Mae Jini yn y gegin fach; mae wrthi'n
golchi.'

'. . .'

'Na, weles i mo Ifan.'

'. . .'

'Paid â becso, Myfi fach, rwy'n addo ar fy llw na chaiff Jini ddim cam.'

'. . .'

'Paid â siarad fel'na, fe ddoi di 'to. Rhaid iti gael ffydd.'

'. . .'

'Rwy'n gweud eto, a rhaid i ti 'nghredu i Myfi – fe edrycha i ar ôl Jini, ac fe ofala i y caiff hi fynd 'mlân â'i haddysg, a mynd i'r Cownti Scŵl.'

Caewyd y drws, a chlywes i ddim rhagor. Ro'dd yn amlwg fod Mamo yn colli tir, ac yn gwanychu'n gyflym. Byddai'n rhaid i fi ymroli. Ond mae arna i ofn 'mod i'n meddwl mwy am fy hunan nag am Mamo. Beth ddeuai ohonof? Ro'dd Anti Mary'n mynd i ofalu na chawn i gam. Beth o'dd hynny'n 'i feddwl? Ddwedodd hi ddim unwaith y cawn i fynd ati hi i fyw. Pam? Ro'dd Pengwern yn dŷ mawr, a heblaw'r ddwy forwyn dim ond hi a'i thad o'dd yn byw yno. Fe wedodd Mari wrthyf fwy nag unwaith fod Duw yn gofalu ar ôl yr amddifaid, ond 'nôl a ddeallais i, byddai'n rhaid i mi farw cyn y cawn fynd i fyw at hwnnw.

Es mewn i'r pen-ucha i ddymuno nos da i Mamo. Tro Anti Mary o'dd hi i wylad, a byddai hi'n gorffwys ar y soffa yn y gegin. Ro'dd Mamo'n edrych yn wahanol rywsut, ro'dd 'i chroen hi fel alabaster, ei llygaid mawr duon yn edrych yn wyllt ac aflonydd, a'i gwallt du cyrliog yn gorwedd yn llac dros ei hysgwyddau. Ro'dd rhyw olwg arallfydol arni, a theimlais yn anghyfforddus. Cododd ei llaw, cydiais ynddi a rhoes gusan arni. Sibrydodd, 'Nos da, Jini fach, bydd yn lodes dda – cofia.' Do'dd 'da hi ddim llais ers diwrnode.

Daeth Anti Mary i'm hebrwng cyn belled â'r iet.

'Dyw Mamo ddim cystal heno, Anti Mary.'

'Na'di, Jini, mi arhosa i ma' fory drwy'r dydd i fod yn gwmni i ti.'

'Mae hi ar fin marw, on'd yw hi?'

'Mae arna i ofn 'i bod hi, Jini. Rhaid i ni fod yn ddewr, Jini, a phlygu i'r drefen.'

'Trefen? Pa drefen? Pwy sy wedi trefnu i Mamo farw?'

'Fedra i ddim ateb dy gwestiwn di, Jini, dim ond gobeithio y caiff hi fynd i well byd na'r byd y mae'n byw ynddo nawr.'

'Ar Dyta ma'r bai. Beth gas hi briodi shwt hwlcyn difaners?'

'Alla i ddim ateb y cwestiwn 'na chwaith,' – yn amlwg yn osgoi ateb. 'Nos da, Jini, dere draw'n gynnar bore fory, cariad.'

A bant â fi i Lan-dŵr i dreio cysgu ar y gwely cynfas. Wnes i ddim cysgu, dim ond chwalu meddylie, melltithio Dyta, llefen dros Mamo, a thosturio drosof fy hunan. Mi fues i'n gweddïo hefyd, gweddïo y byddai rhywun caredig yn trugarhau wrthyf, ac y cawn gartre cysurus o fewn cyrraedd y Cownti Scŵl. Do'dd dim pwrpas gweddïo dros Mamo bellach, do'dd neb yn gwella o'r dicléin, a do'n i ddim eisie gwastraffu amser Iesu Grist. Am Dyta, do'dd e ddim yn haeddu gweddi neb, ro'dd e'n perthyn yn rhy agos i'r diafol ei hun. Ac o'i achos e, ro'dd fy mola i a fy mrest i yn dala'n boenus, ac mi fyddwn yn gleise drosto i erbyn fory. Pam bod yn rhaid i fi diodde fel hyn? O'n i'n wahanol i bob merch arall? Neu a o'dd pob croten yn gorfod diodde fel hyn er mwyn tyfu lan i fod yn fenyw? Os felly, pam o'dd Anti Mary mor grac?

Ta p'un, rhwng salwch Mamo a'i thendo, a gwbod na fydde gwella iddi byth, a'r driniaeth enbyd ges i 'da Mistir a Dyta, rhwng popeth ro'n i'n teimlo nad plentyn o'n i rhagor. Ro'n i'n fenyw. A rhaid fyddai i fi ymddwyn fel menyw – gofalu ar ôl Mamo, gofalu am y cartre, a dysgu peidio dibynnu cymaint ar Anti Mary a Marged.

Codais yn fore – chysgais i ddim llygedyn drwy'r nos – ro'n i'n boenus ac yn gleisie drostof i gyd. Rhuthro draw i Lety'r Wennol gyda thoriad gwawr, cyn bod Sara a Mari'n cyffro.

Ro'dd Anti Mary wrthi'n 'molchi Mamo, yn dirion ofalus. Erbyn hyn ro'dd hi'n rhy wan

180

hyd yn oed i sibrwd. Ddwedodd Anti Mary yr un gair, dim ond edrych, ac ro'dd yr edrychiad hwnnw yn dweud y cwbwl. Allwn i ddim aros yno i weld ei chorff egwan. Nid Mamo o'dd hi, dim ond corff wedi blino ar fyw.

Es ati i weitho brecwast i Anti Mary a fi, ond wnaeth yr un ohonon ni fwyta, dim ond yfed dished o de. Erbyn hyn ro'dd Mamo wedi peidio â bwyta, ro'dd hi'n cael gwaith llyncu ambell ddracht o ddŵr.

Er mwyn peidio â chwalu meddylie, es ati â'm holl nerth i lanhau'r tŷ, golchi'r llawr, sheino'r celfi, a rhoi shein arbennig ar ddodrefn y pen-ucha. Ro'dd y dodrefn hynny gymaint crandiach na gweddill y dodrefn yn y tŷ. Pam, s'nai'n gwbod. Wnaeth Mamo yr un sylw ohono i. Cydiais yn ei llaw a'i chusanu. Dim sylw o gwbwl. Ai fel hyn o'dd pobol yn marw? Do'dd dim sôn am Dyta. Welodd Anti Mary mo'no o gwbwl, er mawr siom iddi. Ro'dd hi'n barod amdano, er mwyn gwneud iddo i 'ddifaru ei fod erio'd wedi'i eni'.

Tua hanner dydd, galwodd Dr Powel. Ddwedodd ynte ddim byd chwaith, dim ond siglo'i ben.

'Dr Powel,' mynte fi, gan siarad fel menyw wybodus, ac nid fel plentyn, 'pam na fasech chi wedi hala Mamo i 'sbyty i ga'l gwella? Mae Jac Ty-draw wedi mynd i 'sbyty rwle sha Llanybydder 'na, ac ma' nhw'n gweud ei fod

181

wedi gwella'n iawn, ac yn dod adre o fewn y mis.'

'Jini fach, ro'dd dy fam mewn cyflwr gwael iawn pan weles i ddi gynta, ac mae'n rhaid dala'r dolur ofnadw 'ma ar y feri dechre, cyn bod gobaith gwella. Ond ma'r doctoriaid yn dysgu o hyd, ac rwy'n siŵr y byddwn yn gallu gwella'r dicléin cyn bo hir.'

'Dyw hynny'n ddim cysur i Mamo druan. Ma' Mamo ar fin marw, on'd yw hi, Doctor?'

'Odi, Jini fach. Wyt ti'n groten fach ddewr iawn, Jini. Fe ofalith dy dad ac Anti Mary ar dy ôl di, paid â becso gormod.'

'Fe ofala i ar ôl fy hunan, Dr Powel.'

Do'dd 'dag e ddim ateb i hynny, ac i droi'r stori dyma fe'n dweud, 'Fe ddyle dy dad fod yma, Jini, ddyle rhywun roi gwbod iddo fe.'

Dyta o'dd y dyn ola o'n i am 'i weld. Do'n i ddim wedi'i weld oddi ar neithiwr, pan ddihangodd e fel strac dros glawdd yr ardd, a phan dda'th Anti Mary a fi mewn o'r ardd, ro'dd y beic a'i berchennog wedi diflannu, diolch i'r nefoedd.

Cododd y doctor i fynd, aeth i'r pen-ucha i gael cip arall ar Mamo; dim ond cip – do'dd dim alle fe wneud mwyach. Eisteddai Anti Mary ar erchwyn y gwely yn dala'i llaw, gan ollwng gafael yn unig pan o'dd angen sychu'r chwys oddi ar ei thalcen, neu i wlychu ei gwefuse â diferyn o ddŵr oer oddi ar bluen.

Daeth Mari draw yn ôl ei harfer; un ffyddlon o'dd Mari. 'Fe ddyle Ifan fod 'ma – mi aiff Sara i'r post i hala weier iddo.'

Ddwedes i na Anti Mary yr un gair – rhyngddon nhw a'u weier.

Aeth Mari'n bwysig drafferthus i weld obiti'r weier, ac mi benderfynes inne taw gyda Mamo o'dd fy lle inne hefyd. Sefais ar yr ochor arall i Anti Mary, a chydio yn llaw chwith Mamo. Anti Mary a finne'n cydio ymhob llaw iddi, yn gwmws fel petaem yn ei rhwystro rhag ein gadel i fynd i ble bynnag mae'r meirw'n mynd. Ro'dd rhyw awyrgylch afreal yn llenwi'r lle. Prin y clywn hi'n anadlu. Buom fel'ny am awr, falle ddwyawr, do'dd amser ddim yn bod.

Yn sydyn, anadlodd un ochenaid hir, ddofn – ei hanadl olaf. Dyna'r pryd y dihangodd yr enaid o'i chorff. Yr enaid a o'dd yn gymaint o ddirgelwch i fi.

Cododd Anti Mary, cusanodd Mamo ar ei thalcen, gwnes inne yr un peth. Tynnwyd y shiten wen dros ei hwyneb a'i gadael yn unig. Do'dd dim y gallai neb ei wneud iddi mwyach. Bu farw Mamo'n dawel a di-boen ar ôl blynydd-oedd o nychu, a'm gadael inne'n unig ac amddifad.

Aethon i'r gegin ein dwy yn dawel bach yn ddwedwst, yn gwmws fel pe baen ni ag ofn aflonyddu ar rhyw fod anweledig. Yfed te, dished ar ôl dished, heb ddweud gair – do'dd dim i'w ddweud. Ro'dd y cwbwl wedi'i ddweud; ro'dd fel petai amser yn sefyll yn ei unfan, heb obaith na dyfodol. Torrwyd ar yr heddwch gan Mari a'i chleber wast, ond cyn iddi gael dweud rhyw lawer mynte Mary, 'Ma' hi wedi darfod, Mari, a bydd rhaid i ni ei throi hi heibo.'

'Be chi'n feddwl, Anti Mary?'

'Ei pharatoi hi ar gyfer yr arch. Aros di yma, Jini, fe wnaiff Mari beth sy angen ei wneud, ac mi fydda i wrth law i'w helpu.'

Aros yn y gegin, clywed sŵn drysau'n cau ac agor yn y pen-ucha, sŵn symud a chyffro, a dyfalu pam o'dd eisie paratoi Mamo i'w chladdu. Fyddai neb yn ei gweld, a hithe lawr yn nyfnder daear. Ro'n i'n teimlo'n sych-galed y tu mewn, 'y nhafod i'n grimp, fy llyged yn llosgi, a'r dagre wedi sychu.

'Mhen hir a hwyr daeth Anti Mary i'r gegin. 'Jini, ry'n ni wedi cwpla. Leicet ti ddod i weld dy fam, bach?'

Wyddwn i ddim beth i'w ddweud. 'Os y'ch chi am i fi ddod, Anti Mary, mi ddof, ond nid Mamo sy 'na nawr.'

Fe ges i sioc pan dynnodd Anti Mary y gorchudd 'nôl. Dyna lle ro'dd y fenyw berta a weles i 'rioed yn gorwedd yn ei gogoniant ar y gwely. Ro'dd ei llygaid ynghau, ac edrychai'n gwmws fel petai'n cysgu, a rhyw hanner gwên ar ei hwyneb. Ro'dd ei gwallt yn sgleinio'n

184

ddu, ac yn hongian dros ei hysgwyddau. Gwisgai ffroc o sidan glas llachar – ffroc a fu'n cwato yn y wardrob dros y blynyddoedd. Weles i 'rioed neb mor hardd ac mor dangnefeddus yr olwg.

Ie, Mamo o'dd hi, fy mam i – wedi cael gwared am byth ar ei holl drallodion, ei hafiechyd a'i siomedigaethau.

24

Chyrhaeddodd Dyta ddim y diwrnod hwnnw, a dyna lle ro'dd Mari'n bytheirio Morgan y Post am fod y weier heb gyrraedd. 'Ond sdim ots,' medde Mari, 'fe arhosa i yma heno i wylad. Er y byddai'n fwy dethe i berthynas wylad, 'nenwedig y nosweth gynta.'

'Gwylad? Pa raid sy i neb wylad? Mae Mamo wedi marw – all neb 'neud dim i'w helpu ragor, druan fach,' mynte fi.

'Wyt ti ddim yn deall, Jini – does dim sicrwydd pryd ma'r ysbryd yn 'madel â'r corff, ac fe ddyle rhywun aros ar ei draed 'ma heno. Fe fydd dy dad yma erbyn nos fory, gobeithio.'

A finne'n credu fod enaid Mamo wedi 'madel tua'r nefoedd y funud y bu hi farw.

'Mari, beth yw'r ysbryd y'ch chi'n sôn amdano? Ro'n i'n credu taw 'run un o'dd enaid ac ysbryd.'

'Rwyt ti'n gofyn cwestiynau rhy ddwfn o lawer, Jini fach; dim ond y ffeirad sy'n gallu ateb cwestiyne fel'na. Rhaid iti ofyn iddo fe.'

Osgoi ateb fel arfer, a finne'n credu fod Mari'n hyddysg yn 'i Beibl.

Ro'dd Anti Mary wedi diflannu ar gefen 'i beic i weld y ffeirad, y saer, Marged a rhywun arall hefyd i wneud y trefniadau ynglŷn â'r angladd. Byddai'n galw'n ôl yn hwyrach i fynd â fi gyda hi i Pengwern. Mae'n debyg y byddai'n rhaid i fi ga'l dillad newydd – dillad mwrnin i ddangos parch. Fues i 'rioed mewn angladd ac ro'n i'n ffaelu'n lân â gweld shwt yn y byd o'dd dillad duon yn mynd i wneud unrhyw wahaniaeth i'r parch o'dd 'da fi at Mamo.

Fe dda'th John Sa'r i fesur Mamo er mwyn ca'l arch o'dd yn ffito, ac medde fe wrth Mari, 'Ma'n siŵr y byddan nhw eisie'r pren a'r trimins gore.'

'Pa ots shwt drimins fydd ar y coffin?' mynte fi, fel un o'dd yn wybodus iawn am eirch a chladdu. 'Dim ond rhywbeth i'w gwato o'r golwg yn y ddaear yw coffin.'

'Jini,' mynte Mari mewn llais crac, 'paid byth â gadel i mi dy glywed ti'n siarad fel'na 'to. Cofia taw dy fam fydd yn gorwedd yn yr arch 'na.'

Aeth John i'r pen-ucha i 'fesur', a phan ddaeth e mas ro'dd deigryn bach yng nghornel ei lygad, ac medde fe mewn llais crynedig, 'Weles i 'rioed gorff harddach yn ca'l ei roi mewn arch.' Ac fe wnaeth gweld John Sa'r yn colli deigryn dros Mamo wneud i minne sylweddoli'r golled a'r creulondeb o golli'r unig berthynas o'dd 'da fi. Doeddwn i ddim yn arddel perthynas â Dyta ragor – fydde tad byth, byth yn trin ei blentyn fel y gwnaeth Dyta fy nhrin i. Rhag ei gywilydd.

Fe es mas i'r ardd i lefen, mas o olwg pawb – llefen achos bod Mamo wedi marw, llefen achos bod Dyta'n shwt anifail o ddyn, a llefen dros fy hunan wedi ca'l fy ngadael yn amddifad a digartre.

'Mhen hir a hwyr, daeth Anti Mary 'nôl, nid ar ei beic ond mewn moto newy' sbon. Ro'dd hi wedi dweud fod ei thad wedi prynu moto, ond wyddwn i ddim ei bod hi'n gallu dreifo. Bant â ni mewn steil i Bengwern, gan adael Mari i garco a gwylad yn Llety'r Wennol.

Cydiodd hen deimlad hiraethus annifyr ynddo i wrth ymadael – y teimlad o adael Mamo ar ben 'i hunan bach yn y pen-ucha a'i hysbryd, falle, yn dala i loetran obiti'r lle. Ond ro'dd Anti Mary'n hollol bendant y byddai'n rhaid inni fynd i siopa am ddillad mwrnin, ond y cawn fynd adre mewn digon o bryd i'r angladd. Fyddai'r claddu ddim am bedwar diwrnod arall.

Pawb yn garedig, pawb yn cydymdeimlo mewn lleisiau tawel, cwynfannus, nes fy ngwneud yn hurt a dideimlad. Mynd i'r dre a phrynu dillad duon o'r top i'r gwaelod. Edrychai'r hat Jim Cro, rhyw gocynoryn o beth yn ca'l ei dal â ruban dan fy ngên, yn wirion. Ro'n i'n teimlo'n reial ffŵl ynddi. Do'dd dim diddordeb 'da fi mewn dim – dim o gwbwl.

Erbyn diwedd y prynhawn cododd hiraeth llethol arna i – hiraeth am fynd 'nôl i Lety'r

Wennol i ga'l un cip arall ar Mamo cyn iddyn nhw ei chau am byth yn ei harch.

Cyrraedd adre'n gynnar fore trannoeth – nid yn y moto, ond mewn trap a phoni – a gweld dou feic yn pwyso ar y wal. Rhacsyn rhwdlyd Dyta o'dd un; ro'dd y llall yn ddirgelwch i mi. Ond cafwyd esboniad wedi cyrraedd y tŷ – brawd Dyta o'dd pia'r un arall. Slampyn o ddyn, yn dalach ac yn fwy boliog hyd yn oed na Dyta, a'i wallt yn fflamgoch anniben. A'r ddau yn eu dillad bob-dydd; y ddou yn gwisgo iorcs a sgidie hoelion, a golwg sa-bant arnyn nhw. Eu stori o'dd iddyn nhw ruthro yma y funud y cawson nhw'r weier – y cyfeiriad yn anghywir, mynte nhw. Y brawd mawr o'dd y siaradwr – daliai Dyta i edrych tua'r llawr, a snwffian i facyn brwnt o liw ansicr. Ro'dd Marged, Mari a Sara yno yn cyd-snwffian â nhw, a phan gyrhaeddodd Anti Mary a finne ro'dd y gegin yn orlawn a heb ddigon o gadeire i bawb. Chododd Dyta mo'i olygon i siarad ag Anti Mary a fi. Wnaethon ninne'n dwy ddim un osgo i siarad â hwythe chwaith. Ac ro'dd Dyta'n gwbod pam yn net. Yr hen abo ag e! A mynte'r cochyn boliog, 'Ma' hi'n edrych yn bert iawn yn ei choffin.'

Sylweddolais fod yr arch wedi cyrraedd tra 'mod i ar y galifant yn prynu dillad newy', ac fe ges i'r teimlad 'mod i wedi osgoi fy nyletswydde. Ddylswn i ddim fod wedi gadael Mamo yn ngofal dieithriaid – fe ddylwn fod gyda hi 'dat y feri diwedd. A fyddai'r diwedd hwnnw ddim wedi cyrraedd hyd nes i'r pridd ei chwato am byth yn y fynwent. Es ar fy mhen i'r pen-ucha a pharo'r drws ar f'ôl. Ro'n i am ofyn ei maddeuant, achos ro'n i erbyn hyn yn rhyw hanner credu stori Mari fod ysbryd Mamo yn dal i hofran obiti'r lle.

Es at yr arch, a syllu arni mewn rhyfeddod, synnu at ei phrydferthwch, a'r olwg dangnef-eddus ar ei hwyneb. Cydiais yn ei llaw, ond tynnais 'nôl yn sydyn, ro'dd fel cydio mewn talpyn o farmor. Clywais rywrai'n treio agor y drws, ond ro'dd y pâr yn drech na nhw. Ro'n i eisie llonydd i siarad â Mamo, a hynny am y tro diwetha. Ro'n i eisie dweud wrthi hi y byddwn i'n lodes dda er ei mwyn hi, ac y byddwn yn mynd i'r Cownti Scŵl, doed a ddelo, er mwyn dod 'mlân yn y byd. Ddwedes i 'run gair am gymadwye Dyta, ond ro'dd hi'n ei 'nabod yn well na neb, neu fase hi byth wedi gofyn i Anti Mary addo edrych ar f'ôl i. Ac wrth siarad ac addo, a phlygu dros ei phen yn yr arch, fe dorrodd yr argae yn un llifeiriant; llifodd y dagrau a theimlais rhyw agosatrwydd at Mamo yn ei choffin, mwy nag a deimlais erioed ati pan o'dd hi byw. Teimlais don o gariad yn llifo drosto i, ac es ar fy llw, gan syllu i'w hwyneb, y wyneb marw, di-sylw, di-ateb, y gwnawn bopeth o heddi 'mlân nid i foddio fi fy hunan, ond i'w boddio hi. Fe wyddwn yn iawn beth fyddai'i dymuniad hi, a hynny ar bob achlysur. Ac ni fyddai angen i fi gysidro dymuniade nac ufuddhau i orchmynion Dyta fyth eto, byth bythol. O hyn ymlaen, fi, a neb arall, dim ond fi'n unig, fyddai'n rheoli hynt fy mywyd bach i.

Sgydwodd rhywun y drws eto.

'Wyt ti'n iawn, Jini fach? Dere, mae'n bryd i ni droi sha thre.'

Anti Mary, wrth gwrs. Meddiannodd rhyw dawelwch mewnol, anesboniadwy fi wrth ffarwelio â Mamo yn ei harch, a chlywed Anti Mary yn sôn am 'droi sha thre'. Na, fyddwn i byth yn ddigartre tra bod Anti Mary ar dir y byw.

Teimlo'n ddigon diflas o orfod gadael Mamo, ond erbyn hyn ro'dd hi tu hwnt i ofid a phoen, a thu hwnt i ga'l 'i chlwyfo gan neb.

Ynganodd Dyta 'run gair tra buon ni yno, ond pan o'n ni ar ein ffordd ma's fe gododd ei ben, a gofyn mewn llais crynedig, snwfflyd, 'Pryd ma'r angladd? Mi fydda i eisie ordro rith làs yn enw Jini a fi.'

Cyn bod neb yn cael cyfle i ateb, mynte fi, 'Gwnewch chi fel y mynnoch chi obiti rith, ond gofalwch chi na rowch chi'n enw i arni. Fe ofala i drosof fi'n hunan am flodyn i roi ar fedd Mamo.'

Ac medde Anti Mary cyn 'mod i'n ca'l

gweud rhagor, 'Ma Jini'n gallu edrych ar ôl 'i hunan, ond iddi ga'l llonydd. Dy' Mercher ma'r angladd, Ifan, codi ma's o'r tŷ am un ar ddeg. A chofia fod yma mewn pryd i roi d'ysgwydd dan yr arch. Mae'n haeddu cymaint â hynna o barch 'da ti, gwlei, o gofio'r cyfan a ddioddefodd hi dros y blynyddoedd.'

'Gan bwyll nawr,' mynte'r cochyn mowr, 'ro'dd Ifan yn meddwl y byd o'i wraig.'

'Taw pia hi,' mynte Anti Mary'n ffroenuchel, 'fe ga i air 'da ti Ifan ar ôl yr angladd; ma' gyda ni lot i weud wrth 'n gilydd, on'd o's e?'

Atebodd e mo Anti Mary, dim ond rhoi rhyw fath o ebychiad o'dd yn golygu dim, ac edrych sha'r llawr yr un pryd. Chafodd e mo'r gras i godi i ffarwelio â ni, ac fe ges i'r teimlad 'i fod e'n lwcus iawn fod Marged, Sara a Mari yno, neu mi fydde wedi clywed tipyn mwy o'i hanes – hanes a fyddai'n gwneud iddo deimlo ei fod wedi difaru dod i'r byd.

Na, do'dd Anti Mary ddim wedi anghofio 'i haddewid, ro'dd hi'n dala i ddisgwyl am 'i chyfle, a hoffwn i ddim bod yn 'i facse fe chwaith pan ddeuai'r awr honno.

Ro'n i'n teimlo'n ysgafnach ar ôl siarad â Mamo, ac erbyn hyn ro'n i'n hanner credu fod ysbryd Mamo'n dala i loetran obiti'r lle, ac y byddai yno tan ddydd yr angladd.

Ta beth, ro'n i'n falch o gael mynd 'nôl i grandrwydd Pengwern, ac yn credu y byddai

Anti Mary'n siŵr o ddweud wrtho i cyn bo hir taw Pengwern fyddai 'nghartre inne ma's o law.

Treulio'r diwrnode canlynol yn dawel iawn, yn meddwl a phendroni ynglŷn â'r enaid a'r ysbryd. Beth yn gwmws oedden nhw? A'r atgyfodiad wedyn? Shwt yn y byd y gallai cyrff o'dd wedi'u claddu yn y ddaear – rhai dros gannoedd o ganrifoedd – shwt yn enw pob rheswm y gallai'r rheini atgyfodi ac esgyn i'r nefoedd? Byddai'n rhaid i fi wrando'n ofalus ar y ffeirad, ddiwrnod yr angladd, cael gweld a gawn i ryw fath o esboniad i'r dirgelwch. Saesneg mae'n debyg fyddai'r iaith, ond dim ots, ro'n i'n deall Saesneg cystal â Chymraeg, a byddai canolbwyntio ar y gwasanaeth yn gwneud i fi beidio â meddwl pwy o'dd yn gorwedd yn farw yn yr arch.

A pheth arall, doeddwn i ddim eisie i bawb fy ngweld yn llefen chwaith. Byddai'n rhaid i fi fod yn gadarn, a chadw'r dagre'n ôl. Fe wedodd Doctor Powel y byddai'n rhaid i fi fod yn ddewr, ond digon hawdd i hwnnw siarad; fy mam i fyddai'n gorwedd yn yr arch, ac wedi'i sgriwio lawr yn dynn a hynny am byth bythoedd.

25

Dydd Mercher. Y dydd Mercher cyntaf o fis Awst, un fil, naw cant, dau ddeg a phump. Diwrnod claddu Mamo.

Codi'n fore, whap 'da chwech o'r gloch. Chysges i ddim llygedyn drwy'r nos, fwytes i ddim bripsyn o frecwast, a gwisges y dillad mwrnin, yn anfoddog a chroes-graen. Gwrth-odes wisgo'r hat Jim-cro.

Ro'dd yn bwrw glaw, glaw smwc, ac ro'dd Mr Puw yn mynd i ddreifo Anti Mary a finne draw i Lety'r Wennol yn gynnar. Ond car â hŵd o'dd y car, a dyna lle bu Mr Puw am hydoedd yn bustachu i godi'r hŵd. Dim lwc. Da'th y ddou was i roi help llaw, ond er twco a phlwco, pallu codi wnaeth yr hŵd, a gorfod i Anti Mary a finne agor ein hymbaréls i drafaelu yn y car.

Ro'dd Sara a Mari'n ein disgwyl, ac yn gwisgo'r mwrnin rhyfedda. Mae'n debyg bod Dyta wedi sefyll ar ben ei hunan y diwrnod cynt, ond wedi mynd adre'n hwyr neithiwr i Sir Benfro i moyn ei ddillad parch. Sara a Mari wedi paratoi digon o fwyd i hanner y plwy – te, bara menyn, jam, caws a chacen gwrens.

Ro'dd yr arch yn dala ar agor, ac fe es mewn ar flaenau 'nhraed, rhag tarfu ar yr ysbryd, i ga'l un bip fach ola arni yn ei choffin, ond wy dat fod yn siŵr fod yr ysbryd wedi'i hergwd hi i rwle, achos fe ges i'r teimlad taw nid hi o'dd yno, taw dim ond corff gwag o'dd yno. Rwy'n credu erbyn hyn fod Mari'n iawn obiti'r ysbryd, ei fod wedi diengid i rwle, a gadael dim ond sgerbwd ar ôl. Ond i ble aeth e? A phryd? Falle fod Dyta wedi codi ofn arno. Mae hwnnw'n ddigon i godi ofn ar unrhyw ysbryd a sant.

Tua deg o'r gloch fe gyrhaeddodd Dyta a'i frawd, y ddou mewn mwrnin, ac mor sobor â dou gwdi-hŵ – Dyta mewn du, ac Wncwl Jim mewn siwt nefi blw, a'r ddou'n gwisgo bowler hats. Hat Dyta yn ormod o faint iddo, ond ro'dd ganddo glustie mawrion oedd yn ddigon abal i gadw'r hat yn solet ar ei ben. Roedden hwythau wedi cyrraedd mewn moto, a dyn bach diniwed yr olwg yn gwisgo capan brethyn yn ei yrru. Mae'n debyg eu bod wedi hurio car. Ro'dd yn amlwg hefyd eu bod bron â starfo, achos rhwng y tri fe gliriwyd cwlffyn go lew o'r bara menyn a'r gacen gwrens. Ac er tegwch iddyn nhw, chlywes i 'run 'blydi' nac 'uffach' o'u genau.

Yna cyrhaeddodd John Sa'r a'r hers, a cheffyl gwyn pert yn ei dynnu. Aeth mewn yn ddefosiwn i gyd i'r pen-ucha, gan ofyn a fasen ni'n hoffi gweld y corff cyn cau'r arch. Aeth pawb mewn – pawb ond fi. Doeddwn i ddim eisie'i gweld hi; nid Mamo o'dd yno mwyach, a pheth arall, do'n i ddim eisie gweld Dyta a'i frawd yn rhagrithio, yn tynnu'u macynon gwyn a'r ymyl ddu mas ac yn esgus snwffian yn ddi-ddagrau. Fe wnes esgus i fynd mas i'r ardd i'r tŷ bach, ac fe aroses yno hyd nes 'mod i'n siŵr fod y caead wedi'i sgriwo lawr yn dynn, a'i chau hithe, Mamo druan, o olwg y byd am byth. Ma'r sgrafu a'r sgradu pan gaewyd coffin fy mrawd bach yn dala'n eco yn fy nghlustie hyd heddi.

Chwarter i un ar ddeg dyma gar arall yn cyrraedd – y ffeirad. Do'dd e ddim yn ei wisg wen – fe dda'th mewn mor sobor â sant, siglo llaw â phawb yn seremonïol, gair o gydymdeimlad yn Saesneg, er taw Cymry oedden i gyd. Am un ar ddeg dyma ni i gyd i mewn i'r pen-ucha, gan saco at ein gilydd fel torred o foch bach, achos ro'dd yr arch yn cymryd y rhan fwyaf o'r lle.

A dyma ddechre'r gwasanaeth, a'r ffeirad yn dweud mewn llais offeiriadol, cwynfannus,

'The Lord be with you and with thy spirit,
The Lord have mercy upon us,
Christ have mercy upon us.'

Ac yna gweddïo,

'Our Father, which art in Heaven,
Hallowed be thy name,'

ac yn y blaen, ac yn y blaen.

A bant ag e yn ei foto cyn pawb arall.

Dyta, Nwncwl Jim, Mr Puw a John Sa'r yn

cario'r arch i'r hers, a bant â nhw a pherchen y ceffyl yn ei yrru.

Ac er syndod, dyma Dyta yn troi ata i ac yn dweud mewn llais tawel, mwyn, heb na llw na rheg, 'Jini fach, wy'n credu fase'n well i ti ddod yn yr un car â ni, achos wedi'r cwbwl ti a fi yw'r "chief mourners", a ni ddylse ddilyn yr hers.'

Dyna pryd sylwes i fod rubanau duon wedi'u clymu ar lampau'u car nhw.

Ond cyn i fi gael cyfle i ateb, dyma Anti Mary'n rhoi rhyw fath o ebychiad sarhaus, a rhoi un edrychiad ddeifiol arno, a heb ddweud un gair pellach dyma fe'n mynd heb ddweud bw na be.

Car Mr Puw ddilynodd yr hers, gydag Anti Mary yn eistedd yn y ffrynt, a Sara, Mari a finne'n eistedd yn y sedd gefn. Ro'dd hi'n dala i fwrw glaw mân, a gorfod i ni agor ein ymbaréls.

Taith ddiflas, neb yn siarad, a theithio ar yr un cyflymdra â'r hers, a hynny ar daith o chwe milltir a mwy.

Fues i 'rioed mewn angladd, fues i 'rioed tu mewn i furiau eglwys, a do'dd dim syniad 'da fi beth i'w ddisgwyl.

Cyrraedd o'r diwedd, a chydio'n dynn yn llaw Anti Mary. Ro'dd y cyfan fel breuddwyd. Wrth iet yr eglwys ro'dd y ffeirad yn ein disgwyl yn edrych fel drychiolaeth yn ei wenwisg. Ro'dd John Sa'r, Mr Puw, Dyta a'i frawd yn cario'r arch ar eu hysgwyddau. Daeth dau arall mla'n i'w helpu – Doctor Powel o'dd un, a rhyw ddyn tal gyda barf wen, mewn tipyn o oedran, o'dd y llall. Ond ro'dd hwnnw'n llefen cymaint fel bu raid i rywun arall gymryd ei le. Ro'dd llond y lle o bobol, pawb yn gwisgo du, a mynwod mewn hate crand, a'r dynion wedi tynnu'u hate bowler o barch i Mamo, 'nôl Anti Mary. Daeth Marged aton ni o rwle, ac fe gerddes i mewn i'r eglwys rhwng Anti Mary a Marged.

Ro'dd y ffeirad yn llafar-ganu yr holl ffordd mewn, a minne'n gwneud fy ngore i dreial ei ddeall, er mwyn ca'l rhyw esboniad am yr enaid a'r ysbryd, a ble o'n nhw'n mynd yn y pen draw. Ca'l ambell grap ar y geiriau, ond ro'dd y ffeirad yn rhyw hanner canu mewn Saesneg swanc, ac yn dueddol i lyncu'i ddweud, 'When our bodies lie in the dust, our souls may live with Thee, with the Father and the Holy Spirit, one God, world without end.'

Yr organ yn swno'n hyfryd. Marged, Anti Mary a finne yn y côr blaen – y ddwy yn llefen y glaw; finne heb yr un deigryn, yn gwrando'n astud a threio gwneud rhyw synnwyr o lith y ffeirad. Hwnnw'n siarad yn rhy gyflym i'w ddilyn. Dala ar ambell i beth, 'We have gathered together to commend our sister Myfanwy unto the hands of Almighty God.'

Rhywbeth hefyd obiti'r atgyfodiad, 'God gave us his only begotten Son, and has delivered us from our enemy by his glorious resurrection.'

Mwya i gyd oeddwn i'n 'i glywed, mwya cymysglyd oeddwn i, ac yn lle gwrando, penderfynais edrych rownd a sylwi ar harddwch y lle. Ro'dd yr haul yn disgleirio erbyn hyn, a'r golau'n llifo mewn drwy'r ffenestri lliw. Ond doeddwn i ddim yn hoffi'r llun ar y ffenest fowr tu ôl i'r allor. Llun o Iesu Grist ar y groes oedd e, y goron ddrain ar ei ben a'r gwaed yn diferu o'i benglog. Ar y ffenest arall, ro'dd y llun yn debyg iawn i'r llun yn y Beibl Mawr – Iesu Grist heb y goron ddrain, wedi tyfu adenydd ac yn paratoi i hedfan. Ro'dd y cwbwl i gyd yn fy synnu, a'm swyno hefyd. Ac yna llais pruddglwyfus y ffeirad – ffeirad arall y tro 'ma, 'The grace of Jesus Christ, the love of God and the fellowship of the Holy Ghost, be with us all forever more.'

Rhagor o ddirgelwch; ro'dd y 'Spirit' wedi troi'n 'Ghost' erbyn hyn. Ro'dd yr holl sioe yn fy nghymysgu a'm dychryn hefyd. Ro'dd rhyw dri o ffeiradon 'no i gyd. Pam? A phwy o'dd yr holl bobl a dda'th i'r claddu? Oedden nhw'n 'nabod Mamo? A phwy o'dd y dyn tal dreiodd ysgwyddo'r coffin a ffaelu?

Yna fe gododd pawb i ganu emyn, emyn Cymraeg, pawb ond y mwrners – fi, Anti Mary,

Marged, Dyta a'i frawd, a dou neu dri o rywrai eraill, gan gynnwys y gŵr barfog.

'O fryniau Caersalem, ceir gweled
Holl daith yr anialwch i gyd.'

Doeddwn i ddim yn deall ystyr geiriau'r emyn chwaith. Beth o'dd 'da bryniau Caersalem i'w 'neud â ni bobol Bryn-coed? Y ffeiradon yn arwain yr arch ma's, a'r ffeirad yn mwmian rhywbeth, ond doeddwn i ddim yn ei glywed, heb sôn am ei ddeall. Rhoi'r corff yn y bedd, finne'n gweld nid yr arch, ond yn hytrach Mamo yn ei ffroc sidan a'i gwallt du, tonnog. Y ffeirad yn mwmian rhywbeth tebyg i hyn:

'In the midst of life we are in death,' a geiriau rhyfedd iawn fel, 'deliver us from the bitterness of eternal death.'

'Bitterness of death?' Felly fydde Mamo ddim yn mynd i'r nefoedd.

Ymlaen ac ymlaen, minne erbyn hyn yn swp sâl; y dagre rown i wedi'u dala'n ôl mor ddewr yn twmlo lawr fy moche, a finne wedi colli fy macyn.

'Let us commend our sister into the hands of God and commit her body to the ground, earth to earth, ashes to ashes, dust to dust.'

Ro'n i eisie retsio. Ces fenthyg macyn 'da Anti Mary, a'r ffeirad yn rhygnu 'mlân, 'Blessed are the dead who die in the Lord, so says the Spirit . . .'

Ro'n i'n hongian wrth Anti Mary erbyn hyn, a theimlo cywilydd 'mod i wedi gneud ffŵl o'n hunan. Minne wedi penderfynu bod yn ddewr. Gobeithio na welai Doctor Powel mono i 'no.

Rhagor o weddïo, 'Our Father, which art in heaven . . .' ac yn y blaen unwaith eto.

Yna y ffeirad yn cydio yn fy llaw a'm harwain i edrych lawr ar yr arch. Gwrthodais edrych. Rhedais i ffwrdd a rhedodd Anti Mary ar f'ôl.

'Wy eisie mynd adre, Anti Mary.'

'Aros am funud, cariad. Ma'r holl bobol 'ma wedi dod i gydymdeimlo â ti. Ac ma' bwyd wedi'i baratoi yn y festri.'

'Wy ddim eisie bwyd.'

Daeth Doctor Powel o rwle. 'Wyt ti'n o'reit, Jini fach? Dere 'da fi i'r festri i ga'l glasied o ddŵr.'

Ond mistêc o'dd hynny; fe ddylwn i fod wedi mynd adre ar unweth, heb wilibowan obiti'r lle, achos cyn i fi bennu yfed y dŵr ro'dd llond y lle o bobl rownd i fi yn siglo llaw a dweud rhyw bethe od fel 'bendith Duw arnat', 'ma'n ddrwg 'da fi', 'cymer gysur, 'merch i'. Dyna beth o'dd siarad er mwyn siarad, a finne neb ddim llyfeleth pwy o'n nhw. Ro'dd rhai yn fy nghyfarch fel Jini, rhai fel Jane, a rhai hyd yn oed yn fy ngalw yn Miss John. Ro'n i'n hoffi hynny'n iawn, ro'dd yn profi nad plentyn o'n i mwyach ond merch ifanc. Ar fy ffordd i fod yn fenyw.

Daeth y dyn barfog 'mlân ata i, rhoddodd ei fraich dros f'ysgwydd a dweud mewn llais crynedig, 'Paid â becso, Jane fach, mi fydda i'n gefen iti, rwy'n addo.'

Pa hawl o'dd gydag e i fod yn gefen i mi? Ro'dd fy stumog i'n troi gyda'r holl gydymdeimlo a'r seboni ac yn dyheu am ddiengid.

Ro'dd Dyta i'w weld yn mwynhau'r siglo dwylo a'r cydymdeimlo, ac ro'dd y macyn poced â'r ymyl ddu yn amlwg iawn. Ond fe gadwes i mor bell ag y gallwn oddi wrtho. Ro'dd 'na fusnesa a dyfalu hefyd. Dyfalu beth ddeuai ohono i. 'Taen nhw ond yn gwbod, do'n i ddim yn siŵr fy hunan beth fyddai'n fy aros. Fe glywes i un fenyw yn sibrwd yn uchel, â llond 'i cheg o gaws a bara menyn, wrth fenyw arall, 'Druan â'r groten fach, mae hi 'run ffunud â'i mam; gobeithio bydd hi'n gallach na honno, a chadw i beidio â mynd dan draed hen scampyn tebyg i Ifan.'

Cafodd bwt nes 'i bod hi'n corco 'da menyw arall pan ddeallodd 'mod i o fewn clyw.

Ro'dd hi fel ffair yn y festri – pawb yn siarad, chwerthin, a stwffio'u bolie, ac ro'n i jyst â marw eisie mynd adre. Ro'dd rhyw boen miniog yn fy mola hefyd, a rhwng popeth – y boen, y cleber wast, a hiraeth ar ôl Mamo, rown i'n ffed-yp, ac eisie diengid i rwle bant yn ddigon pell o'r randibŵ yn y festri. Ro'dd Dyta i'w weld yn joio, yn sgwaro'i ysgwyddau, a saco'i fola, a hynny yng nghanol lot o ddynion 'sha 'run oed ag e, ond pan ddeuai rhywun ato i gydymdeimlo plygai'i ben yn barchus a deuai'r macyn ymyl ddu mas.

A'r te parti? Pwy o'dd wedi paratoi hwnnw? Ro'dd e i wneud â Marged, rwy'n siŵr, achos hi oedd yn trefnu ac yn cymell pobol i fwyta, a rhyw dair neu bedair o ferched mewn brate gwynion yn gweini'r bwyd.

Daeth Data 'mlân ata i yn y festri. Rwy'n credu ei fod am ddangos i bawb fod 'da fe ofal mawr amdana i. 'Wy'n mynd 'nôl yn y moto i Lety'r Wennol. Leicet ti ddod gyda ni? Fe all Mary fynd adre'n syth i Bengwern wedyn.'

'Na,' mynte fi, heb wên na diolch, 'wy'n teimlo'n saffach i fynd 'da Anti Mary.'

O, ro'n i eisie mynd adre, ond ro'n i'n ffaelu'n lân â chael Anti Mary o'wrth y dyn barfog. Dyna lle roedden nhw yn y cornel yn cwnsela'n ddiddiwedd, a nawr ac yn y man byddai Marged yn ymuno â nhw, a 'ngadael i ar drugaredd dieithriaid. Diolch fod Sara a Mari 'na i gadw cwmni i fi.

O'r diwedd, dyma Mr Puw yn colli'i amynedd, ac yn dweud yn eitha siarp wrth Anti Mary, 'Mae Jini a fi yn mynd adre, a rhaid i tithe ddod ar unweth os wyt ti am gael dy gario.'

Ac fe ddaeth yn ufudd heb ateb 'nôl.

Fe arhosodd Sara a Mari i 'helpu Marged i

glirio lan'. Rwy'n credu 'u bod nhw wrth eu boddau yn joio a chloncan; doedden nhw ddim yn ca'l y cyfle i wneud hynny yn amal iawn.

Ro'dd hi wedi stopo bwrw, a do'dd dim angen poeni am yr ymbaréls. Eisteddai Anti Mary yn y sêt ffrynt gyda'i thad, a finne fel ladi yn y sêt ôl. Ro'dd y poenau'n dala yn y bola, ac ro'dd rhyw boen rhyfedd yn fy stumog hefyd, fel petai carreg galed wedi stico 'no. Ond o gofio, dim ond glasied o ddŵr o'n i wedi'i ga'l trwy'r dydd.

Ro'dd Anti Mary a'i thad yn clebran yn ddi-stop, minne'n clustfeinio ac yn dala ambell i beth, 'Na, Mary, allith hi ddim dod co, a dyna ddiwedd arni.'

Amdana i o'n nhw'n siarad, wrth gwrs. Ond rown i wedi penderfynu aros ar ben fy hunan bach yn Llety'r Wennol. Do'n i ddim eisie mynd 'co'. Mi fyddai Sara a Mari yn gymdogion i fi. Mi fyddai Dyta bant yn Sir Benfro, ac fe ofalwn i baro drws y pen-ucha pan fydde fe mac-nabs obiti'r lle. Ro'n i wedi ca'l m'bach o siom yn Anti Mary hefyd, achos fe'i clywes hi yn addo'n bendant i Mamo y base hi'n gofalu amdana i.

Er syndod i ni, ro'dd Dyta yn y tŷ yn disgwyl amdanon ni. Ro'dd Wncwl Jim wedi mynd 'nôl i Sir Benfro yn y car. A dyna lle ro'dd Dyta fel gŵr y tŷ yn disgwyl amdanon ni – y tecil yn canu, bwyd ar y ford, a thân serchog, er nad o'dd mo'i angen.

Edrychodd Anti Mary arno, yn gwmws fel petai'n barod am ffeit, 'Pam na faset ti wedi mynd 'nôl 'da dy frawd?'

'Ro'n i'n meddwl 'rharoswn 'ma heno i fod yn gwmni i Jini.'

Edrychodd Anti Mary arno yn hir a surbwch. Ro'dd y distawrwydd yn boenus, ac yn fwy damniol na geiriau, a mynte hi 'mhen hir a hwyr, 'Ma' Jini'n dod 'da fi. Addewes i Myfi y baswn yn edrych ar ei hôl; ro'dd hi'n barticlar iawn pwy o'dd i ofalu am Jini.'

Canodd corn y car – dyn diamynedd o'dd Mr Puw. 'Dere, Jini fach, mae 'Nhad yn disgwyl amdanom. Ac Ifan, os cymeri di gyngor 'da fi, mi fydde'n well i tithe 'i throi hi hefyd. Fydd Llety'r Wennol ddim yn gartre i ti mwyach, cred ti fi.'

A bant â ni'n dwy yn ben-uchel, heb air o esboniad na ffarwél.

26

Gŵr braidd yn ddiamynedd o'dd Mr Puw, ac yn galler bod yn eitha cilsip ar brydiau.

'Lap, lap, lap, dewch da chi, wy eisie mynd adre mewn pryd i glywed y newyddion. Wy eisie gwbod be sy'n digwydd i'r coliers gythrel 'na yn Sir Gaerfyrddin. Ma' nhw'n difetha'r wlad. O'dd dim clapyn o lo yn Henllan ddo'. Os na gariwn ni ar y tacle fe sythwn ni i gyd i farwolaeth.'

'Ganol haf yw hi, 'Nhad, a pheth arall ma' digon o goed 'da ni ar y tir i gadw'r tane i fynd am flynydde.'

'Bydd ddistaw, Mary, wyt ti'n deall dim yw dim am bolitics. Dynion dialgar, hafin, ŷn nhw, ac mae'n ddigon posib y gwelwn ni ryfel arall o'u hachos nhw.'

Ro'dd Mr Puw wedi ca'l 'wireless', a hynny am y tro cyntaf. Y weiles o'dd yn rheoli'i fywyd, a'r canlyniad o'dd ei fod wedi datblygu i fod yn awdurdod ar gyfraith a chosb, a sut y dylai'r wlad ga'l ei llywodraethu. Y lêbor a rhyw ddyn o'r enw Cook o'dd wedi difetha'r wlad.

Bant â ni fel cath i gythrel, y car yn corco a throi fel twm-lwff, a ninne'n ca'l ein lwndo o un ochor i'r llall.

'Gan bwyll, 'Nhad, nid Malcolm Campbell ŷch chi, ac nid traeth Pentywyn yw lôn fach Ty-nant.'

Wrandawodd e ddim, a bant â ni shigl-di-gathan nes cyrraedd Pengwern. Fues i 'rioed yn falchach o gyrraedd unman. Ro'dd fy mhen yn ffusto fel gordd, poene'n dala i rwygo 'mola i a hiraeth yn gwasgu'n drwm arna i – heb fam a heb gartre.

'Anti Mary, wy'n gwbod 'i bod hi'n gynnar, ond fe leicen i fynd i'r gwely.'

'Wrth gwrs, Jini fach – wyt ti wedi ca'l diwrnod arswydus. Ond rhaid iti fwyta tamed o rwbeth gynta.'

Dished o de, wy ar dost, dwy asbirin, ac ar fy mhen i'r gwely. Ro'n i'n falch o 'nghwmni fy hunan, a cha'l cyfle i feddwl, cynllunio a threfnu – trefnu fy nyfodol.

Yn gyntaf, ac uwchlaw pob dim arall, ro'n i'n benderfynol o fynd i'r Cownti Scŵl. Ro'n i wedi addo i Mamo ar fy llw yr awn i, er mwyn 'dod mlân yn y byd'. Ond o ble deuai'r arian i dalu am lyfre, dillad, lojin, a chant a mil o fân bethe eraill? Bydde'n rhaid i fi fynd 'nôl i Lety'r Wennol fory i weld a dychlin tlysau Mamo – falle bydde'n rhaid i fi werthu'r rheiny wedi'r cwbwl. Ro'dd addysg yn bwysicach na jiwels.

Petai Anti Mary yn bwriadu gofyn i fi fynd i fyw ati hi, byddai wedi gofyn i fi cyn hyn. A beth o'dd hi'n feddwl wrth ddweud wrth Dyta na fyddai Llety'r Wennol ddim yn gartre iddo fe mwyach? Fyddwn i'n eitha bodlon byw yno ar fy mhen fy hun, ond allwn i byth â siario tŷ â Dyta byth, byth eto. A phwy o'dd y dyn barfog a ddwedodd wrtho i y byddai'n gefen i fi? Byddai'n rhaid i fi holi Anti Mary fory.

Troi a throsi, dyfalu a phendroni, a heb obaith o weled un gwreichionen o oleuni ym mhen draw'r twnnel du.

Cwsg yn cario'r dydd, y pils yn gwneud eu gwaith. Dihuno, a'r boen wedi clirio. Ond er mawr ofid a siom, synnu gweld shiten y gwely yn wlyb gan waed. Ches i ddim ofn – gwyddwn yn reddfol rywsut be o'dd wedi digwydd. Rhybuddiodd Mamo fi ychydig cyn iddi farw y byddai newid yn fy nghorff cyn bo hir, y byddwn yn tyfu i fod yn fenyw, a bod y gwaedu misol yn rhan o benyd pob merch. Rhybudd-iodd fi hefyd i warchod fy nghorff, a'i gadw'n bur ac yn lân hyd nes i fi briodi. Byddai'n rhaid i fi fod yn gadarn, a gofalu rhag cael fy nhemtio a mynd dan dra'd rhyw fachgen diegwyddor. Peidio â gadael i neb achub mantais arna i – ro'dd e o'r pwys mwya 'mod i'n gwarchod fy ngwyryfdod. Ro'dd hi'n bregeth hir, a hithe dan deimlad yn fy rhybuddio rhag pechodau'r cnawd. A dyma fi'n gofyn, yn hollol ddiniwed, ai achub mantais arna i o'dd Dyta yn geisio'i wneud. Wyddai hi ddim obiti Mistir, ac ar ôl hynny y digwyddodd yr erchylltra yn yr ardd.

'Ro'dd yr hyn wnaeth dy dad i ti yn aflan, yn bechadurus. Dyn drwg yw dy dad – paid byth, byth â'i drysto fe. Cadw 'mhell oddi wrtho.'

Cyn i fi gael cyfle i holi rhagor fe dorrodd Mamo mas i lefen – llefen yn afreolus. Ches i ddim cyfle i siarad â hi wedyn ynglŷn â ffeithiau mawr bywyd. Bu farw cyn pen mis.

Wrth i mi synfyfyrio a chofio, daeth cnoc ar y drws. Anti Mary. Ro'dd shwt gywilydd arna i 'mod i wedi trochi dillad y gwely.

'Anti Mary, wy wedi dod i'n lle.'

A chyn i fi ga'l cyfle i esbonio ac ymddiheuro, cofleidiodd fi a gofyn, 'Ai dyma'r tro cyntaf?'

'Ie, ro'dd Mamo wedi fy rhybuddio, ond fe dda'th mor sydyn.'

'Paid â becso, cariad, fe gei di bopeth sy 'i angen 'da fi. Straen y dyddie diwetha 'ma sy'n rhannol gyfrifol. Dere, gwisga, ma' lot o waith i ymweld â phobl o'n blaenau ni heddi.'

Ar ôl 'molchi a chymoni fe deimlais yn well, ac yn barod i wynebu treialon bywyd unweth eto. Fe deimlais yn hŷn hefyd, teimlo 'mod i bellach wedi gadel plentyndod ar ôl, ac yn wynebu'r stad barchus o fod yn fenyw.

'Fuswn i'n leico mynd 'nôl i Lety'r Wennol heddi i gasglu jiwels Mamo. Fi sy pia nhw nawr, a wy eisie gofalu amdanyn nhw.'

'Wrth gwrs, Jini fach. Awn ni i Lety'r Wennol yn y bore, a ma' siwrne arall o'n blaene yn y prynhawn.'

Cafodd Anti Mary fenthyg car ei thad, a bant â ni. Penderfynais y byddwn yn gofyn iddi heddi ynglŷn â'm dyfodol. Ble cawn i fyw o hyn ymlân? Mi fyddwn i'n ddigon hapus i fyw ar ben fy hunan bach yn Llety'r Wennol – dim ond i Dyta gadw draw. Ond o ble deuai'r arian i 'nghadw i? A pheth arall, ro'n i'n teimlo'n ofnus hefyd – ofn Dyta. Pa sicrwydd oedd gen i y byddai fe yn cadw draw? Ofni be allai ddigwydd i fi. Dychryn o feddwl y gallai fy siabwcho unwaith eto. Cofio geiriau Mamo, 'paid byth â thrysto dy dad'.

Penderfynais y byddai'n rhaid i fi daclo Anti Mary ynglŷn â'm dyfodol, a hynny heddi nesa. Dwedwst o'n ni'n dwy yn y car – Anti Mary'n canolbwyntio ar y gyrru, a mynne'n becso'n dwll am yfory, a phob yfory a ddilynai fory. Cyrraedd Llety'r Wennol, a chael syndod o weld beic yn pwyso ar dalcen y tŷ. Dyta? Nage, gobeithio i'r nefoedd. Er syndod i ni'n dwy, pwy o'dd yno ond John Sa'r a'i fag twls, ac wrthi'n fisi yn newid y cloeon.

'Pwy sy wedi gofyn i chi 'neud hyn? Ifan?'

'Nage, Miss Puw – Mr Lloyd-Williams.'

'A beth amdana i,' mynte fi, 'odi hyn yn golygu na alla i ddim byw 'ma ragor?'

'O na'di – fe wedodd Mr Lloyd-Williams wrtho i am ofalu rhoi allwedd i chi, ond i neb arall.'

Ro'n i'n teimlo'n eitha snochlyd erbyn hyn.

'A phwy yw'r Mr Lloyd-Williams 'ma?' mynte fi, 'a pwy hawl s'dag e i wneud shwt beth? 'Nghartre i yw Llety'r Wennol.'

'Fe gaiff Miss Puw esbonio i chi, Miss John,' mynte fe braidd yn anghyfforddus, a chlatsio bant â'i waith gan ffusto a gwneud lot mwy o sŵn nag o'dd angen.

'Anti Mary, pwy yw Lloyd-Williams, a phwy fusnes s'dag e i 'neud rhywbeth fel hyn?'

Ac medde Anti Mary yn ara, a braidd yn ffwndrus, 'Dy ddad-cu yw Mr Lloyd-Williams, a fe sy'n berchen ar Llety'r Wennol.'

Wrth gwrs, gwawriodd y gwirionedd arna i fel fflach – cofio gweld enw Mamo ar y Beibl, ac ar y llyfre o dan y gwely – Myfanwy Lloyd-Williams. A fe o'dd y dyn barfog o'dd yn llefen yn yr angladd, ac yn dweud y bydde fe'n gefen i fi. Ro'n i wedi bod yn eitha twp.

'Ro'n i wedi trefnu i weud wrthot ti heddi,' mynte Anti Mary, 'ac mae'n ddrwg 'da fi dy fod wedi dod o hyd i'r gwirionedd mor sydyn ac mor oeraidd.'

'Sdim ots,' meddwn i.

Ond o'dd ots 'da fi. Pam na fase rhywun wedi dweud wrtho i cyn hyn? Pam na fase Mamo wedi dweud, neu Marged? A hyd yn oed Dyta? Pam y gyfrinach? Beth o'dd 'da nhw i gwato? Ai siarad am Dad-cu o'dd Mamo a

Marged pan oedden nhw'n cyfeirio at rywun anhysbys fel 'Fe'? Rhywsut neu'i gilydd byddai'n rhaid i fi ddatrys y dirgelwch.

Ro'dd ffusto didrugaredd John fel eco i'r cnoco o'dd yn fy 'mhen i – cnoco o'dd wedi'i achosi gan yr ysgytwad ges i o ddarganfod y gwirionedd. Gwirionedd a allai newid fy mywyd yn llwyr, a gwirionedd a roddodd i fi lygedyn o obaith, 'Cofia Jane, bydda i yn gefen i ti.' Bellach, gwelwn synnwyr yn y geiriau hynny.

Ro'dd John wedi bennu'i waith.

'John, peidiwch â thynnu'r pâr o ddrws y pen-ucha.'

'Mae rhywun wedi tynnu'r pâr yn barod, Miss John. Nid y fi wna'th.'

'Rhowch e'n ôl plis, John.'

Edrychodd John ar Anti Mary mewn tipyn o stwmp, 'Fydd dim eisie pâr ragor – fyddi di ddim yn byw 'ma, Jini.'

'Ble bydda i'n byw 'te, os nad yn Llety'r Wennol? Do's neb arall wedi cynnig cartre i fi.'

'Jini, gwranda,' meddai'n hollol bendant, 'fyddi di ddim heb gartre. Ac mae'n edrych yn debyg gan bod dy ddad-cu yn newid y cloeon, na fydd dim hawl 'da dy dad i fyw 'ma chwaith.'

'Ond mae e wedi gweud wrth John am roi allwedd i fi, ac ochodin wy eisie'r pâr 'nôl, rhag ofon.'

'Rhag ofon beth, Jini?'

'Rhag ofon y bydd rhywun yn torri mewn i'r tŷ a finne yn y gwely.'

'Ond fyddi di ddim yn byw 'ma, Jini.'

'Ble bydda i'n byw 'te? Dyma 'nghartre i.'

Ro'dd yn amlwg fod Anti Mary'n teimlo'n anghyffforddus iawn, ac yn dyheu am i'r holi ddod i ben. Ro'dd hi'n dyheu hefyd am weld cefen John Sa'r, ac medde hwnnw, er mwyn fy nhawelu i yn fwy na dim arall, 'Fe ddof i'n ôl fory i roi pâr arall ar y drws, Miss John.'

Arhosodd i feddwl am eiliad neu ddwy, ac medde fe wedyn, 'Ond mi fydd yn rhaid i fi ga'l gair 'da Mr Lloyd-Williams yn gynta.'

Casglodd ei dŵls ar hast, yn falch o ga'l diengid o'n golwg.

Teimlwn fy mod wedi tyfu mas o'm plentyndod, ac wedi gallu dal fy nhir yn erbyn Anti Mary a John Sa'r. Ro'n i'n teimlo'n grac iawn fod pawb wedi cadw'r wybodaeth am fy nhad-cu oddi wrthyf.

Golwg ddiflas, fflat o'dd ar Anti Mary. Nid arni hi o'dd y bai 'mod i wedi 'nghadw yn y tywyllwch cyhyd. Ro'dd pawb o'r teulu yn y cynllwyn, gan gynnwys Sara a Mari hefyd. Ond ro'n i wedi tyfu ac aeddfedu yn ystod y mis diwetha – mae gofid yn eich gorfodi i wneud hynny – a phenderfynais nad o'dd neb, neb, yn mynd i 'nhrin i fel plentyn eto, byth. Fe ddes i'r penderfyniad hefyd y byddwn yn gwerthu trysorau Mamo os bydde rhaid i fi, os taw hynny fyddai'r unig ffordd i fi fod yn annibynnol. Do'n i ddim eisie bod ar drugaredd neb, a chael fy nhrin fel rhoces fach amddifad, 'druan â hi'. Ro'dd darllen Charles Dickens wedi bod yn agoriad llygad i mi, i wybod shwt o'dd amddifaid bach yn ca'l eu trin.

'Dere, Jini fach, sdim amser i golli. Rŷn ni'n dwy'n mynd mas i ginio at Marged. Fe gei di gwrdd â dy ddad-cu heddi.'

Doedd dim llawer o awydd arna i i gwrdd ag e, a dweud y gwir. Falle byddai'n fodlon i fi aros 'mlân yn Llety'r Wennol. Ond byddai'n rhaid i fi ga'l gafel yn y jiwels yn gyntaf. Cofio bod yr allwedd mewn bocs o dan y gwely. Ffeindio'r allwedd ac agor y drâr yn llawn hyder a gobaith. Ond y siom! Ro'dd y rhan fwya wedi diflannu. Y bocsys melfed a'r bocsys arian yn wag. Ro'dd y drâr yn llawn ychydig wythnose'n ôl. Sefais mewn penstandod. Ro'dd rhywun wedi lladrata'r trysore – wedi lladrata fy nghyfoeth. Roeddwn nid yn unig wedi colli fy nghyfoeth, ond wedi colli fy ngobeithion am y dyfodol. Ro'dd fy mreuddwydion 'am ddod 'mlân yn y byd' yn chwilfriw; aeth fy ngobaith am annibyniaeth i'r pedwar gwynt. Cafodd Anti Mary fwy o sioc na fi. Ro'dd mor wyn â'r galchen, heb ddim i'w ddweud. Ein dwy yn syllu'n syfrdan i'r drâr gwag.

Pan ddaeth ati'i hunan, ei geiriau cynta o'dd, 'Lladrad yw hyn, rhaid rhoi gwbod i'r polîs.'

'Faint gwell fyddwn ni, Anti Mary?'

'Ro'dd gwerth miloedd yn y drâr 'na. Ro'dd Myfi wedi'u carco nhw dros y blynyddoedd – eu cadw'n ofalus rhag ofon y deuai gwir angen am yr arian. Ro'dd hi'n benderfynol dy fod ti'n ca'l ysgol dda, a buasai wedi eu gwerthu petai angen, er mwyn hynny.'

Llefen wedyn ein dwy ym mreichiau'n gilydd. Casglu'r ychydig drysorau o'dd ar ôl – un gadwyn, un wats, un freichled, a dau froits. Pump o drysorau lle ro'dd cant a mwy.

'O's syniad 'da ti Jini pwy yw'r lleidr?'

'O's. O's 'da chi?'

'O's.'

Do'dd dim angen enwi neb, ro'dd ein meddyliau'n cyd-redeg.

'Pryd ddigwyddodd hyn, Jini? O's 'da ti syniad?'

'Ar ôl i Mamo farw, wy 'dat fod yn siŵr.'

'Ie, ac mi fuodd Ifan 'ma ar 'i ben ei hunan am nosweithie.'

''Na chi, Anti Mary – wedi'i enwi.'

'Mi fydd yn rhaid dweud wrth dy ddad-cu, a hynny ar unweth.'

'Pam, Anti Mary? Beth all e 'neud?'

'Mi faset yn synnu. Ma' e'n 'nabod Ifan yn well na neb, neu pam wyt ti'n meddwl o'dd e'n newid y cloeon?'

'Sai'n gwbod wir, Anti Mary – mae'r cwbwl i gyd yn ddirgelwch i fi. Wy wedi danto.'

'Wyt, 'nghariad i – mae'r cwbwl i gyd, ddo' a heddi'n enwedig, wedi bod yn straen dychrynllyd arnat ti.'

'Mae wedi bod yn hunllef, Anti Mary, a 'mond gobeithio y bydda i'n dihuno, a ffeindo taw breuddwyd yw'r cwbwl.'

'Rhaid inni fynd i Nant-y-wern ar ein hunion. Gweud y cwbwl wrth dy ddad-cu a gadael iddo fe weithredu.'

'Ro'dd Dyta wedi prynu siwt mwrnin newy' i fynd i'r angladd, hurio car a phrynu rith wydyr bert. O ble cas e'r arian i 'neud hynny?' mynte fi.

Na, do'n i damed gwell o ddyfalu, ac yn sydyn fe gofies fy mod inne hefyd wedi ca'l dillad mwrnin newy'. Pwy dalodd am y rheini? Nid y fi. Byddai'n rhaid i mi ddatrys yr holl ddirgelion 'ma rhywdro, ond nid heddi – 'digon i'r diwrnod ei ddrwg ei hun' o'dd cyngor Mari ym mhob argyfwng.

Bant â ni i Nant-y-wern. Pasio Eglwys Sant Mihangel – dim ond ddo' o'n ni yma yn claddu Mamo, ond ro'dd e'n teimlo ymhell, bell 'nôl. Plentyn o'n i ddo; erbyn heddi rwy'n fenyw.

'Leicet ti fynd i weld y bedd, Jini?'

'Ie plîs, Anti Mary.'

Do'dd e ddim yn edrych mor oeraidd heddi – blode'n ei guddio. Tair torch o flode ac un rith

wydr anferth, 'Er cof am fy annwyl briod –
Ifan.'

Rhosod gwynion oddi wrtho i (pwy dalodd?);
Rhosod cochion 'oddi wrth dy ffrind annwyl,
Mary'; ac un fawr arall o flodau cymysg, 'oddi
wrth bawb yn Nant-y-wern'.

Diflastod. Llefen.

'Paid â llefen, cariad, fe ddaw haul ar fryn
eto.'

Geirie gwag, heb un cysur na synnwyr o
gwbwl.

Am y tro cyntaf sylwais ar y garreg anferthol
o farmor du o'dd yn ymyl bedd Mamo, ac
arni'n geiriau:

In loving memory
of
Jane Elizabeth
beloved wife of
David Lloyd-Williams
Nant-y-wern
died
June 1st 1896
aged 26 years
'Many women have done virtuously
But thou excellest them all.'

'Dyna fedd dy fam-gu, Jini.'
'Dyna ryfedd, Anti Mary. Mehefin y cyntaf
o'dd dydd pen-blwydd Mamo.'

'Ie, bu farw dy fam-gu ar enedigaeth dy fam.'

Sefais mewn distawrwydd – nid o syndod, ond o barch, yr un peth â sefyll am y ddwy funud ddistaw i gofio'r milwyr a gollodd eu bywydau yn y rhyfel.

'Ble ma' David, fy mrawd bach, wedi'i gladdu, Anti Mary?'

'Yn yr un bedd â dy fam.'

A theimlwn yn falch fod Mam-gu, David bach, a Mamo, os nad oeddent gyda'i gilydd yn y nefoedd, yn gorwedd gyda'i gilydd yn yr un man ac yn yr un pridd ym mynwent Sant Mihangel. Byddent yn gwmni i'w gilydd.

'Anti Mary, odych chi'n credu yn yr atgyfodiad?'

'Odw.'

'O's 'da chi brawf?'

'Fel'na ces i 'nysgu.'

'Ond dyw hynny ddim yn brawf.'

'Na'di, ond os yw'r ffeiradon yn credu yn yr atgyfodiad, a ma' nhw wedi bod yn y coleg, pwy odw i i'w hamau?'

Na, allwn i ddim dadlau â hynny. Taw pia hi lle ma' crefydd yn y cwestiwn. Ma'n debyg fod pawb, heblaw fi, yn credu. Ond mae'r cwbwl yn gawl-potsh yn fy meddwl, yn mynd rownd a rownd yn fy mhen drosodd a throsodd yn ddi-stop.

Dyna ddiwedd ar dreio ca'l esboniad. Gyrru mewn tawelwch; teimlo'n nerfus ac ansicr. Dod at iet haearn fawr yn groes y ffordd. Gyrru wedyn trwy lôn gul – y 'dreif' o'dd enw Anti Mary arni – a gweld o'n blaene dŷ mawr urddasol, tŷ cadarn o garreg lwyd. Ac ar y lawnt o flaen y tŷ ro'dd dau baun yn torsythu.

Roedden ni wedi cyrraedd Nant-y-wern, cartre Dad-cu, a'r lle y cafodd Mamo ei magu.

27

Sioc! Sioc yn dilyn sioc. Ro'dd fy myd bach i'n rhacs jibi-dêrs. Dyma gartre Mamo pan o'dd hi'n ifanc, ac yn gwpsi ar y cwbwl, mynte Anti Mary mewn llais fflat, gwbod-y-cwbwl, 'Os tyfi di lan i fod yn groten wrth fodd dy ddad-cu, ti fydd yn berchen ar y cwbwl lot ryw ddiwrnod.'

Gwnaeth hynny fi i deimlo'n anghyfforddus ac yn nerfus, fel pe bawn i'n cymryd rhan mewn drama fawr, rhyw stori dylwyth teg o ddrama. Diflannodd peth o'r hud pan weles i Marged yn sefyll yn gadarn ar garreg y drws.

'Croeso i chi'ch dwy. Croeso i Nant-y-wern.'

I mewn i'r cyntedd crand; ches i ddim amser i edrych o gwmpas, ond y peth a'm trawodd fi'n fwy na dim arall o'dd y sglein ar bopeth – y llawr, y dodrefn, y pres a'r copor. Sglein y gallech chi weld eich llun ynddo. Llawr llechi llwydion o'dd yn Llety'r Wennol.

'Dewch eich dwy, tynnwch eich cotie, mae cinio'n barod.'

Geiriau bach digon cyffredin, mewn sefyllfa digon anghyffredin. Marged ymarferol, a'i thraed yn gadarn ar y ddaear – Marged a fu'n ffyddlon i Mamo trwy bob caledi, ar waethaf ei thlodi a'i phechod. Ac mae'n rhaid ei bod wedi pechu'n anfaddeuol neu fase ddim rhaid iddi fod wedi byw mewn tlodi a'i thad yn byw mewn moethusrwydd yn y tŷ hardd hwn.

Yn eistedd yn urddasol ar ben y ford hir a'i lliain gwyn o'dd yr hen ŵr barfog oedd yn llefen yn angladd Mamo: Dad-cu. Chododd e ddim i'n cyfarch, ac fe ges i'r teimlad ei fod yntau hefyd yn teimlo'n anghyfforddus.

'Hylô,' mynte fe, 'eisteddwch.'

Marged o'dd yn gwneud y siarad i gyd – cleber wast obiti'r tywydd, y mwg yn chwythu'n ôl ac yn diffodd y tân; Magi y forwyn fach wedi anghofio cau'r drws cefen, a'r ci wedi diengid. Ymlaen ac ymlaen. Clebran i gwato'r distawrwydd.

Sglein fan hyn eto, a'r ford yn llawn llestri pert a ffiolau arian, a chroten fach dwt, a elwid yn Lisi, yn ei chap a'i ffedog les wen, yn gweini arnom. Rêl steil. Oni bai am glonc ddi-stop Marged byddai'n bryd annifyr iawn. Ro'n i'n ffaelu â pheidio meddwl am y bwyd plaen a'r plate craciog o'dd Mamo wedi gorfod byw 'da nhw dros y blynydde.

Medde Dad-cu 'mhen hir a hwyr, 'Roech chi'n hwyr yn cyrraedd.'

Hanner cwestiwn a hanner cerydd.

'Fe alwon ni yn y fynwent ar y ffordd,' mynte Anti Mary, a mynte Marged – a mi fuse'n well i honno fod yn ddistaw – 'Ro'dd 'na rith bert oddi wrth Ifan, chware teg iddo.'

Dyma Dad-cu yn codi'n wyllt, ei ddwrn yn

disgyn fel taran ar y ford, nes bod y llestri'n clindarddach, 'Wy ddim eisie clywed enw'r cythrel 'na yn y tŷ 'ma byth eto. Ydych chi'n clywed? Byth eto.' A mas ag e.

Marged, yn ôl ei harfer, ag eli at bob clwy, 'Ma' Mr Lloyd-Williams yn ypsét, fe gafodd ei ypseto yn yr angladd ddo'.'

Ac i newid y siarad dyma hi'n gofyn yn bwt i Anti Mary, 'A phryd ma'r diwrnod mowr i fod, Mary?'

Fe newidiodd Anti Mary ei lliw i ryw biws cochlyd, a phlygodd ei phen yn ddefosiynol.

Sioc arall i finne – dim ond un peth o'dd y term 'diwrnod mowr' yn ei olygu.

'Wyt ti ddim wedi gweud wrth Jane, Mary?'

Daliai Anti Mary ei phen i lawr, yn chwythu'i thrwyn i'w macyn, ac medde hi mewn llais bach gwan, ymddiheurol, 'Do's dim llawer o gyfle wedi bod a Myfi wedi bod mor wael.'

Mi es inne i bŵd, a chael gwaith cadw'r dagre'n ôl. Wedi'r cwbwl, ro'n i'n dibynnu ar Anti Mary. Hi o'dd i gymryd lle Mamo yn fy mywyd i. Hi o'dd i fod i ofalu na chawn i ddim cam. Hi addawodd y byddai cartre 'da fi i droi iddo.

A dyma hi'n cynllunio i briodi, a hynny heb yngan yr un gair wrtho i.

Pam? Siom ar ôl siom. Sgytwad arall. Fe welodd Anti Mary 'mod i wedi cael sioc, a dyma hi'n adrodd yr un hen stori – stori o'n i wedi'i chlywed ugeiniau o weithiau erbyn hyn, 'Paid â becso, Jini fach, fe ofala i na fyddi di'n ddigartre.'

'Beth mae hynny'n ei olygu, Anti Mary? Odw i'n mynd i gael cynnig byw 'da chi ar ôl i chi briodi?'

'Alli di ddim mynd i fyw 'da Mary – ma' hi'n mynd i fyw i Abertawe,' mynte Marged. Clatsien arall.

'Gwranda, Jini fach, ro'n i'n golygu gweud y cwbwl wrthot ti heddi, a gofyn i ti hefyd weithredu fel morwyn briodas i fi. Wnei di?'

Atebais i mo'ni. Ro'dd yn rhaid i fi gael amser i feddwl, amser i roi trefen ar fy meddylie dryslyd, ac ar fy mywyd o'dd yn fwy dryslyd fyth. Fe godes yn swta, a mas â fi drwy'r cyntedd at y peunod. Dyma'r ceiliog yn rhoi sgrech annaearol, sgrech a atseiniai fy nheimladau innau'n berffaith, sgrech hiraethus, fel llais o'r cynfyd. Erbyn hyn roedd wedi lledu'i gynffon bert, yn parado fel teyrn, a phelydrau'r haul yn taro ar ei gynffon amryliw, mor debyg i liwiau ffenest yr eglwys, ddiwrnod angladd Mamo. Dim ond ddoe o'dd hynny, ond erbyn hyn ro'dd yn teimlo 'mhell, bell yn ôl. A minne'n hollol amddifad, heb fam, heb gartre. Ro'dd 'da fi dad. Ond ro'dd cael tad fel hwnnw yn gyfrifoldeb a sen, ac yn waeth na bod heb dad o gwbwl.

'Wy ddim eisie clywed enw'r cythrel 'na yn y tŷ 'ma byth eto,' mynte Dad-cu.

Ro'dd 'na ffwrwm hir ar y lawnt a dyma fi'n eistedd yno i wylio'r peunod, ac i feddwl. Fe ddes i benderfyniad hefyd, a phwy ddaeth heibio ond fy nhad-cu.

Daeth fy nghyfle yn ddisymwth. Ro'dd wedi dod dros ei bwl o ddicter at Dyta erbyn hyn.

'Wyt ti'n hoffi'r peunod, Jane?'

'Odw, Syr.'

'Gwranda, Jane, nid Syr odw i i ti, ond Tad-cu. Galw di fi wrth f'enw iawn o hyn mlân.'

'Reit, Dat-cu,' ac fe ddaeth yr enw yn rhyfeddol o rwydd a slic.

Manteisiais ar fy nghyfle. 'Dad-cu, wy eisie gofyn cymwynas i chi.'

'Reit, clatsia bant.'

'Dad-cu, fasech chi'n fodlon i fi gael byw yn Llety'r Wennol – byw ar ben fy hunan?'

'Na, yn bendant, chei di ddim gwneud hynny.'

'Ond be wna i? Ma' Anti Mary'n mynd i briodi, a do's 'da fi ddim un cartre arall i'w gael.'

Tawelwch; ro'dd hyd yn oed y peunod yn dawel.

Mynte Dad-cu 'mhen sbel, 'Leicet ti ddod yma i fyw at Marged a fi?'

'Ond mi fydd yn rhaid i fi fynd i'r Cownti Scŵl. Mi addewais i Mamo y baswn i'n stico yn yr ysgol er mwyn dod 'mlân yn y byd.'

Erbyn hyn ro'n i'n adrodd y geirie yna fel taen nhw'n ddihareb o'r Beibl.

'Fe gei di fynd i'r Cownti Scŵl, neu fe gei di fynd bant i Ysgol Breswyl os wyt ti'n dewis.'

'Na, i'r Cownti Scŵl dwi'n moyn mynd.'

'Ma' hynna wedi'i setlo 'te. Ond ma' 'da fi un rheol y bydd yn rhaid i ti ei chadw.'

'Ie, Dad-cu.' Ro'n i'n hoffi sŵn y gair 'Dad-cu'.

'Rhaid iti dorri pob cysylltiad ag Ifan. Wyt ti ddim i wneud dim ag e. Wyt ti'n deall?'

'Odw, Dad-cu. Wy ddim moyn ei weld e byth 'to.'

'Wyt tithe wedi'i nabod e hefyd. Trueni na fase dy fam wedi'i nabod e.'

Ond wnes i ddim addo mynd i fyw at Dad-cu. Ro'dd 'y meddwl i ychydig yn dawelach, ond eto'n dala i gorddi fel pwll y môr. A do'dd 'da fi neb y gallwn i ofyn ei farn. Ro'dd hyd yn oed Anti Mary wedi 'ngadael i i lawr.

'Dere, i Marged ga'l dangos y tŷ iti.' A mewn â ni.

'Marged, dangos y tŷ i Jane fach. Wy eisie ca'l gair 'da Mary.'

A bant â ni trwy'r rhwm-ford grand i'r cefen – i'r gegin fowr, y gegin fach, a'r llaethdy. Cwrdd â'r ddwy forwyn, Lisi a Magi.

'Dyma Miss Jane.'

Rheini'n cwrtsio a gweud yn faners i gyd, 'Shwt ŷch chi, Miss Jane.'

'Nage, nid Miss Jane,' mynte fi. 'Jane, heb y Miss.'

Gwgodd Marged.

O'n i ddim yn leico rhyw lwts fel'na. Miss, wir! Ond ro'dd yn well 'da fi Jane na Jini.

Y gegin yn anferth; yn fwy na Llety'r Wennol i gyd. Lan i'r lofft – rhyw hanner dysen o stafelloedd mawrion, a gwelyau pedwar postyn ymhob un. Agor drws i stafell hollol wag.

'Hon o'dd stafell dy fam, Miss Jane.'

'Ond ble ma'r dodrefn?'

'Yn Llety'r Wennol, yn y pen-ucha.'

Wrth gwrs, dyna'r esboniad am ddodrefn crand y pen-ucha.

Ro'dd dod i Nant-y-wern a gweld yr ysblander wedi fy llorio'n lân. Daeth ton o hiraeth yn gymysg â thosturi drosto i o gofio fel y bu rhaid i Mamo ymgodymu â thlodi trwy'r blynydde pan allai fod yn byw ynghanol moethusrwydd. Ac erbyn hyn ro'n yn siŵr taw ar Dyta, ac ar neb arall, o'dd y bai. Pam? Pam? Teimlwn yn ddig wrtho. A theimlwn hefyd y byddwn yn siŵr o ddod at wraidd y dirgelwch cyn bo hir. Roeddwn yn dod o hyd i ryw wirionedd syfrdanol bob dydd.

Grisiau'n arwain i lofftydd eraill – stafelloedd y gwasanaethyddion, yn ôl Marged. Ond ro'n i wedi gweld digon, mwy na digon, a daeth hiraeth drosof am Lety'r Wennol. Hwnnw, wedi'r cyfan, o'dd fy ngwir gartre.

Lawr â ni i'r Parlwr Mowr. Yno ro'dd Anti Mary a Dad-cu'n cwnsela, ac ro'dd hi'n hollol amlwg fod y ddou wedi bod yn llefen y glaw.

'Dere mewn, Jini fach. Ma' Mary a fi'n credu mai gore po gynta y doi di yma i fyw, i ti ga'l setlo lawr yn iawn cyn iti ddechre yn y Cownti Scŵl.'

Fedrwn i ddweud dim, un ffordd na'r llall. Dim bw na be. Ro'dd fy nhafod yn sych grimpyn, a 'mhen i'n troi fel chwirligwgan. Ro'n i wedi becso cymaint am fy nyfodol, am ga'l cartre cyfforddus. A dyma fi'n ca'l cynnig cartre mewn tŷ crand, a dou baun yn y fargen, ac yn ffaelu rhoi diolch amdano.

Ro'n i'n ansicr. O'n i ddim yn siŵr a o'n i'n leico Dad-cu ai peidio. Wedi'r cwbwl, fe droeodd ei ferch ei hunan mas o'i chartre a'i gadael i wywo 'da Dyta yn Llety'r Wennol. Pam? Falle bydde'r un peth yn digwydd i finne ryw ddiwrnod.

Ac eto, ro'dd e'n edrych yn ddyn digon ffein, ond ei fod yn gallu codi'i natur yn rhwydd iawn. Ma' 'da pawb ryw wendid.

'Wyt ti'n hir iawn cyn ateb, Jane. Wyt ti ddim yn hoffi'r lle 'ma?' mynte Dad-cu.

Ond cyn i mi ga'l cyfle i ateb, dyma Anti Mary yn troi'r stori. Ro'dd yn amlwg ei bod yn ofni y byddwn yn rhoi 'nhroed ynddi, ac yn troi'r cynnig lawr. 'Wy wedi dweud wrth Mr Lloyd-Williams ynglŷn â diflaniad tlysau dy fam, a'n bod yn amau dy dad,' mynte hi.

'Ta beth o'dd Ifan, do'dd e ddim yn lleidr,' mynte Marged.

'Gad dy lap,' mynte Dad-cu yn eitha siarp, 'a cher i weithio te.'

Ro'dd hi'n ddigon amlwg taw Dad-cu o'dd y bòs.

A dyma fe'n cymryd drosodd ac yn gweithredu fel barnwr, 'Jane, wy eisie'r gwir, a dim ond y gwir, felly meddylia'n ddwys cyn ateb. Cymer dy amser.'

A dyma ddechre arni, 'Jane, pryd welest ti'r jiwels ddiwetha?'

'Tua mis cyn i Mamo farw.'

'Beth wedodd dy fam pry'ny?'

'Ti fydd pia'r rhain i gyd, rhyw ddiwrnod, edrych ar 'u hôl nhw'n ofalus.'

'Faint ohonyn nhw sy ar ôl heddi?'

'Dim ond rhyw bump.'

'O'dd dy dad yn gwbod amdanyn nhw?'

'Siŵr o fod, snai'n siŵr.'

'Ble ro'dd yr allwedd yn cael ei chadw?'

'Mewn bocs o dan y gwely.'

'Fuodd dy dad yn y tŷ ar ei ben ei hunan ar ôl i'th fam farw?'

'Do, yn gwylad, am rhyw ddwy neu dair noson.'

Ac ymlaen ac ymlaen yn ddiddiwedd nes 'mod i'n teimlo fod 'na fai arna i yn rhwle am y lladrad. Dangosais iddo y cwbwl o'dd ar ôl; roedden nhw ym mhoced fy nghot – ro'n i'n eu

228

cario ar fy mherson yn ofalus, rhag ofn yr âi'r rheiny hefyd ar goll.

'Dyma nhw, Dad-cu – un gadwyn, un wats, un freichled, a dau froits.'

Cydiodd yn ofalus yn y broits mawr – ro'dd y cerrig yn disgleirio yn yr haul.

Edrychodd arno'n hir a hiraethus, ac medde fe â'i lais yn craco, 'Dyma'r broits brynes i i Jane, fy ngwraig, pan oedden ni ar ein gwyliau priodas. Mae'n werthfawr, Jane, edrych ar ei ôl e'n ofalus.'

Fedrwn i mo'i ateb, ro'dd 'yn llais inne'n craco erbyn hyn.

Ond adfeddiannodd Dad-cu ei hunan yn glou iawn. 'Os taw newydd fynd ma'r trysore, mae gobaith y down i o hyd iddyn nhw. Mi af i weld fy nghyfreithiwr y peth cynta bore fory. Gadewch y cwbwl i fi.'

Ro'dd yn amlwg fod Dad-cu yn golygu busnes.

'Be wnei di â'r holl jiwels, Jane? Hynny yw os cawn ni nhw'n ôl?'

'Eu cadw'n ofalus Dad-cu, 'run peth ag a wnaeth Mamo, rhag ofn y bydd angen arian arna i rhyw ddydd a ddaw.'

Ro'dd Anti Mary yn snwffian llef
hyn; dyma Dad-cu yntau
snwffian, ac medde
druan. Duw yn i
ddiodde, a hyn
gardod. Angh

Distawrwydd eto – ro'dd pethe'n mynd m'bach yn anghyfforddus erbyn hyn. A dyma fi'n dod i benderfyniad sydyn a di-droi'n-ôl. Codi ar fy nhraed yn llawn pwysigrwydd, a dweud yn bwyllog a phendant, 'Dad-cu, mi fyddwn i wrth fy modd yn dod yma atoch chi i fyw.'

A dyma fe'n anelu i gydio amdana i a 'nghofleidio. Symudais yn chwim i'w osgoi. Un peth sy'n atgas 'da fi yw dyn, unrhyw ddyn, yn crafangu amdana i, a cheisio fy anwesu.

Dyna yw cychwyn pob achub mantais a siabwcho.

Fuodd erioed shwt ddiwrnod. Dyna ddiwrnod mwya cymysglyd 'y mywyd i. Diwrnod datgelu cyfrinachau, diwrnod o synnu a rhyfeddu, a hefyd diwrnod o siom. Fe ddylwn fod yn falch o'm cartre newydd; ro'n i'n dyheu am fynd adre i dawelwch a thlodi Llety'r Wennol, ond i Bengwern gorfod i fi fynd.

'Chei di ddim aros ar ben dy hunan bach yn Llety'r Wennol, ar unrhyw gyfri, Jini. Faddeue dy ddad-cu byth i fi.'

'Nid Dad-cu yw 'ngheidwad i.'

'Ceidwad? Ble ddysgest ti'r gair 'na, Jini? Wyt ti'n wybodus iawn.'

'Ma'n rhaid i chi fod, neu ewch chi byth i'r Cownti Scŵl.'

'Wel, mae arna i ofn y bydd yn *rhaid* i ti gael ceidwad, a'r dewis yw naill dy ddad-cu neu dy dad.'

Atebais i mohoni. Ro'n i'n dala'n dych tuag ati – fe ddylse fod wedi gweud wrtho i am ei phriodas. Hen dro gwael o'dd gadael i Marged ollwng y gath o'r cwd.

Ond os o'dd rhaid dewis ceidwad fe ddewiswn i Dad-cu o flaen Dyta unrhyw ddydd. Hen abo o'dd Dyta, er nad o'n i'n siŵr o ystyr y gair – clywed Anti Mary yn ei alw fel'ny wnes i, ac ro'dd e'n swno'n air o'dd yn ei weddu i'r dim. Yr hen abo!

Dwedwst o'dd Anti Mary yr holl ffordd adre. Pwded, os mai fel'ny o'dd hi'n teimlo.

Ar ôl cyrraedd adre, yr unig beth ddwedodd hi o'dd, 'Rhaid i ti fynd i'r gwely'n gynnar – ma' wythnos fisi o'n blaene ni. Rhaid siopa i brynu dillad ysgol iti – a siopa hefyd am ddillad ar gyfer y briodas. Ti fydd y forwyn briodas – wyt ti'n bodloni gwneud, on'd wyt ti?'

Aros i feddwl am eiliad. Do'dd dim iws dangos 'mod i'n rhy awyddus, 'Odw 'sbo.'

'Diolch, 'nghariad i, ac mae'n ddrwg iawn 'da fi na fuswn wedi gweud wrthot ti 'nghynt. Ro'dd bai arna i.'

'O'dd, Anti Mary.'

A bant â fi i'r gwely heb nos da, na diolch, a llefen fy hunan i gysgu.

Drannoeth, codi'n fore a bant â ni unwaith eto i siopa. Wythnos ddiwetha, prynu dillad mwrnin – a'r dillad hynny o'n i'n wisgo heddi ar ein ffordd i brynu dillad priodas.

'Pwy sy'n talu am yr holl ddillad newy' 'ma i fi, Anti Mary?'

'Paid â becso biti dalu, joia dy hunan.'

'Pwy, Anti Mary?'

'Sdim rhaid i ti boeni am dalu.'

'Pwy, Anti Mary?'

'Wyt ti mor benderfynol â'r donc.'

'Odw – pwy? Mae'n rhaid i fi ga'l gwbod neu . . .'

'Wel, dy ddad-cu, ond fe ddwedodd wrtho i am beidio â dweud.'

'Chi ofynnodd iddo am arian?'

'Nage Jini, ro'dd e'n awyddus iawn i'w rhoi. Ma' 'dag e ddigon i sbario.'

'Nid dyna'r pwynt, Anti Mary. Fe dala i'r cwbwl 'nôl iddo ryw ddiwrnod.'

'Paid â phoeni, Jini fach. Rhan o dy etifeddiaeth di ŷn nhw wedi'r cwbwl.'

Do'n i ddim yn deall yn iawn, ond synhwyrais fod Anti Mary wedi ca'l hen ddigon ar holi a chonan rhyw damed o groten fach fel fi. Do'dd neb wedi llawn sylweddoli eto 'mod i wedi tyfu lan, ac ar y ffordd i fod yn las-lances os nad yn fenyw.

Prynu a phrynu – dillad ysgol yn gyntaf. A'r gost! Shwt yn y byd mawr faswn i wedi gallu fforddio talu am yr angenrheidiau lleiaf posib, oni bai am haelioni Dad-cu? Rhan o f'etifeddiaeth? Ro'dd 'da fi hawl i'r arian felly. Ro'dd y cwbwl tu hwnt i fi. Ond ro'n i wedi mynd i deimlo yn debyg iawn i Sinderela erbyn diwedd y prynhawn – 'nenwedig pan es i mewn i ffroc y forwyn briodas; ffroc binc yn llusgo'r llawr, menig gwynion, sgidie gwynion, a hat fach binc i fatsio'r ffroc. Nid Jini o'dd y groten a edrychai arna i yn y drych. Miss Jane, falle, ond nid Jini. Yr unig beth o'dd yn eisie o'dd tywysog. A wnâi Dad-cu â'i farf gwyn byth ffito'r cymeriad hwnnw. Santa Clos, falle, ond nid tywysog.

'Wyt ti'n edrych fel brenhines, Jini. Weles i 'mbyd harddach erio'd.' A dyma'r dagre'n twmblo – ro'dd Anti Mary yn llefen yn rhwydd iawn y dyddie hyn. 'Faswn i'n leico pe bai dy fam yn gallu dy weld di nawr.'

Mi faswn inne hefyd.

Adre'n llwythog. Mr Puw yn fyr ei flewyn. Y glaw wedi sbwylo'r gwair, a'r defaid yn cyngroni. Anti Mary yn gorfod rhuthro i weithio swper iddo fe a'r gweision. A hithe wedi blino'n dwll. Pwy fyddai'n gofalu am ei swper wedi iddi briodi?

Ar ôl swper mi ofynnes iddi.

'Wy'n becso'n sobor obiti hynny, Jini. Wy wedi edrych ar ôl 'Nhad oddi ar marw Mam, ac mae Alun wedi bod yn amyneddgar iawn, chwarae teg iddo. Ro'dd hi wedi dod i'r pen nawr, ac ro'dd yn rhaid i fi ddewis rhwng Alun a 'Nhad. Ac mi fuodd dy fam o help mawr i mi wneud fy meddwl lan.'

'Mamo? Dyna ryfedd, achos do'dd 'i phriodas hi ddim yn rhyw hapus iawn. Pam yn y byd y priododd hi Dyta, Anti Mary?'

Dyma Anti Mary yn aros i feddwl yn hir cyn ateb, a medde hi mewn llais poenus a thawel, gan syllu i'r pellter, 'Gorfod iddi briodi.'

234

'Gorfod? Pwy wnaeth 'i gorfodi?'

Saib hir eto. Gwyddwn y cawn wybod rhagor, ond bod yn amyneddgar, ac meddai 'mhen hir a hwyr, 'Gwawd cymdeithas barchus, a thad wedi cael ei ergydio i'r byw. Y cywilydd.'

Tawelwch eto.

'Dwy ar bymtheg oed o'dd Myfi – wedi gwneud yn arbennig o wych yn yr ysgol, ac wedi'i derbyn i goleg yn Rhydychen. Yna digwyddodd y trasiedi.'

'Pa drasiedi?'

'Gorfod priodi. Gorfod priodi ag Ifan o bawb. Ro'dd hi'n disgwyl babi.'

'Fi?'

'Ie, ti.'

'Ond pam, Anti Mary?'

'S'na i'n siŵr. Ma'r cwbwl yn dala'n ddirgelwch i fi. Ro'dd hi'n ifanc, yn bert, yn gyfoethog, ac fe dwyllodd Ifan hi. Ro'dd yntau'n fachan smart bryd 'nny, a chanddo dafod teg, ac fe syrthiodd hithe i'w rwyd. Gwas yn Nant-y-wern o'dd Ifan, ac fe welodd 'i gyfle.'

'Falle'i bod hi wedi ca'l ei gorfodi a'i siabwcho,' mynte fi. 'Ro'dd e'n siabwcho Mamo o hyd ac o hyd, ro'n i'n ei chlywed yn ochneidio a llefen pan own i'n cysgu yn y dowlad.'

'Jini annwyl, gorfod i ti dyfu lan cyn pryd. Wir, s'nai'n gwbod beth ddigwyddodd. Ond fe gafodd ei throi mas o'i chartre, a chael Llety'r

235

Wennol fel lle i fynd iddo, ynghyd â swm go
lew o arian. Ond fuodd Ifan ddim yn hir cyn
mynd trwy'r rheini. Wyt ti'n gwbod cystal â
neb shwt fywyd gafodd hi wedyn.'

'Pwy o'dd John, Anti Mary?'

'Be wyt ti'n wbod am John?'

'Fe ddaeth John i ffarwelio â hi cyn mynd i
Ffrainc, ac ro'n nhw'n cusanu'i gilydd, a llefen
yn iet y clos.'

'John o'dd 'i chariad cynta hi, mab i ffrindiau
'i thad, ac yn dderbyniol 'da'r teulu. Bachgen
annwyl iawn, bachgen teidi a'i fryd ar fynd yn
feddyg. Cafodd John siglad ofnadwy pan
briododd hi ag Ifan. Druan â Myfi, gorfod iddi
dalu'n ddrud am ei chamgymeriad.'

'Ro'dd e'n fwy na chamgymeriad, Anti
Mary. Fe bechodd Mamo, ac ma'r Beibl yn
dweud fod cosb yn dilyn pechod.'

'Wyt ti'n hyddysg iawn yn dy Feibl, Jini.
Ond paid ti â siarad fel'na am dy fam. Wyt ti
cynddrwg â dy ddad-cu a diaconiaid y capel.
Ma'r rheini'n diarddel merched sy'n "pechu" ac
yn pallu gadael iddyn nhw gymuno wedyn na
dod yn agos i'w capel i'w halogi. Paid byth â
beirniadu neb nes dy fod di'n siŵr o dy
ffeithiau.'

Wnes i ddifaru gweud dim, a mynte fi er
mwyn tawelu'r dyfroedd, 'Ond os cewch chi'ch
siabwcho, a'ch gorfodi, nid arnoch chi fydd y
bai wedyn, nage fe?'

'Nage, wrth gwrs, Jini.'

'Dyn sy'n achub mantais yw Dyta. Wy'n gwbod. Do's yr un ferch yn saff 'dag e.'

'O Jini, wyt ti wedi ca'l dy orfodi i dyfu lan yn rhy sydyn o lawer. Sdim pob dyn fel dy dad, cofia.'

'Sna i'n trysto un dyn byw. Alla i ddim anghofio beth wnaeth Mistir i fi chwaith. Ma' nhw i gyd yr un peth. Watsiwch chi'ch hunan, Anti Mary.'

Edrychodd arna i'n hurt, a thewi. 'Sda fi ond gobeithio y caiff hi well byd nag y cafodd Mamo druan. Gobeithio hefyd na wnaiff neb achub mantais arni. Rwy'n sobor o ffrind i Anti Mary.

Dyddiau prysur o'dd y rheiny. Paratoi a chlandro at y briodas, a Mr Puw yn ddwedwst a surbwch. Byddai'n golled enbyd iddo ar ôl ei ferch. Ro'dd howsciper wedi cyrraedd erbyn hyn – menyw lysti yn clirio pawb a phopeth o'i bla'n, gan gynnwys Mr Puw – hwnnw'n ei hanwybyddu'n llwyr, ac Anti Mary yn becso'n dwll, ond yn hollol benderfynol s'ach 'ny.

'Ma' 'nyfodol i yn y fantol, ac alla i ddim disgwyl i Alun aros amdana i am byth. Ma 'i waith e yn Abertawe, ac felly ma'n rhaid i finne godi 'mhac am Abertawe.'

Roeddwn inne'n ca'l blas yn marchogaeth y boni froc, a marchogaeth y beic hefyd os na fyddai'r poni ar ga'l. Ro'dd yr hiraeth am Llety'r Wennol a'm gorffennol tlawd a di-ffrwt yn dala i gnoi. Ro'dd fy mywyd oll wedi'i gwmpasu tu mewn i'w furiau llwm – fy ngofidie, f'unigrwydd, ac ambell awr fach lawen yn gymysg â'r tristwch. Hiraeth ar ôl Glan-dŵr, fy nihangfa rhag pob cur a storom. Hiraeth hefyd ar ôl yr hen geiliog coch rhodresgar, o'dd mor debyg i Dyta!

Felly bant â fi un bore braf ar gefen beic Anti Mary 'sha Llety'r Wennol a Glan-dŵr, a'r allwedd newydd sbon ges i 'da John Sa'r yn saff yn fy mhoced. Galw yng Nglan-dŵr ar y ffordd i'w rhybuddio y byddai eisie digon o gawl i dair, amser cinio.

Ond er mawr siom i mi, be welwn i yn pwyso ar y wal ond hen sgragyn beic Dyta, a dyna lle ro'dd e meilord yn sgyrnigo a rhyncian y drws fel ynfytyn.

'Pwy ddiawl sy wedi bod yn ymhel â'r blydi drws 'ma? Ma' rhyw gythrel busneslyd wedi newid y clo.'

'Do,' mynte fi yn hollol dawel, er 'mod i'n crynu fel jeli, 'do, Dad-cu.'

'Dad-cu iefe? Blydi Dad-cu! Ac ma' fe o'r diwedd wedi difaru, ac wedi madde i Jini fach am 'i bod hi erioed wedi'i geni. Bydd di'n ofalus, 'merch i, neu falle y cei dithe dy droi mas 'run peth â gas dy fam. O's allwedd 'da ti i fynd mewn?'

'Nago's.' Y celwydd yn dod yn rhwydd iawn, ond ro'dd ofn arna i ca'l fy ngadel ar ben

238

fy hunan yn y tŷ 'da Dyta. Doeddwn i ddim wedi anghofio'r siabwcho a'r driniaeth druenus ges i 'dag e yn yr ardd, ychydig ddyddie cyn i Mamo farw.

'A pha stori gelwyddog gest ti 'da'r blydi sant?'

'Pwy, Dad-cu?'

'Ie, cythrel o ddyn yw e, bydd di'n ofalus.'

'Dych chi ddim yn leico Dad-cu, odych chi?' Cwestiwn twp!

'Leico'r jawl? Dyna'r dyn mwya dieflig a chelwyddog sy'n rhodio daear. Eglwyswr selog, myn uffern i – os taw 'i siort e sy'n mynd i'r nefoedd, mi fydda i'n falch o gael mynd i'r lle arall 'na. Ac ma' e'n dala i gredu taw fi sy wedi halogi' ferch annwyl e. Blydi ffŵl.'

Fedrwn i ddim dioddef rhagor o enllibion.

'Ond Dyta, chi gas Mamo i drwbwl, ontefe?'

Ac mi ffrwydrodd.

'Fi? Fi wedest ti? A phwy ddiawl wedodd y stori gelwyddog 'na wrthot ti? Cred ti fi, do'dd dy fam ddim yn blydi sant, chwaith – ro'dd hi'n un o'r geist bach poetha weles i rio'd, ac yn byw ac yn bod yn llofft stabal y gweision. Fe gas hi beth o'dd hi'n 'i haeddu, a'n anlwc i o'dd taw fi gas y bai.'

Ac mi ffrwydres inne – mi fase'n well i mi tawn i wedi cadw 'mhen. Ond ro'n i'n berwi tu mewn, ac aeth fy nghasineb tuag ato yn drech na fi.

'Menyw dda o'dd Mamo, llawer yn rhy dda i chi. Mi gas hi fywyd uffernol 'da chi – ei dilorni, ei sarhau, a'i siabwcho hefyd. Dyn cas, hunanol ŷch chi, a wy ddim wedi anghofio be wnaethoch i fi chwaith. Hen fochyn brwnt ŷch chi.'

Cafodd ei syfrdanu dan fy llifeiriant geiriol, ac yn sydyn, heb rybudd, ces whampen o glipsen ar fy nghern – na, nid clipsen chwaith, ond bonclust, a hynny nerth braich, nes 'y mod i'n twmblo. Ro'dd sydynrwydd y whirell yn sioc, a'r boen yn annioddefol, ond mi ges ddigon o nerth i redeg at y beic, a gweiddi 'run pryd, 'Diawl o ddyn ŷch chi, Dyta, a wy byth eisie'ch gweld chi 'to.'

A bant â fi gan bedlo nerth fy ngharne i diogelwch a chysur Glan-dŵr. Clywais ei waedd yn y pellter, 'Jini, paid â rhedeg bant. Sori. Wy'n ffrind i ti, sobor o ffrind.'

Rhy hwyr, rhy hwyr, fyddwn i byth bythoedd yn ffrind iddo fe eto, nag eisie 'i weld e chwaith.

Erbyn cyrraedd Glan-dŵr ro'n i'n wirion-eddol sâl – 'y moch i wedi chwyddo, y dagre'n twmblo, a'm hunan-barch wedi cael yffach o gnoc. Gwelodd Sara fy nghyflwr, golchodd fy nolur yn dirion mewn dŵr oer, ac ro'dd ei dere-di yn gysur ac yn eli.

'Pwy sy'n gyfrifol, 'nghariad i?'

'Dyta.'

Dros y blynyddoedd ro'n i wedi cwato pob clonc a hanes teuluol oddi wrthyn nhw, ond erbyn heddi ro'dd pob bripsyn o barch o'dd 'da fi at Dyta wedi diflannu. Do'dd e ddim yn dad i fi ragor, a do'n i ddim yn mynd i'w amddiffyn na'i arddel e byth eto, doed a ddelo.

Erbyn hyn do'dd dim blas 'da fi at y cawl – roedd fy moch i'n dost ac yn dala i chwyddo. Rhoddodd Mari ddos o foddion drewllyd i fi i'w yfed, ac mi gysges ar y soffa drwy'r prynhawn. Ond rhaid o'dd mynd 'nôl i Bengwern – do'dd dim blas 'da fi i fynd 'nôl i Lety'r Wennol ragor.

Yn groes i ddymuniad Sara a Mari mynnais reido'r beic. Cyrhaeddais yn flinedig, ac yn chwys drabŵd. Ceisiais fynd i mewn yn dawel bach drwy'r drws cefen, ond fe glywodd Anti Mary fi, a gorfod i fi wynebu nid yn unig Anti Mary, ond Mr Puw a Dad-cu hefyd. Ro'dd e wedi dod draw i wneud trefniade ynglŷn â symud ato i fyw. Gorfod i fi ddweud yn gwmws beth ddigwyddodd, ac medde Dad-cu yn awdurdodol, 'Mater i'r polîs yw hyn. Dyw'r dyn ddim gwell nag anifail – dim ond bwli fase'n pwno croten fach ddiniwed fel Jane.'

Ond ces berswâd arno i beidio – i adael pethe i fod er mwyn Mamo, ac er fy mwyn inne hefyd. Doeddwn i ddim eisie i neb drin hanes fy mywyd, a chael hwyl i glebran a chloncan amdanom fel teulu, a falle darllen yr hanes yn y *Tivy Side* wedyn. 'So chi byth yn gwbod.

Bwrdwn neges fy nhad-cu o'dd gofyn pryd y byddwn yn barod i symud i mewn i Nant-y-wern.

Penderfynu symud yn go glou. A'r Sadwrn canlynol, dyma fi'n paco f'eiddo'n gyfan i fasged wellt, a mynd mewn steil 'da Anti Mary yn y car i ddechre bywyd o'r newydd mewn tŷ mawr crand lle ro'dd dau baun yn torsythu ar y lawnt o fla'n y tŷ.

Teimlad rhyfedd a dieithr iawn o'dd symud i fyw i Nant-y-wern. Ro'n i fel planhigyn bach wedi'i ddadwreiddio o dir llwm a'i blannu mewn tir ffrwythlon. Ro'dd dadwreiddio'n sioc, a phenderfynais y byddai'n rhaid i mi ga'l fy ychydig eiddo o'dd yn dala yn Llety'r Wennol i'm helpu i gartrefu. Ychydig iawn o eiddo o'dd 'da fi – y llyfre o'dd yn y bocs dan y gwely, y llestri â'r ymyl aur, llun Mamo a'i dillad hefyd, a thegane fy mrawd bach. Ro'n i'n teimlo taw fi, a neb arall, o'dd â'r hawl i'r rheiny.

Ro'dd stafell wely Mamo yn dala'n wag yn Nant-y-wern, ac mi ofynnes i Marged, gan wybod y bydde hi'n cario'r neges i Dad-cu, i ofyn iddo a gawn i'r dodrefn yn ôl i Nant-y-wern, a cha'l cysgu yn hen stafell Mamo. Dyna'r stafell orau yn y tŷ – clamp o stafell gyda ffenestri mawr yn edrych mas dros y lawnt a'r peunod.

Ro'dd Dad-cu yn fodlon iawn, a bant â ni un bore braf yn y gambo fawr i gyrchu popeth o'n i 'i eisie o Lety'r Wennol – Marged a fi, a dau was i helpu 'da'r clirio.

Daeth Sara a Mari lan i roi help llaw hefyd, a chymryd unrhyw beth nad o'n i ei angen. Chymerodd neb Dyta i ystyriaeth.

Rhois i gip lan i'r dowlad, ac yno ro'dd dillad a phetheuach Dyta yn sang-di-fang obiti'r lle, yr annibendod rhyfedda. Ro'dd Sara a Marged yn awyddus iawn i fynd lan i gymoni'r stomp, ond sylweddolais taw fi o'dd y bòs, a taw 'da fi, a 'da fi'n unig, o'dd yr hawl i drefnu ac ordro. Teimlad cysurus, teimlad o'n i'n hoffi, a gwnes yn fawr ohono.

'Na, peidiwch â chwrdd â dim sy yn y dowlad. Rhwng Dyta a'i fusnes.'

Ro'dd hiraeth arna i hefyd – hiraeth ar ôl fy mhlentyndod. Weles i fowr o lawenydd yn 'y nghartre – ychydig iawn o deganau, ychydig o dindwyro – ond dyma'r unig fan lle ro'n i'n teimlo'n saff, yma ac yng Nglan-dŵr.

Dyta o'dd y drwg. A mwya i gyd o'n i'n gofio am fy mhlentyndod, mwya i gyd o'n i'n casáu Dyta. Ac mae casineb yn chwerwi'r ysbryd, ac yn 'y ngwneud i'n hen gonen. Byddai'n rhaid i fi anghofio Dyta a'i iaith fras a dechrau o'r newydd.

Cychwyn am Nant-y-wern fel llwyth o sipsiwn – celfi'r pen-ucha a phob siort o dranglwns yn y gambo, a Marged a finne'n eiste'n gopa-dil ar ben y cwbwl, a'r gweision ar y pen blaen yn gyrru ac yn smoco. Sara a Mari yn wafo'u macynon mewn ffarwél, ac yn eu defnyddio i sychu'r dagrau hefyd. Gorfod i fi sychu'r dagrau ar fy llawes. Anodd o'dd 'madael.

Teimlwn yn llawer mwy cartrefol o gael cysgu yn hen stafell Mamo; y dodrefn cyfarwydd o 'nghwmpas i, a dillad Mamo yn y wardrob. Fe geisiodd Marged ac Anti Mary fy mherswado i ga'l gwared â nhw. Ond na, mynnes eu cadw – heblaw eu bod yn ddillad pert, y dillad o'dd yr unig gysylltiad rhyngof fi a hi, a'r hen amser. Pan ddeuai pwl o hiraeth drosof, rhedwn i'r stafell, agor drws y wardrob, cyffwrdd â'r dillad, a deuai rhyw deimlad o berthyn drosof. Y dodrefn a'r dillad o'dd yr unig bethau gweledol o'dd yn cydio'r gorffennol wrth y presennol, ac yn rhoi rhyw fath o hawl i fi fyw yn Nant-y-wern. Mae'n anodd esbonio na disgrifio'r teimlad.

Bywyd gwahanol iawn o'dd bywyd yn Nant-y-wern – bwyta mewn stafell fach ar wahân i'r gwasanaethyddion, a morwyn yn gweini arnon ni – Dad-cu, Marged a fi. Galwai Marged fi yn Miss Jane – ro'dd rhyw swache fel'na yn perthyn iddi hi.

Gofalai Dad-cu ar ôl y cwbwl – talai am bopeth. Rhenti lojin i fi yn y dre erbyn awn i i'r Cownti Scŵl. Prynu beic newydd sbon i fi, ac addo y cawn gar pan fyddwn yn ddigon hen i gael trwydded.

Fe ddaeth o hyd hefyd i'r rhan fwyaf o'r jiwels. Rhoddodd nhw i fi un bore, ac medde fe, 'Mae rhai ar goll o hyd. Dy dad o'dd yn gyfrifol. Ond mae'n gallach gadael pethe i fod ragor. Wy ddim eisie i bawb wybod ein hanes. Edrych ar eu hôl yn ofalus, Jane fach.'

Ces siars 'dag e hefyd un bore. 'Wyt ti ddim i fynd mas i'r clos, i'r stablau, nac i'r caeau i siarad 'da'r gweision. Wyt ti'n deall, Jane? Wyt ti'n addo?'

'Odw, Dad-cu.'

Rwy'n credu 'mod i'n gwybod pam hefyd, ond ddwedes i 'run gair o 'mhen. Taw piau hi, yn enwedig pan fo bobl bwysig gwybod-popeth yn dweud y drefn.

O'dd peth wmbreth 'da fi i ddysgu am Dad-cu a Nant-y-wern – ro'n i'n teimlo fel estron, yn teimlo nad o'n i'n ffito mewn i'r drefn. O'n i eisie whilibowan 'da Magi a Lisi sha'r cefen, 'u helpu 'da'r gwaith, a chael sbort. A fydden nhw byth yn fy ngalw yn Miss Jane, os na fydde Marged obiti'r lle. O'dd hi'n llawn sgwars a swache, ond yn ddigon tuch a phensych wrth y merched. A phwy o'dd hi wedi'r cwbwl? O'dd hi'n perthyn i Dad-cu? Neu howscipar, falle?

Ro'dd digon o stwff i'w ddarllen yn y tŷ. Y *Western Mail*, y *Tivy Side* a'r *Farmer and Stockbreeder* yn wythnosol, a silff anferth o rhyw lyfre digon henffasiwn yn y parlwr bach. Ro'dd weiles yno hefyd, ond do'dd dim siâp o gwbwl ar yr ychydig raglenni Cymraeg. Ro'n nhw'n swno fel cig moch ac wye yn cwcan yn y ffreipan.

Ychydig iawn o ddal pen rheswm o'dd

rhyngom wrth eistedd ar ôl swper – Dad-cu â'i ben yn y papur, minne'n treio darllen un o lyfre Mamo o'r bocs a ddaeth o Lety'r Wennol, a Marged yn clebran yn ddi-stop a disynnwyr. Hi o'dd yn trefnu popeth, a Dad-cu yn gadael iddi gael 'i ffordd 'i hunan i gyd.

Roeddwn wedi bod yno tua phythefnos, cael popeth o'n i 'i eisie, pawb yn gwrtais, cael gwell byd na ches i 'rioed. Ac eto, rown i'n teimlo fel pysgodyn ar dir sych – dieithryn yn fy nghartre, achos hwn oedd fy nghartre mwyach. Ro'dd bywyd yn rhy gysurus, yn rhy hamddenol, fel tawelwch o fla'n storom.

Ac fe dorrodd y storm yn sydyn un prynhawn ar ôl cinio hanner dydd – Marged wrthi'n ffyslyd yn clirio'r ford, a Dad-cu yn fwy siaradus nag arfer. Yn sydyn, heb arwydd na rhybudd, dyma Dad-cu yn cydio amdana i, a 'ngwasgu i ato, a dweud, 'Jane, wyt ti'n lodes fach bert, wyt ti'n 'run ffunud â dy fam-gu; gobeithio y tyfi di lan i fod cystal menyw â honno.' A dyma fe'n rhoi cusan i fi ar fy nhalcen.

Dychrynais. Tynnais fy hun o'i afael a rhedeg; rhedeg bant i rwle o'i ffordd. Cofiais am y beic. Rhedeg i moyn hwnnw, a bant â fi. Dad-cu yn gweiddi ar f'ôl, 'Jane, be sy'n bod? Ble wyt ti'n mynd?'

'Wy wedi cofio'n sydyn bod yn rhaid i fi weld Anti Mary. Rhaid i mi ffito'r ffroc morwyn briodas.'

Celwydd. Rhaid o'dd diengid bant i rwle oddi wrth Dad-cu. O'dd ynte hefyd ar yr un trywydd â Dyta a Mistir? O'dd pob dyn ar ôl yr un peth? O'dd rhaid i bob merch ddioddef cyn ei bod yn fenyw? Dyna ddwedodd Dyta. Fy mharatoi i fod yn fenyw o'dd yr holl gusanu a siabwcho.

Be wnawn i? Dim ond Anti Mary alle fy helpu.

Cyrraedd yn stecs chwys. Rhedeg yn wyllt i'r tŷ. Ro'dd Anti Mary yno, trwy lwc.

'Jini fach, be sy'n bod? Wyt ti'n edrych fel petait ti wedi gweld ysbryd.'

'Dad-cu, Anti Mary.'

'Dy ddad-cu? Be wna'th e?'

'Achub mantais arna i. Anelu at fy siabwcho.'

'Jini, chreda i mo hynny. Nawr, sobra. 'Wy'n ei nabod yn rhy dda. Gwed wrtho i'n gwmws be ddigwyddodd.'

'Fe gydiodd yno i, a gweud 'mod i'n lodes bert, 'mod i'n gwmws fel mam-gu, a rhoi cusan i fi. Wy wedi danto, Anti Mary.'

'Dyna i gyd?'

'Ie, ond fel'na o'dd Dyta a Mistir yn dechre 'da'u camocs.'

'Jini annwyl, mae dy ddad-cu yn dy garu di â chariad pur a glân. Wyt ti'n ferch lwcus iawn.'

'Ond beth yw'r gwahaniaeth?'

'Yr un gwahaniaeth ag sy rhwng brwnt a glân.'

'Wy ddim yn deall.'

'Gwranda. Wyt ti wedi cymryd lle y ferch gollodd e, ac mae e eisie d'anwylo di fel o'dd e'n anwylo honno. Myfanwy o'dd cannwyll 'i lygad e, ac fe'i difethodd yn lân. Ro'dd hi'n taflu 'i breiche am ei wddwg e, a'i dwyllo i roi iddi beth bynnag o'dd hi eisie. Ro'dd e'n ei haddoli. Bu'r sioc a gafodd pan fu raid iddi briodi â'r gwas bron â'i ladd. Fe newidiodd o fod yn ddyn hapus, hwyliog, i fod yn hen ddyn cas a surbwch. A nawr wyt ti wedi codi o'r llwch a'r gofid i'w gysuro. Gwna'n fawr o dy fraint.'

'Ond Anti Mary, mae ofn dynion arna i – ofn iddyn nhw gwrdd â fi. Ro'dd rhai bechgyn yn yr ysgol – Wili Weirglodd o'dd y gwaetha – yn rhedeg ar ein hole â'u pisis mas.'

'Plant drwg o'dd y rheiny, ddim yn ddigon call i wybod beth o'n nhw'n 'i 'neud.'

'Ond shwt wy'n mynd i nabod y gwahaniaeth rhwng cariad brwnt a chariad glân?'

'Ma' dy dad yn ddyn drwg iawn. Ddylai 'run tad drin ei blentyn fel y gwnaeth dy dad dy drin di. Cariad aflan, brwnt yw cariad fel'na. Cariad sy'n haeddu cosb. Llosgach yw'r enw ar ymddygiad fel'na. Rhywbeth sy'n dinistrio ysbryd ac enaid y sawl sy'n diodde. Mistir wedyn, dyn drwg arall o'dd yn achub mantais ar blant bach diniwed o'dd dan ei ofal. Fe ddyle hwnnw fod wedi ei gosbi, yn siŵr iti.'

'Wy'n dal yn gymysglyd, Anti Mary.'

'Wyt, wrth gwrs, 'nghariad i, wyt ti wedi bod yn anffodus iawn. Sdim pob dyn fel dy dad a Mistir. Oeddet ti'n caru dy fam, Jini?'

'Wrth gwrs, yn meddwl y byd ohoni. Wy'n eich caru chithe hefyd, Anti Mary.'

'Wel, yr un math o gariad yw cariad dy ddad-cu atat ti. Bu farw ei wraig – dy fam-gu – ar enedigaeth dy fam, a dyna pryd y daeth Marged i Nant-y-wern. Ca'l ei chyflogi fel nani. Hi fagodd dy fam, ac ro'dd hithe'n ei haddoli hefyd. Cafodd Myfi ei ffordd ei hunan o'r crud. Cafodd y gore o bopeth, yr addysg ore bosibl, athrawon preifat, yna ysgol fonedd yn ne Lloegr. Bues inne'n ddigon lwcus i gael yr un addysg yn ei chysgod, am fod ei thad yn credu y dylai gael rhywun o'r un oed â hi yn gwmni. Bues yn ddigon ffodus o ga'l mynd gyda hi i'r ysgol grachaidd ddrud yna yn Llundain. Ei thad yn talu, wrth gwrs. Ond bu farw fy mam pan o'n i'n bymtheg oed, a gorfod i fi ddod adre i edrych ar ôl fy nhad. Erbyn hynny, ro'dd digon o ffrindie ganddi – ro'dd hi'n boblogaidd tu hwnt, ac yn alluog iawn hefyd. Rhwng Marged a'i thad cafodd Myfi ei sbwylo'n rhacs. Ro'dd hi'n boblogaidd yn yr ysgol; yn arweinydd naturiol. Wnaeth hynny ddim lles iddi yn y pen-draw, chwaith. Ond trwy'r cwbwl ro'dd hi'n annwyl, yn ddidwyll, ac yn driw iawn i'w thad a'i ffrindiau. Do's ryfedd yn y byd bod ei thad wedi'i glwyfo i'r byw, ac wedi digio mor anfaddeuol.'

Ar ôl gwrando ar Anti Mary, teimlais 'mod i wedi dod i nabod Mamo'n well. Deall y sefyllfa y cafodd ei hun ynddo; sylweddoli cymaint a ddioddefodd ar law Dyta. Cymaint y gwarth a'r cywilydd! Byw mewn tlodi, ac ofni wynebu pobol. Druan â Mamo, a diolch am ffrind fel Anti Mary. Byddai'n seithwaith gwaeth arni oni bai amdani hi.

Rhaid o'dd imi ofyn un cwestiwn arall iddi sach 'ny. 'Ydych chi'n caru Alun, Anti Mary, gymaint ag ŷch chi'n caru'ch tad?'

'Ydw Jini, yn fwy os rhywbeth, achos wy'n barod i adael 'Nhad i fyw 'da Alun.'

'Ydych chi'n eitha siŵr, Anti Mary?'

'Odw, ma' 'nghariad i at Alun yn wahanol. Mae'n drydanol, ac yn achosi cynnwrf yn y gwaed. Fe ddoi di i ddeall rhyw ddiwrnod. Ond cymer ofal, paid â chwmpo i'r un pydew â dy fam. Cer 'nôl adre, Jini fach, a diolcha fod 'da ti gartre teilwng o'r diwedd, a bod dy ddad-cu yn dy garu di. Wnaiff e byth, byth achub mantais arnat ti, cred ti fi.'

Mi es adre yn gallach rhoces nag o'n i rai orie 'nghynt. Sylweddolais fod gwell a gwaeth yn y natur ddynol. Sylweddolais hefyd nad o's tegwch mewn bywyd, a taw hap a damwain yw hi ar ba ochor mae'r fwyell yn disgyn.

Yn yr wythnose olaf 'ma, tyfais o fod yn

groten fach ddiniwed a gafodd gam, i fod yn fenyw – menyw na ddeallai'r cwbwl eto. Ond byddai'n rhaid i mi o hyn 'mlân fod yn ddoethach, i bwyso'n ofalus rhwng y da a'r drwg, a dysgu gwahaniaethu rhwng gwir gariad a'r cariad arall afiach hwnnw y bues i mor anlwcus i orfod ei ddioddef yn blentyn.

Ro'dd swper ar y ford yn fy nisgwyl, a Dad-cu yn eistedd ar ben y ford. Cododd ar ei draed i'm cyfarch. 'Rwy'n falch o dy weld di, Jane. Gest ti amser da? O'dd y ffroc yn ffito?'

Cofiais am y celwydd, a chododd cywilydd arna i, 'Do, mi ges i amser ardderchog, diolch, ac mi ddysges i lot fowr hefyd.'

Cydiais yn ei law, a rhoi cusan fach slei ar ei foch. Rwy'n siŵr i mi 'i weld e'n cochi!

Daeth rhyw deimlad gwresog, bodlon drosof – y teimlad o berthyn, a gwybod o'r diwedd bod 'da fi ddyn y gallwn i ymddiried ynddo.

A waeth i mi newid f'enw hefyd o Jini John i Jane Lloyd-Williams. Rywfodd mae e'n gweddu'n well i'r lawnt a'r peunod. A 'ta p'un, perthyn i Dyta mae'r enw Jini John, a wy ddim yn moyn perthyn i hwnnw byth, byth eto.